Vue
pour la dernière fois…

Nina Laurin

Vue pour la dernière fois...

Traduit de l'anglais (États-Unis)
par Cécile Arnaud

ÉDITIONS
FRANCE
LOISIRS

Titre original : *Girl last seen*
Publié par Grand Central Publishing, New York.

Ce livre est une œuvre de fiction. Les noms, les personnages, les lieux et les événements sont le fruit de l'imagination de l'auteur ou sont utilisés fictivement. Toute ressemblance avec des personnes réelles, vivantes ou mortes, serait pure coïncidence.

Édition du Club France Loisirs
avec l'autorisation des Éditions Presses de la Cité

Éditions France Loisirs,
31 rue du Val de Marne, Paris
www.franceloisirs.com

ISBN : 978-2-298-13836-8

Prologue

Ella

La nuit est si claire qu'elle lui fait mal aux yeux. Accoutumée au plafond sombre, immuable et tellement bas qu'elle pouvait à peine se tenir debout, elle est aveuglée par le ciel nocturne. Accoutumée au silence de tombeau de la cave, elle est assaillie par tous les bruits légers de la nuit, qui lui mettent les nerfs à fleur de peau. Elle résiste au besoin pressant de fermer les paupières et de se boucher les oreilles, et continue d'avancer en titubant au bord de la route, malgré les gravillons qui s'enfoncent dans ses plantes de pied.

Elle a perdu l'habitude de marcher. Ses muscles affaiblis tremblent sous l'effort qu'exige d'elle chaque pas. Chaque rafale de vent refroidit la peau brûlante de ses jambes et de ses bras nus, et elle sursaute quand une grosse goutte glaciale atterrit en plein milieu de son front. D'autres gouttes crépitent autour d'elle ; l'air se rafraîchit. Elle frissonne. La pluie, se souvient-elle, s'efforçant d'aller rechercher le mot dans les confins brumeux de sa mémoire. C'est de la pluie. Pas de quoi s'inquiéter, seulement de l'eau tombée du ciel.

Mais sa terreur se réveille au souvenir des seaux d'eau qu'on déversait sur sa tête, lui remplissant le nez et la bouche pendant qu'elle essayait de crier. Alors que le crachin se transforme en un rideau sans fin de pluie glaciale, ses jambes se dérobent sous elle. C'est à peine si elle sent la morsure du gravier sur ses genoux. Elle n'a que le temps d'amortir sa chute de ses mains tendues. Stupéfaite, elle les observe. Il n'y a plus de corde, plus de lien. À la place, de larges cicatrices lui entourent les poignets, encore couvertes de croûtes par endroits.

Hébétée, elle ne parvient pas à en détacher les yeux.

Ses mains. Ses mains sont libres.

Un gémissement lui échappe, avalé par le chuintement de la pluie sur le trottoir. Même quand elle perçoit un bruit de moteur derrière celui de l'averse, même quand les phares l'éblouissent et que la voiture s'arrête près d'elle, elle ne peut quitter ses mains des yeux.

Elle n'a pas la force de lutter.

Lutter ne lui a jamais servi à rien de toute façon.

Des pas crissent sur le gravier. Quelqu'un se penche au-dessus d'elle, la protégeant un instant du déluge.

— Eh, petite, ça va ?

Elle aimerait pouvoir répondre, mais elle n'est plus sûre de posséder une voix. Sa voix est peut-être morte il y a des mois, à son insu. Malgré son envie de parler, elle a peur de le découvrir.

— Comment êtes-vous arrivée là ?

Elle entend d'autres pas qui approchent, une autre voix.

— Sean, bon sang, regarde-la.

— Ouais, je vois.

— Non, mais regarde dans quel état elle est !

Un chapelet de jurons.

— J'appelle les renforts.

— On devrait la transporter dans la voiture, dit la première voix.

Elle est différente de l'autre. Plus douce. Apaisante. Chargée d'une émotion qu'elle croyait avoir oubliée depuis très longtemps.

— Non, reprend la deuxième. Ne la touche pas. J'appelle une ambulance.

— Tu plaisantes ? C'est le déluge. Elle claque des dents. Je la mets à l'abri dans la voiture et, ensuite, tu pourras appeler toutes les ambulances que tu veux.

— C'est la procédure, Sean.

Le gars paraît en colère. Terrorisée, elle se recroqueville et presse le front contre ses genoux. Ça ne l'a jamais aidée, mais elle continue pourtant de le faire.

— Je me fous de la procédure, réplique la première voix. Regarde-la, putain, elle est pieds nus. Elle saigne.

Enfin, elle relève furtivement la tête et plisse les yeux : des lumières bleues et rouges clignotent à travers le rideau de pluie. Rouge, bleu, rouge, bleu, rouge, bleu. C'est magnifique. Ça fait tellement longtemps qu'elle n'a pas vu autant de couleurs. Ça lui donne envie de pleurer, à moins que ce ne soit seulement les gouttes qui lui tombent dans les yeux.

Elle essaie de se souvenir de ce qu'est une voiture bleu et blanc avec des lumières rouges et bleues, mais n'y parvient pas.

Elle perçoit un froissement, puis quelqu'un s'agenouille près d'elle. Vite, elle cache de nouveau son front entre ses genoux.

— Eh, petite ? reprend la voix.

C'est la première voix, la gentille.

— Ça va ?

— Sean ! braille la voix désagréable derrière.

— Ta gueule, Murphy. Ce n'est qu'une gamine.

Elle lève les yeux, cligne des paupières et le voit pour la première fois, une seconde seulement, avant que la pluie ne lui brouille la vue. Il a de grands yeux noirs en amande, remplis d'inquiétude et de tristesse.

Quelque chose se déchire alors en elle, et elle verse d'un coup une éternité de sanglots. Elle sent des bras chauds et secs l'enserrer dans une étreinte rassurante.

Une sensation de sécurité qu'elle a oubliée depuis longtemps.

L'autre voix jure derrière eux. Perdue dans sa douleur, dans son chagrin et dans la chaleureuse présence de l'inconnu, c'est à peine si elle l'entend dire :

— Bon sang, c'est cette fille. La disparue. Ella Santos.

1

Laine, aujourd'hui

On peut très facilement faire semblant d'être normal, si on s'applique. D'abord, il faut se convaincre soi-même ; après, les autres suivent comme des moutons. Pour cela, il suffit d'agir le plus simplement possible, sans faire de vagues. Cette apparence de normalité a beau être aussi fine que du papier de soie, on s'aperçoit vite que personne n'est pressé de gratter la surface, encore moins de la percer à jour. On peut passer sa vie entière à enchaîner les gestes anodins, sans dévier de la routine, et personne ne remarquera rien. C'est du moins là-dessus que je compte.

La première fois où je vois Olivia Shaw, je sais que ça ne va pas pouvoir continuer très longtemps.

La plupart du temps, je travaille à la supérette de 7 heures à 14 heures, puis je vais courir ou faire la sieste, avant d'attaquer mon deuxième boulot. Je cours au moins deux fois par semaine, trois fois le plus souvent, soit pendant ma pause, soit le matin en me réveillant tôt. Quand j'ai raconté ça à une autre caissière, elle m'a dit qu'elle aimerait bien avoir la même discipline, et là j'ai seulement hoché la tête, ne sachant quoi répondre. Depuis ce jour, j'évite de trop parler aux gens de ce que je fais en dehors du boulot. Je travaille ici depuis presque six mois, ce qui est beaucoup pour moi ; bientôt ça paraîtra bizarre que je ne me lie avec personne.

La fille en question n'est pas là aujourd'hui. Je ne l'ai pas vue depuis un certain temps ; la gérante a peut-être modifié ses horaires, à moins qu'elle ne l'ait virée – je ne sais pas. La gérante s'appelle Charlene et elle a le look assorti à son prénom : des chaussures orthopédiques, une permanente et l'inévitable rouge à lèvres perlé dont la couleur aurait dû être arrêtée en 1989. J'imagine qu'elle se considère comme une espèce de figure maternelle, mais j'ai remarqué le regard qu'elle me lançait quand je suis arrivée avec un quart d'heure de retard. Dehors, l'air est aussi humide que dans une piscine, et mes cheveux frisottent obstinément, bien que j'aie essayé de les dompter avec des instruments de torture il y a une heure. Je suis encore gelée alors que je me suis changée pour enfiler mon uniforme, une chemise violette avec le logo du magasin sur mon sein droit et mon nom imprimé en dessous : LAINEY M. – le M. pour ne pas me confondre avec Lainey R., la grosse qui a si naïvement essayé de copiner avec moi. Cela avait été son truc pour briser la glace : *Oh, regarde, on a le même nom, c'est dingue, non ?* Je ne lui ai pas dit que personne ne m'appelait Lainey, personne qui compte en tout cas.

Peu importe. Ce n'est même pas moi qui ai choisi ce nom. On me l'a attribué à l'hôpital : un prénom d'héroïne de *soap opera*, auquel on a accolé un nom de famille courant. Aussi passe-partout que possible. Me cacher en pleine lumière, c'était l'idée.

Ça a marché, d'ailleurs, du moins jusqu'à aujourd'hui. Aujourd'hui, Charlene, la gérante, me tend une petite pile d'affichettes à placarder à côté des portes vitrées de l'entrée et de la sortie. Je les prends sans réfléchir, oubliant qu'on n'est pas dimanche et que je viens déjà d'afficher les promotions de la semaine : steak haché à 2,99 dollars le kilo, lot de trois boîtes de velouté de tomates pour 4 dollars. Mais quand mon regard se pose sur le premier avis, les rouages de mon cerveau se figent.

Ce n'est pourtant pas inhabituel : c'est déjà arrivé deux fois depuis que je travaille dans ce magasin. La première fois, il s'agissait d'un garçon de six ans, enlevé par son père en violation de l'accord de garde partagée et retrouvé une semaine plus tard. La deuxième fois, c'était une vieille qui avait disparu dans le quartier et dont on craignait qu'elle ne se soit suicidée. Personne ne sait ce qui s'est produit, surtout pas moi. À mon arrivée au boulot un matin, l'affichette n'était plus là, remplacée par les nouvelles promos de la semaine : cantaloups, brocolis et chips de marque de distributeur. Si ça se trouve, elle s'est vraiment suicidée – mais ce n'est pas le genre de disparue qui m'intéresse.

Aujourd'hui, en baissant les yeux sur la pile de feuilles dans ma main, je la vois, Olivia Shaw, dix ans.

C'est un avis de recherche type émis par la police de Seattle, avec une photo de la disparue, son signalement et les informations utiles. Si le cliché original était sûrement de bonne qualité, l'imprimante devait manquer d'encre, parce que les couleurs dégoulinent les unes sur les autres comme sur les polaroids.

Olivia Shaw a disparu mardi dernier. Elle a été vue pour la dernière fois devant l'entrée de son école primaire à Hunts Point, vêtue d'un blouson blanc et de bottines roses. Pendant que mon cerveau en pilote automatique enregistre les renseignements, gravant chaque mot dans ma mémoire, une autre partie de moi passe en revue méthodiquement chaque détail, qui tous finissent par s'assembler comme les fragments d'un kaléidoscope.

Si vous avez vu Olivia Shaw ou si vous détenez la moindre information utile, merci de contacter…

Des images montent à la surface de mon esprit, avant de se dissoudre en poussière noire, comme un rêve dont j'essaierais de me souvenir. Au cours des dix dernières années, j'ai passé beaucoup de temps à examiner la physionomie des filles sur les avis de recherche, en me demandant laquelle avait pris ma place dans la cave. Mais ce n'était jamais exactement le bon âge, le bon physique, les bonnes circonstances. Jusqu'à Olivia Shaw, dix ans, disparue depuis presque une semaine.

Si j'en crois mes recherches sur Internet au cours d'innombrables nuits sans sommeil, la plupart des victimes d'enlèvement meurent dans les quarante-huit heures.

Tu as eu de la chance, Ella.

Je me force à regarder le visage sur la photo, aux traits légèrement brouillés. Je ne peux plus faire un mouvement.

Olivia Shaw pourrait être mon sosie d'il y a treize ans. Elle a une masse de boucles brunes – comme moi quand je ne les dompte pas au fer chaud. Le teint mat comme moi. Les yeux – je n'en distingue pas la couleur à cause des pixels flous du poster, mais la description indique qu'ils sont gris.

Le son de mon nom, l'autre, le nouveau, met un moment à pénétrer ma bulle. C'est ma chef. J'ai l'impression que ma colonne vertébrale s'est changée en pierre friable, que ma nuque risque de se briser si je tourne la tête trop vite. Je vois l'incompréhension sur la mine de Charlene.

— Le scotch, dit-elle, en battant des paupières dont les cils fins sont collés par le mascara.

Le scotch ? Ah oui, le scotch. Sans en avoir conscience, je me griffe l'intérieur du poignet sous ma manche. Charlene agite le rouleau transparent, avec une expression qui vire à l'agacement. Je franchis les cinq pas qui nous séparent et tends le bras pour lui prendre le scotch des mains. Dans le mouvement, ma manche se retrousse, dévoilant l'os de mon poignet. Ses yeux se posent dessus une fraction de seconde, de cette façon dont les gens lorgnent un visage défiguré – le fixant sans le fixer puis détournant le regard d'une manière si ostensible qu'on préférerait qu'ils s'en repaissent un bon coup, qu'ils aient leur dose de morbide et qu'on en finisse. Je ne peux pas porter de mitaines ici : les « accessoires » sont interdits par le code vestimentaire. J'ai donc pris l'habitude de toujours baisser mes manches, un tic qui persiste aussi en dehors du magasin.

Sûrement pas la pire des habitudes, tout bien considéré.

Le crissement du scotch se détachant du rouleau me fait dresser les poils sur les bras. Je maintiens l'affichette sur la vitre extérieure et colle les quatre coins, veillant avec un soin exagéré à ce qu'elle soit parfaitement droite. Comme si ça allait lui servir à quoi que ce soit. Je sais que c'est un prétexte pour relire le texte, examiner encore la photo, l'imprimer de manière indélébile sur ma rétine. Pour ajouter Olivia Shaw à ma collection mentale de disparues. Sauf qu'une partie de moi a déjà compris que celle-là n'est pas comme les autres.

Les portes automatiques s'ouvrent en chuintant devant moi. Les muscles tendus, je lance par-dessus mon épaule :

— Charlene ? Je vais fumer une clope.

En sortant, je l'entends pester ; le magasin ouvre dans cinq minutes, mais je n'en aurai pas pour si longtemps. Je palpe mes poches en me demandant ce que j'ai fait de mon paquet de secours. Il doit être resté dans mon blouson, fourré dans le minuscule casier de la salle du personnel à l'arrière de la supérette. Dommage. Quoique, en la circonstance, une cigarette ne m'aiderait pas beaucoup. À la place, je sors mon portable de ma poche, fixe l'écran jusqu'à ce qu'il s'éclaire, entre mon code et me plante deux fois avant qu'il se déverrouille.

Une fois le navigateur ouvert, je commence à taper fiévreusement dans la fenêtre de recherche.

Mes investigations nocturnes sur le Web m'ont appris autre chose : les ravisseurs, les violeurs et les tueurs en série ne s'arrêtent pas. On les arrête. Celui qui m'a kidnappée – qui a kidnappé Ella – n'a jamais été retrouvé. Mais au cours des dix dernières années, il n'y a pas eu d'autre fille.

Maintenant si.

2

Dans les livres et les films, le personnage de la paumée meurt toujours à la fin. Parfois, elle a droit à un ultime acte héroïque, une dernière réplique sarcastique avant de tirer sa révérence. Soit elle se sacrifie pour sauver le vrai héros, soit sa fin n'est qu'un petit accident, une simple péripétie. Mais dans tous les cas elle meurt, parce qu'elle est trop amochée pour vivre.

Chaque fois que je la vois trépasser, je suis jalouse. Cela aurait dû être moi, il y a bien longtemps.

Il aurait mieux valu pour tout le monde que je sois morte, comme on a cru que je l'étais – pendant des années avant que je sois retrouvée. Surtout pour moi, la créature sans nom, sans voix, née des restes d'Ella Santos, une abomination. Une morte-vivante.

À cette créature privée de parole, ce monstre de Frankenstein couvert de cicatrices et de points de suture, il a fallu donner un nom au hasard, puisqu'elle n'était pas capable de s'exprimer par elle-même. Mon unique contribution a été d'abandonner le *y* de Lainey, pour le transformer en Laine, une seule syllabe.

Je ne saurai probablement jamais ce qui a disjoncté dans l'esprit de mon ravisseur pour qu'il décide de prendre le risque de me laisser vivre. Pour autant, je n'ai jamais cessé de me poser la question. Et je n'ai jamais pu me débarrasser du soupçon qu'une force anonyme dans l'univers m'avait sauvée pour me réserver une épreuve encore pire.

Alors que mes baskets foulent en rythme le pavé et que l'impact se répercute jusque dans mes os, je ne peux m'empêcher de me demander si le moment de vérité est arrivé.

Ai-je été épargnée afin de pouvoir faire quelque chose, aider la suivante ? Ou, au contraire, pour voir le drame se reproduire, sans aucun moyen de l'enrayer ?

J'ai beau me concentrer sur mes poumons en feu, sur les muscles de mes jambes consumés par l'effort, mes pensées retournent sans cesse à ce qui brûle dans ma poche : la feuille de papier que j'ai pliée en deux, puis en quatre puis en huit jusqu'à ce qu'elle refuse de plier davantage. Charlene m'a donné quatre affichettes à placarder, mais il n'en reste plus que trois à la supérette, à côté des prospectus jaune fluo annonçant une promotion sur les poulets entiers. De nature maniaque, comme tout le suggère chez elle, la gérante ne manquera sûrement pas de le remarquer mais, avec un peu de chance, elle ne se doutera pas que c'est moi et supposera qu'un client l'a arrachée et gardée pour une raison inconnue.

Trop tard, je me surprends avec la main dans la poche, comme une voleuse. L'épaisse pliure de la feuille effleure mes articulations et, pour faire diversion, je sors mon portable et consulte l'écran. Personne ne m'appelle jamais, et je ne suis sur aucun réseau social, contrairement à presque tous les gens de mon âge. Personne ne m'a expressément dit d'éviter – c'est juste un réflexe tenace, trop puissant pour que j'y résiste : celui de me cacher.

La première chose que je vois, c'est un appel en absence, suivi d'une notification de message vocal. Comment se fait-il que je ne l'aie pas entendu ? Mon cœur s'accélère, et ça n'a rien à voir avec l'effort physique. Autre chose que je sais d'expérience : les appels manqués, et en particulier les messages vocaux, n'annoncent jamais de bonnes nouvelles. Tentant de maîtriser les tremblements de ma main, je contacte ma messagerie et peste intérieurement pendant que l'appareil récite la date et l'heure avec une lenteur pénible. Un sifflement, des parasites, puis une voix familière, au fort accent nasal, m'emplit les oreilles, et un baume de soulagement se déverse dans ma poitrine, même si mon cœur, qui n'a pas encore reçu le message, continue de cogner. C'est une fille avec qui je bosse le soir à la boîte. Je n'ai pas reconnu le numéro, parce qu'elle appelle du vieux téléphone à pièces que le patron garde pour je ne sais quelle raison. Je suis tellement submergée par le sentiment d'avoir échappé à quelque chose que j'oublie d'être furieuse de ce qu'elle me demande : je dois arriver plus tôt parce qu'une autre fille est absente. Je raccroche sans attendre la fin du message.

Ça signifie que je n'ai pas le temps de faire une sieste avant de partir, ce qui n'est pas plus mal, vu que je n'aurais pas réussi à dormir. Mais j'avais d'autres projets pour ces deux heures, qui devront attendre la fin de la soirée – autant dire une centaine d'années. Depuis que j'ai vu Olivia Shaw me regarder sur l'affichette, le temps a changé de nature. Ce n'est plus cette chose éphémère qui s'écoule sous mes yeux indifférents. Il paraît animé d'une volonté propre, et exige de moi que je respire consciemment, que je pense à aspirer et expirer chaque bouffée d'oxygène, sans quoi je suffoquerais.

De retour chez moi, je verrouille la porte derrière moi et mets la chaîne de sécurité, même si je ressortirai dans moins d'une heure, ce qui me laisse à peine le temps de me préparer. J'ai dû prendre ce deuxième boulot, quitte à lui sacrifier mon sommeil et ma raison, parce que j'ai besoin de cet appartement. La vie avec des colocataires ne s'est pas très bien passée – ça vous étonne ? – et il est impossible de trouver un logement dans cette ville avec un seul salaire de caissière. Même un logement pourri comme celui-là, dans une des pires rues du quartier le plus crade. D'autant que je n'ai pas seulement le loyer à payer. Je suis une fille de vingt-trois ans qui a besoin de maquillage, de vêtements, parfois même de bijoux.

Sans parler des autres choses…

J'ai réussi à faire du studio un lieu plutôt cosy. Il ne mesure peut-être que vingt-huit mètres carrés, mais chaque centimètre est à moi. Mes meubles viennent d'Emmaüs et du grand marché gratuit qu'est le trottoir : un bureau étroit et si vieux que c'est quasiment une antiquité, une chaise presque assortie, une commode bancale. Le plan de travail intégré au coin cuisine étant trop petit, le bureau sert aussi de table de salle à manger. J'ai une jolie petite table de nuit de chez IKEA. Enfin, pas achetée chez IKEA, mais je crois que c'est une IKEA. Son ancien propriétaire l'a sans doute jetée à cause du coin abîmé, laissant voir le contreplaqué en dessous. Je n'ai pas de sommier, mais un matelas correct posé par terre – le sommier, ce sera ma prochaine folie. Si je sors indemne des heures-journées-semaines à venir. C'est-à-dire, si je n'oublie pas de respirer à intervalles réguliers.

En sueur après ma course, j'envisage de filer sous la douche, puis je décide que non. Je n'ai pas envie de me retrouver nue. Si bien que je passe une serviette de bain sous le robinet et me frotte les aisselles et le torse, sous mon sweat-shirt de la supérette. L'eau n'adoucit pas vraiment la serviette rêche, et j'ai l'impression qu'on m'a frictionnée à la laine de verre. Quand je retire le sweat-shirt, je m'aperçois que j'ai la poitrine couverte de petites plaques qui, je l'espère, auront disparu quand j'irai travailler.

Le code vestimentaire dans mon deuxième boulot est assez simple. Pas d'uniforme – soit ils n'ont pas les moyens, soit ils s'en foutent. On peut porter ce qu'on veut, tant que c'est blanc. Les filles se plaignent de la couleur, fatale pour les taches et quasiment transparente sous les lumières noires, mais je trouve que ça donne une illusion de courbes à mon corps de garçonne, ce qui est bon pour les pourboires. Mes deux robes de travail sont identiques, des modèles bon marché en polyester, à vingt dollars après réduction dans une grande enseigne de prêt-à-porter, mais elles ont un joli décolleté plongeant et m'arrivent à mi-cuisse.

Après la robe, j'enfile des bottes à talons compensés et bouts ronds, qui me grandissent de quelques centimètres, mais restent assez confortables, sachant que je dois passer la nuit debout. Je possède plein de bottes de tous les styles, formes et couleurs – les bottes, c'est mon truc, bien que pas entièrement par choix. L'autre solution, ce sont les baskets montantes, mais je déteste ça. Je ne porte jamais de talons aiguilles, et pas de sandales non plus, même en été. Ni de ballerines, ni ces babies à la mode avec leur fine bride.

Les filles ayant des cicatrices autour des chevilles n'ont pas beaucoup de possibilités. Un connard avec qui j'ai commis l'erreur de sortir raconte encore à tout le monde que je baise en gardant mes bottes.

Je porte des mitaines montant jusqu'aux coudes et, par-dessus, trois bracelets à chaque poignet. Fond de teint, anticernes sous les yeux, crayon à sourcils, touche d'illuminateur sur l'arcade sourcilière et dans l'arc de Cupidon : une « routine beauté » tirée d'un magazine féminin. J'ai un visage ordinaire sans maquillage, à l'exception de mes grands yeux marron qu'un amoureux transi, dans une autre vie, aurait pu qualifier d'émouvants, et je sais les mettre en valeur. Je les souligne d'un épais trait de khôl bleu nuit et j'ajoute une touche d'ombre argentée dans les coins internes. Une bonne couche de gloss pour assombrir mes lèvres, qui prennent la teinte du sang séché. Enfin, j'enfonce la brosse à mascara dans le tube éraflé qu'il faudrait vraiment que je remplace, quand j'aurai dix dollars à perdre. Ça fait des pâtés quand je l'applique, mais je doute que quiconque le remarque dans le noir.

Presque prête. Un coup d'œil à mon portable : j'ai tout juste le temps et, à cette heure, la circulation va en général dans l'autre sens. Le sweat-shirt de l'épicerie est toujours là où je l'ai laissé sur le sol de la salle de bains, une joyeuse flaque rose-violet. Au moment où je le ramasse pour récupérer mes clés et mon portefeuille dans la poche, l'affichette en tombe et atterrit à mes pieds.

J'entends les battements sourds de mon cœur au fond de ma gorge quand je la prends, la déplie et la défroisse sur le comptoir de la cuisine. Du bout du doigt, je suis le contour lisse et rond de son visage, l'unique boucle de cheveux échappée de l'élastique de sa queue-de-cheval.

Si vous avez vu Olivia Shaw ou si vous détenez la moindre information utile, merci de contacter…

Je devrais appeler le numéro : l'idée me traverse l'esprit. Je tends la main vers mon portable. Appeler pour dire quoi ? Tout a été dit il y a tant d'années, et pour quel résultat ?

Avant que la tentation ne devienne trop forte, je saisis l'avis de recherche et me rue vers mon lit près de la fenêtre. Sans regarder la photo, je soulève le matelas et la glisse en dessous, où elle rejoint la pile d'impressions papier, de pages de journaux jaunies et d'autres affichettes, patinées par le temps ou décolorées par la pluie, que j'ai récoltées dans toute la ville au fil des années.

Olivia Shaw fait maintenant partie de ma collection. Tant qu'elle restera ici, peut-être réussirai-je à me la sortir de la tête. Peut-être que son visage n'apparaîtra pas devant mes yeux chaque fois que je clignerai des paupières, comme s'il avait été tatoué à l'intérieur.

Ça suffit. Je suis en retard. Je fourre mon portefeuille et mon portable dans la poche de mon blouson en similicuir, puis, fouillant le tiroir de ma table de nuit, j'en sors le couteau rangé sous une pile de vieux tabloïds aux couvertures déchirées.

Chaque fois que je quitte mon appartement le soir, j'espère secrètement en avoir besoin. En vain.

3

Le service du soir a déjà commencé lorsque j'arrive au Silver Bullet. Je croise quelques-unes des filles qui bossent à la boîte dans la journée, le pantalon de jogging fourré dans des imitations UGG, un sac en toile à l'épaule. L'autre barmaid, une ancienne strip-teaseuse originaire d'Europe de l'Est, qui se fait appeler Chloe, mais dont le vrai nom est Natalia quelque chose, se trouve déjà derrière le comptoir. Elle me fait signe et, à en juger par son sourire vaguement désespéré, qui paraît jaune sous les lumières noires, je comprends que je vais avoir des problèmes avec le patron.

Natalia est pour moi ce qui se rapproche le plus d'une amie. Nous sommes sorties ensemble plusieurs fois après le boulot, et je suis allée chez elle en une occasion ou deux – une petite maison, plus jolie que ce à quoi on aurait pu s'attendre, qu'elle loue en périphérie de la ville. Ou qu'elle possède peut-être, pour preuve de ses années de travail dans l'industrie de l'effeuillage – sûrement nombreuses, même si je ne lui ai jamais posé la question. Elle a le visage lisse comme un œuf, des lèvres repulpées par des injections, des pommettes rebondies, des cheveux platine encore plus épais que les miens grâce à des extensions à la kératine. Pourtant, cette différence de une ou deux décennies est bien là entre nous, intangible, mais aussi présente que son parfum capiteux. Elle n'arrête pas de me dire que je gagnerais beaucoup plus en tant que strip-teaseuse, que je gâche mes bonnes années à me bousiller le dos derrière une caisse enregistreuse et un bar, alors que je devrais être de l'autre côté, à amasser des fortunes. J'y ai songé. Horaires flexibles, bonne paie, et je n'aurais qu'à porter des bottes de dominatrice pour couvrir mes cicatrices aux chevilles, plus quelques bracelets de force – comme les filles qui ont des problèmes de drogue, de ceux qui impliquent des seringues. Quant à ma cicatrice au ventre, eh bien, j'ai vu bien pire ici, et je pourrais la cacher avec du maquillage. La cicatrice de césarienne de Natalia est presque aussi moche – encore un sujet que je n'ai pas abordé, partant du principe que moins on en sait, mieux on se porte.

Sans être particulièrement prude, je lui ai toujours répondu que je n'étais pas faite pour ce job. C'est une ligne que je ne veux pas franchir, du moins pas pour l'instant.

Ce qui me fait penser que je devrais sans doute aller faire de la lèche au patron tant que j'ai toujours un emploi. Mais je n'arrive pas à y attacher de l'importance ; ça paraît irréel, comme s'il s'agissait d'une émission de télé que je regarderais tous les soirs, non pas de ma propre vie. Ce qui est réel, c'est le visage fantomatique sur l'avis de recherche. Olivia Shaw. Dix ans. Vue pour la dernière fois…

Une partie de moi se demande si je ne me fais pas des idées. Si je ne m'accroche pas à des détails épars que j'associe par désespoir. Mais le regard qu'elle me renvoyait depuis cette feuille m'a fait frissonner, telle une goutte glacée sur la peau. J'ai eu l'impression que c'était elle qui me recherchait et pas l'inverse.

Super. Je suis peut-être en train de perdre les pédales, comme tout le monde semble croire que ça m'arrivera un jour. Je commence à penser exactement comme les dingues. *C'était sa façon de me regarder, monsieur le juge. Je l'ai lu dans ses yeux et je n'ai pas pu me retenir.*

Je suis sûre que quelqu'un, quelque part, a archivé toutes mes recherches sur Internet, mais au moins j'ai appris des tas de choses sur le sujet. Les déviances, le délire, la déshumanisation. Chaque fois qu'une fille disparaît, quel que soit son âge, ses parents passent à la télé pour implorer le public anonyme de les aider à retrouver leur enfant chérie. En croyant, contre tout espoir, que ça marchera.

Dans toutes mes recherches, je n'ai pas trouvé un seul cas où ça ait marché. Ce qui explique peut-être que je n'en veuille à personne de ne pas être allé pleurer devant les caméras quand j'ai disparu, parce que ça n'aurait servi à rien.

Personne ne connaît la date exacte de ma disparition, pas même moi. La police a établi une fenêtre d'une semaine, elle-même approximative.

Et mon esprit, exactement comme celui des dingues, refuse de lâcher prise. À l'instar d'un enfant qui gratte obstinément une croûte à moitié cicatrisée, j'appuie là où ça fait mal, j'enfonce le couteau dans chaque plaie – et des plaies, je n'en manque pas. Et ce depuis dix ans. Presque la moitié de ma vie. Les détails tournent en boucle dans mon cerveau douloureux jusqu'à ce qu'il soit à vif, jusqu'à ce que mes mains tremblent et que je manque laisser tomber la bière que je m'apprête à faire glisser sur le comptoir.

Deux autres types s'installent au bar juste au moment où je me retourne. Ils me dévisagent comme si j'avais marmonné sans m'en rendre compte, et je suis prise d'un nouvel accès de paranoïa. Je me penche et leur demande ce qu'ils veulent boire.

L'un paraît jeune et un peu fuyant ; l'autre, qui doit frôler la quarantaine, a la peau tannée et un peu plus mate. Non sans ressemblance avec la mienne. Portoricain ? Je me demande. Cubain ? Je ne vois pas bien son visage, à moitié caché dans l'ombre, mais quelque chose en lui, dans l'angle de sa mâchoire, me semble familier. Ils ont l'air d'être ensemble, même si le deuxième est beaucoup mieux habillé que son camarade, qui arbore un vieux maillot de hockey retombant de ses épaules maigres comme une fripe. Non, l'aîné porte une veste. Une jolie veste. Comment connaîtrais-je un homme avec une veste aussi élégante ? Sûrement en laine, et si noire qu'elle paraît absorber la lumière. Et son écharpe est terriblement à la mode. Soit il a une femme qui lui choisit ses fringues, soit il penche de l'autre côté. Ce qui est peu probable, vu qu'il est assis dans une boîte de strip-tease, mais sait-on jamais.

Le jeune à l'expression fuyante commande une bière sans alcool. Eh bien, peut-être que le plus vieux penche vraiment de l'autre côté et qu'il est là avec son jeune amant – l'endroit offre une bonne couverture pour un rendez-vous illicite, à moins qu'il ne s'agisse d'un autre genre de plan tordu ? Je souris de toutes mes dents avant même de m'en rendre compte, et lui réponds que nous n'avons pas ça.

Je me fais peut-être des idées, mais j'ai l'impression que le type à la veste se marre. Sans ciller, le jeune commande un Coca. Je m'apprête à répliquer du tac au tac que s'il veut du light on n'en a pas non plus, ce n'est pas assez viril, mais l'autre me jauge d'un coup d'œil, et les mots restent coincés dans ma gorge. Alors que je me détourne pour prendre le Coca dans le frigo, je sens son regard dans mon dos.

Pas mal de types me reluquent tous les soirs, même quand je n'ai pas le courage de m'apprêter. Les clients du lundi soir ne sont pas difficiles – ils baveraient devant n'importe quoi –, mais celui-ci saute l'étape où il me déshabille du regard et paraît plutôt passer mon crâne aux rayons X. Sentant les cheveux se dresser sur ma nuque, je fais aussitôt volte-face. Je remplis le verre de glaçons troubles et à moitié fondus et le pousse sur le comptoir avec le foutu Coca.

C'est le type à la veste qui pose les dix dollars sur le bar, gardant le bout des doigts sur le billet quand j'essaie de le prendre. Je ne veux pas toucher sa main. Taré. Foutu taré.

Eh bien, il est sur le point de découvrir qu'il faut plus qu'une veste en lainage pour m'intimider. Je m'oblige à le fixer dans les yeux et laisse tomber le sourire professionnel : un truc que m'ont appris les danseuses et qui fait merveille. Le message est clair : tu paies, mon pote, et tu arrêtes les conneries.

Il retire sa main. Je m'apprête à flanquer la paume sur le billet froissé quand il demande abruptement :

— Lainey. Lainey Moreno ?

Sa voix.

Ma main reste en suspens dans l'air. Je lève la tête et croise son regard électrique. Dans mon cerveau, une ombre monte en spirale comme de la fumée noire, se solidifie et prend forme. Mais avant que l'image se matérialise, l'homme s'incline vers l'avant et reprend :

— Lainey, je suis l'inspecteur Ortiz, de la police de Seattle. Je…

Le dernier doute que j'aurais pu avoir s'évapore. Ce n'est pas une ampoule qui s'éteint dans ma tête – ou alors, une ampoule qui explose, dans un crépitement et une pluie de petits éclats mortels. Une sensation étrangère prend possession de mes membres, un instinct animal qui n'a surgi qu'une fois ou deux précédemment. Je ne réfléchis pas. Je me contente de partir en courant, filant par l'étroite porte réservée au personnel à l'autre extrémité du bar.

Le type à l'air fuyant hurle : « Merde ! » Une fille pousse un cri aigu. Sans vérifier par-dessus mon épaule, j'entends le fracas d'un tabouret de bar et je comprends qu'Ortiz est en train de sauter par-dessus le comptoir pour se lancer à ma poursuite.

La porte se referme en claquant derrière moi. Je regrette qu'il n'y ait pas de verrou mais, même s'il y en avait un, je ne pourrais l'actionner tant mes mains tremblent. Dans l'arrière-salle à l'obscurité aveuglante, les boîtes et les caisses s'empilent de tous les côtés, et l'espace d'un instant je crois pouvoir m'y cacher – me recroqueviller dans un coin, rester immobile et silencieuse en attendant que ce soit fini.

Puis la porte s'ouvre à la volée, laissant passer la faible lumière rouge de la salle. Je poursuis ma course, zigzaguant dans le labyrinthe de caisses. Derrière moi, je perçois ses pas étonnamment légers, qui se noient dans le bruit du sang qui bourdonne à mes oreilles. Il trébuche et jure tout bas. Profitant de l'instant, je me jette sur la porte, l'entrée des fournisseurs, qui donne sur la ruelle derrière la boîte.

L'air frais m'enveloppe et couvre ma peau brûlante d'une pellicule de rosée polluée, crasseuse. Mon haleine monte en volutes de vapeur si épaisses qu'elles obscurcissent ma vision. Au-dessus de moi, les lumières se pixélisent et se brouillent tandis que j'aspire de l'humidité dans mes poumons et que je continue de courir à travers les flaques.

Mes bottes sont des poids morts à mes pieds. En quelques secondes, je suis à bout de souffle, et je l'entends tout autant que je le sens derrière moi, qui se rapproche.

Et pendant toute cette cavale, même quand il finit par me rattraper et saisit le dos de ma robe, je me demande pourquoi je me suis enfuie.

Je n'ai rien à cacher. Je n'ai rien fait de mal.

Un cri s'échappe de mes lèvres quand il me tire en arrière. Mes pieds glissent sur le pavé mouillé, je bascule et j'atterris sur le flanc. De la boue éclabousse le côté de mon visage, et le choc me coupe le souffle.

Il me tord le bras dans le dos jusqu'à ce que je hurle.

— Lainey ! dit-il.

Je ne vois pas son visage, seulement une portion d'asphalte craquelé et brillant de pluie et des murs de brique qui se dressent au-dessus. Mais sa voix... Sa voix m'atteint au plus profond. Je me souviens de cette voix, qui en cet instant est pleine de reproche.

Il desserre la pression, mais ne me lâche pas – du moins n'ai-je plus mal à l'épaule –, et il déplace son poids de sorte que je peux lever la tête et respirer.

— Lâchez-moi, dis-je d'une voix étranglée.

J'ai si souvent rêvé de cet instant, lorsque j'étais à l'hôpital, puis au service psychiatrique, dans les moments sombres et angoissants, dans les nuits de solitude. C'était comme une couverture chaude sur mes épaules : son visage, ses yeux, sa voix. Ou du moins le souvenir que j'en gardais.

Ce n'était pas ainsi que je m'étais représenté notre première – deuxième – rencontre. Ce n'étaient pas les premiers mots que j'espérais lui adresser.

À ma grande surprise, il me libère. Je me redresse d'une pression de mes paumes sur l'asphalte et sens mes bras trembler, menaçant de se briser comme deux allumettes. Il s'éclaircit la gorge, et je me rends compte qu'il me tend la main. Je regarde ma paume, froide, moite et pleine de boue, et je me relève tant bien que mal, refusant son aide. Après ma chute, ma robe est maculée de taches semblables à des motifs du test de Rorschach, et le tissu est plein d'accrocs – bon pour la poubelle.

— Pourquoi vous êtes-vous enfuie ?

Il soutient mon regard. Il a vieilli, constaté-je, déroutée. Forcément. Ce n'est pas un ange immortel, mais un être humain de chair et de sang. Sauf que, pour moi, il a toujours représenté tellement plus que ça.

Ses cheveux – il a des traces de gris sur les tempes. Elles s'y trouvaient peut-être déjà il y a dix ans, mais j'étais trop à l'ouest pour le remarquer. Sa peau paraît différente, et il a une barbe de trois jours. Mais ses yeux sont exactement les mêmes que le jour où il m'a trouvée. Je dois toujours lever le menton pour les croiser.

— Je suis un flic, Lainey. Vous n'auriez pas dû partir en courant.

— Je sais qui vous êtes.

— Ah bon ?

Je dois lutter pour ne pas laisser mes émotions paraître dans ma voix.

— Je me souviens de vous.

Je déglutis.

— Je suis en état d'arrestation ?

— Je ne sais pas. Pourquoi vous êtes-vous enfuie ?

Je baisse la tête, et les cheveux me tombent sur le visage. Comme je ne réponds pas il reprend :

— Vous savez pourquoi je suis là ?

— Non.

— Regardez-moi, Lainey.

— Laine.

— Pardon ?

— Laine. Plus personne ne m'appelle Lainey, à part mon psy.

J'ignore pourquoi je lui raconte ça. Il n'est pas la personne dont j'ai gardé le souvenir, pas la personne que j'imaginais, et il n'est pas là pour moi, ça au moins je le sais. Pourtant il opine, comme s'il comprenait.

— Laine.

Le nom sonne mieux sur ses lèvres, il semble plus doux.

— Pouvez-vous simplement me parler, à présent ? Je ne veux pas être obligé de vous passer les menottes.

Son regard se pose sur mes mains avant qu'il ait pu se retenir. Je les observe moi aussi, faisant tourner l'un des bracelets autour de mon poignet droit. Nous relevons la tête en même temps, et son regard se braque sur le mien. J'ai beau essayer, impossible de le déchiffrer : j'ai l'impression de contempler de l'eau boueuse, une surface opaque.

— Ça dépend, dis-je.

— Promettez-moi de ne pas déguerpir.

Je ravale la boule que j'ai dans la gorge pour pouvoir parler.

— Si on m'arrête, je risque d'avoir des ennuis. Mais vous le savez déjà.

Il lâche un soupir.

— Je ne vais pas vous arrêter. Si et seulement si vous me parlez. Vous allez écouter ce que j'ai à vous dire et répondre à toutes mes questions. Pour l'instant, c'est officieux. Faisons en sorte que ça le reste.

Je le laisse présumer que mon silence vaut acquiescement.

— Laine… C'est à propos d'une affaire de disparue.

J'esquisse un bref hochement de tête.

Il prononce le nom d'Olivia, lentement, et son regard lourd et méfiant ne quitte pas mon visage. Il attend que je me trahisse d'une manière ou d'une autre.

— Eh bien ?

— Elle a disparu depuis une semaine. Elle a dix ans.

Il me surveille toujours, guettant ma réaction, mais je ne laisse rien paraître.

— Vous vous en fichez ?

— Ça n'a rien à voir avec moi.

— Olivia Shaw a été adoptée.

Je ferme les yeux. Ma respiration est trop rapide, saccadée, et j'entends mon cœur tambouriner. Je me rends à peine compte que je serre les mâchoires.

— Vous perdez votre temps. Pourquoi saurais-je quoi que ce soit ?

— Laine, c'est votre fille.

4

— Ce n'est pas ma fille. C'est la fille de Jacqueline Shaw.

Je mesure ma bévue, mais trop tard pour la ravaler. Désormais, il sait que je sais. Que je me suis renseignée.

— Vous ne ressentez rien pour elle ? Aucun sentiment de...

Des larmes me brûlent les yeux. J'ignore combien de temps passe avant que je sois capable de recommencer à parler.

— D'après vous, je suis censée ressentir quoi, putain ?

Ces mots sont horribles, violents et cruels. Le voyant tressaillir, je regrette de les avoir prononcés, mais en même temps la colère déborde de ma poitrine, suffocante. Elle chasse la douleur. Que devrais-je éprouver pour cette fille ? Pour l'enfant dont le père m'a gardée prisonnière dans une cave pendant trois ans, qui...

Une fille que je n'ai jamais tenue dans mes bras, pas même une minute. Inconsciente, je flottais dans une mer de médicaments anesthésiants, et à mon réveil on l'avait déjà emmenée. Elle aurait pu être adoptée par les voisins d'à côté, envoyée à l'autre bout du pays ou être mort-née, je ne l'aurais jamais su.

— Je n'ai rien à voir avec ça, dis-je. Vous perdez votre temps.

Je m'attends à ce qu'il réagisse, qu'il dise ou fasse quelque chose. Qu'il me frappe, même, peut-être, je le mérite. Mais il attend patiemment que je termine, ce qui renforce mon agacement et ma colère.

— Je suis désolée de vous décevoir, mais la seule et unique fois où je l'ai vue, c'est sur un avis de recherche de la police. Maintenant, vous voulez bien me laisser tranquille ?

— Je regrette, mais c'est impossible.

— Je n'ai pas essayé de la récupérer, dis-je d'une voix enrouée. Si c'est ce que vous vous demandez.

— Je n'ai jamais dit une chose pareille.

— Qu'est-ce que vous pensez, alors ? Pourquoi êtes-vous ici ?

Une partie de moi doit déjà connaître la réponse ou du moins la deviner.

— Qu'attendez-vous de moi réellement ? Pourquoi est-ce que c'est *vous* qui êtes là, alors que ça aurait pu être n'importe qui d'autre ? Pourquoi suis-je si importante ?

— D'abord, je suis l'inspecteur chargé de l'enquête, c'est donc à moi de venir vous trouver. Ensuite… je voulais vous parler de manière officieuse. Je connais votre situation. Je ne voulais pas vous causer d'ennuis.

— Eh bien, vous avez réussi votre coup. Je vais sans doute perdre mon boulot.

Le silence dans l'allée est si intense qu'il bourdonne et crépite comme de l'électricité. Même le battement sourd de la basse à l'intérieur de la boîte, dont seul un mur de brique couvert de graffitis nous sépare, n'est rien de plus qu'un bruit blanc.

— J'essaie de vous dire que l'homme qui vous a fait ça détient peut-être votre fille biologique. Et vous vous en fichez ?

Tout tournoie devant mes yeux. L'asphalte luisant, la brique, le ciel gris ardoise presque impossible à distinguer des toits. Les lumières floues.

— Comment vous osez dire un truc pareil ?

Mon filet de voix trahit mes larmes avant qu'elles coulent.

— Je veux seulement savoir. Pure curiosité.

Je ne sais pas ce qui me prend. Mon poing se lève et vole vers son visage. Au fond de ma tête, je sais déjà que je suis en train de faire n'importe quoi, mais il est trop tard pour y changer quoi que ce soit.

Au lieu de bloquer mon bras ou de m'attraper le poignet, il penche à peine la tête. Mes jointures ne font qu'effleurer sa mâchoire, et mon bras retombe mollement à mon côté.

Nous nous dévisageons – moi avec terreur et lui avec une étrange lueur dans ses yeux noirs, que je prendrais presque pour de l'intérêt. La peau fine de mes jointures me brûle encore d'être entrée en contact avec sa barbe râpeuse, seule preuve de ce qui vient de se passer. Je n'essaie pas de fuir, mais baisse la tête et tends les mains vers lui, poignets vers le haut.

— Arrêtez-moi si vous voulez, dis-je dans un murmure.

— Je n'ai pas l'intention de vous arrêter, Laine.

— Pourquoi pas ? Je vous ai agressé. J'ai refusé de coopérer.

Les larmes sèchent sur mes joues.

— Je ne suis pas là pour foutre en l'air votre vie. Je veux seulement sauver Olivia.

Ma poitrine se serre quand il me tend une carte avec une adresse et un numéro de téléphone imprimés dessus. Un autre a été noté à la main et à l'encre bleue en dessous.

— Passez au poste demain. Vous devrez faire une déposition expliquant où vous étiez le jour de sa disparition.

Il doit sentir ma méfiance, car il ajoute :

— Vous n'êtes pas en état d'arrestation et personne ne vous accuse de quoi que ce soit. C'est juste une procédure de routine.

— Et si je refuse ?

Seule une bouffée de vapeur révèle son soupir patient.

— Vous pouvez m'appeler sur mon portable, dit-il. Si vous pensez à quoi que ce soit. Ou si vous avez simplement envie de parler.

Je prends la carte du bout des doigts.

— D'accord.

En le regardant s'éloigner sans se retourner, je comprends qu'il est absolument certain que je viendrai.

Et moi aussi, je suppose.

5

L'inspecteur Ortiz n'est pas n'importe qui.

C'est la première personne que j'ai vue après trois ans de captivité. À l'époque, Sean Ortiz faisait partie de la police routière. Je n'étais pas son problème. Le hasard avait voulu qu'il s'arrête en voyant quelque chose de bizarre derrière le rideau de pluie qui couvre Seattle en permanence. Tout ce qu'il avait à faire, c'était appeler les urgences et me confier à d'autres qui se chargeraient de moi.

C'était ce qu'il avait fait, et ce qu'ils avaient fait. Des inconnus portant des masques vert pâle m'avaient posée sur une civière, et la dernière chose dont je me souvienne, c'est d'un ambulancier enfonçant une seringue dans mon bras en me chuchotant des paroles apaisantes comme si j'étais un chien qu'il devait piquer.

Je n'avais plus jamais revu Ortiz après ça. Ça ne me surprenait pas. J'étais certaine qu'il ne pensait même jamais à moi.

Alors que j'avais tellement pensé à lui !

Ce que ma psy bien intentionnée appelle un mécanisme de survie – un transfert affectif, comme elle dit. Mais tout ce que je sais, c'est que quand les autres filles de mon âge fantasmaient sur des vampires à la peau scintillante ou des musiciens hirsutes, moi je rêvais de Sean Ortiz. Ou du moins de l'image mentale que j'avais de lui, ce bref instant sous une pluie battante et des lumières clignotantes, cette image qui devenait chaque année plus floue, comme une coupure de journal effacée par le temps, jusqu'à ressembler plus à un rêve qu'à la réalité.

Peu m'importait. Là où ma mémoire me faisait défaut, mon imagination prenait le relais.

Je retourne vers la boîte en sentant à peine mes jambes. J'ai l'impression de flotter au-dessus du sol. En fait, je ne sens plus grand-chose, ni le froid ni le crépitement des gouttes de pluie glacées sur mes bras nus. Je ne suis qu'un battement de cœur sous une enveloppe de peau quand je retrouve la réserve et m'accroupis derrière une pile de caisses.

Des gonds rouillés grincent, la porte de la salle s'ouvre et des pas lourds s'approchent. C'est Dom, mon patron. Son ombre géante s'abat sur moi mais, quand je lève les yeux, il paraît plus inquiet que furieux. Même s'il a toutes les raisons d'être en colère.

Je lâche des excuses inutiles.

— Laisse tomber, dit-il en agitant son bras tatoué. Dis-moi seulement si on doit s'attendre à une descente ?

Je me force à faire pivoter ma tête d'un côté à l'autre, avec l'impression d'être un chien sur un tableau de bord. Ses épaules s'affaissent et il pousse un soupir de soulagement.

— Alors, c'était quoi, ce bordel ?

— Rien.

Je tente vaguement de sourire, mais il n'a pas l'air convaincu.

— Dis-moi juste que Sugar est dans le coin.

— Ouais, tu parles, Sugar s'est barré dès qu'il a entendu le mot *police.*

Je jure tout bas et commence à claquer des dents.

— Retourne au bar, dit Dom, sourcils froncés.

— Dans une minute.

Il hausse les épaules et me laisse seule.

Recroquevillée entre deux caisses de bouteilles vides dans la réserve glaciale, je rouvre les onglets que j'ai marqués comme favoris sur mon portable, pour consulter tous les renseignements que j'ai péniblement assemblés sur Olivia Shaw et tous les articles des principaux sites d'information. Mes mains tremblent tellement que j'ai du mal à taper sur mon écran.

Voici ce que je sais déjà : Olivia Shaw, dix ans, a disparu en rentrant chez elle après être sortie de l'école. Ses parents, Tom et Jacqueline Shaw, née Velasquez, sont riches. Ils possèdent une maison dans le quartier huppé de Hunts Point, et Olivia allait – va, Olivia va, ne pense pas à elle au passé – à l'école du coin. Personne ne sait comment elle a pu disparaître.

Il n'est mentionné nulle part qu'elle a été adoptée.

Mais à la seconde où j'ai vu Sean Ortiz au bar… j'ai su.

J'ai su que c'était elle. Ma fille.

Non, c'est n'importe quoi, elle n'a jamais été ma fille. Elle n'a rien à voir avec moi. Nous ne faisons pas partie du même monde, nos chemins ne se sont jamais croisés et ne se croiseront jamais.

Sauf si…

Je presse les paumes contre mes tempes. Je voudrais crier, mais je ne parviens pas à produire de son. Je pense à Sean Ortiz, le premier visage que j'ai vu après des années de captivité. La première personne à m'avoir parlé. La première personne à m'avoir témoigné de la bonté dans toute ma misérable vie.

L'expression dans ses yeux, lorsque nous étions dans l'allée – je ne peux pas me l'ôter de la tête. De la pitié, de la consternation. De la déception. Il a vu l'épave que je suis devenue. Il a vu à quel point j'étais déglinguée.

Je me mords l'intérieur de la lèvre et sens un goût de cuivre. Plein de cuivre, une poignée de pièces, et je n'ai même pas ressenti la douleur.

Merde. Passant la langue sur la coupure dans ma bouche, je me précipite vers les toilettes des employés, un réduit minuscule où je peux à peine tenir debout. La porte est verrouillée. Je secoue la poignée, tape sur le montant puis lui balance un coup de pied pour faire bonne mesure. Enfin, de l'autre côté, j'entends Natalia jurer et me crier de me calmer, bordel, de son accent familier. Ce n'est pas la première fois que je vois ça – une pressante envie de pisser juste au moment où les flics déboulent. Natalia tire la chasse puis sort, les pupilles comme des soucoupes noires qui se dilatent encore plus quand elle voit ma tête. Elle se pousse sans un mot.

Je referme la porte derrière moi. Mes semelles collent au sol, et la puanteur d'égout mêlée à celle du détergent industriel me monte à la tête. Me penchant sur l'évier rouillé, j'ouvre le robinet, je me gargarise avec de l'eau froide et me tapote la lèvre avec du papier toilette roulé en boule.

Puis mes mains plongent vers mon ventre, sous ma robe et mon slip, et se posent sur la cicatrice horizontale, là où ils l'ont sortie.

6

Qu'ont en commun les ravisseurs, les bourreaux d'enfants, les tueurs en série et autres monstres de cette espèce ?

J'ai sauvegardé beaucoup de liens sur mon portable, mais la réponse se résume ainsi : ils sont comme un puzzle auquel il manque une pièce essentielle. Tous ne sont pas à proprement parler des psychopathes, mais ils présentent un dysfonctionnement psychique, qui fait qu'ils ne considèrent pas leur victime comme un être humain capable de sentiments et de souffrance. En général, ils ont eux-mêmes été maltraités durant leur enfance – et maltraitent à leur tour selon un processus de reproduction pervers. Ma psy parlerait encore de mécanisme de survie, le moyen infaillible de se débarrasser de la colère et de la douleur refoulées étant de les infliger à autrui.

Du moins en théorie.

Les auteurs de ces articles sur Internet ont dû avoir la chance de ne jamais se retrouver dans la même pièce qu'un de ces malades. Parce que je n'ai peut-être pas de titre universitaire ronflant attaché à mon nom – je n'ai même pas fini le lycée –, mais j'ai passé trois ans à étudier de près un de ces spécimens. Et ma théorie est qu'ils savent très bien que leur victime ressent de la peur, de la douleur et les mêmes émotions que tout le monde. Ils le savent, sinon pourquoi se donneraient-ils tant de mal ? Autant fabriquer une effigie vaudoue ou acheter une poupée gonflable, si ça revient au même. Mais non. Ils ont besoin d'une personne réelle, qui vit, qui respire, qui crie de préférence et supplie pour avoir la vie sauve.

Et maintenant, Sean pense que j'ai fait le coup. Ou du moins, que je suis mêlée à cette affaire, et qui peut le lui reprocher ?

En pleine crise de paranoïa, je suis distraite et maladroite et, après qu'un chauffeur routier ivre manque déclencher une bagarre parce qu'il me soupçonne de m'être trompée exprès en lui rendant sa monnaie, Dom me prend à part et me donne la fin de ma soirée.

En arrivant chez moi, j'attrape mon ordinateur portable avant même d'enlever mes bottes et je me jette sur mon lit. Je me connecte à ConspiracyTalk, un forum que j'ai pas mal fréquenté. Ce n'est pas ce qu'on peut appeler un environnement sain et équilibré, et certains de ses membres réguliers sont peut-être encore plus tarés que moi, mais j'y suis tout de même intervenue pendant cinq bonnes années, plus ou moins activement, en signant disparue14. Le fil de discussion consacré à mon affaire – à l'affaire d'Ella Santos, plutôt – occupe vingt pages, où chacun y va de ses hypothèses. On y trouve toutes sortes de théories, certaines dérangeantes – je n'aurais pas identifié mon ravisseur à dessein pour cause de syndrome de Stockholm, par exemple –, d'autres carrément dérangées. Ces derniers temps, il s'est retrouvé relégué derrière des histoires plus récentes, aux détails sordides plus facilement accessibles. Dès que je me connecte, je remarque un nouveau fil de discussion intitulé *Olivia Shaw : une riche fillette disparue sans laisser de traces*. Les membres publient des messages à un rythme inquiétant, donnant libre cours à leurs spéculations, mais, tandis que je survole fiévreusement les posts, je ne vois personne s'approcher de la troublante vérité.

Roswell82 : À mon avis, c'est tout simple. Peut-être qu'ils l'ont tuée par accident. Comme JonBenet.
Mike6669 : Pour moi c'est une histoire de rançon. Des parents riches. Vraiment pleins aux as. Et de l'argent sale, à tous les coups, donc quelqu'un avait forcément des raisons de leur en vouloir…
Roswell82 : Non. Je vous parie que c'est les parents. Vous avez vu la photo de la bonne femme dans l'article de la *Tribune* ? Le corsage à moitié ouvert. Quelle mère montre ses nichons quand sa gamine a disparu ?
Mike6669 : Ouais, c'est pas faux.

L'article en question n'est pas long à trouver. Le texte lui-même se résume à deux petits paragraphes, mais l'énorme photo remplit la moitié de l'écran. Le corsage de Jacqueline Shaw n'est pas à moitié ouvert, bien sûr. Elle porte une chemise blanche à col boutonné, qui laisse à peine voir ses clavicules – à moins que ce ne soit qu'une ombre. On pourrait lui donner entre vingt et quarante ans, même si je sais qu'elle est plus proche de la quarantaine. Je zoome sur son visage, l'examinant aussi attentivement que le permet la basse définition de mon vieux portable. Pas loin de la quarantaine, c'est sûr, et pas accro au bistouri comme certaines filles de la boîte. Si elle a eu recours à la chirurgie, l'intervention a été discrète et de bon goût. Elle apparaît sinon comme une beauté naturelle, du moins comme une jolie fille bien conservée grâce à beaucoup d'argent et à une vie d'oisiveté. En la scrutant d'encore plus près, je remarque son air déterminé, les lèvres pincées comme si elle les mordait de l'intérieur, le menton ferme et la mâchoire serrée.

Moi qui m'attendais à la détester d'emblée, je suis surprise de n'éprouver aucune antipathie pour elle. Mais apparemment, je suis bien la seule. Les commentaires ne lui épargnent rien.

> Sale bourgeoise refaite. Voilà ce qui arrive quand on laisse sa gosse à des nounous au lieu de s'en occuper soi-même.

L'article ne fait pourtant pas mention d'une nounou.

> Elle n'a même pas l'air inquiète. Est-ce qu'elle a l'air d'avoir pleuré ?
> Re : Même pas… C'est sûrement le Botox. Ah ah ! Où est ta fille, Jackie ? Qu'as-tu fait à ta fille ?

Stop. Ça suffit pour aujourd'hui. Refermant l'ordinateur, je le repousse si brusquement qu'il atterrit par terre avec un bruit sourd et que je dois le ramasser pour vérifier qu'il marche, avant de le mettre à charger. Je n'ai pas les moyens d'en acheter un autre.

Une fois que je suis allongée sur mon matelas, les cauchemars m'assaillent presque aussitôt, avec une intensité telle que les somnifères n'y peuvent rien. Les cachets ne réussissent qu'à me maintenir prisonnière de l'étreinte poisseuse de rêves épouvantables.

Quand je me redresse, pantelante, je ne sais pas si j'ai dormi cinq heures, cinq minutes ou cinq jours. Une faible lumière filtre par les rideaux fermés. Dans cette ville, l'aube ressemble à un après-midi pluvieux, et comme il pleut quasiment tous les après-midi…

Les draps humides collent à ma peau en sueur. Cherchant mon téléphone à tâtons, je plisse les yeux vers l'écran faiblement éclairé : 6 heures du matin.

Je me traîne jusqu'à la douche et tourne le robinet d'eau chaude. La salle de bains de mon appartement a la taille d'un Kleenex – ou, comme me l'a fait remarquer un jour un mec avec qui j'avais passé la nuit, on peut chier en se lavant les dents. Il n'y a pas de baignoire, seulement un bac de douche en plastique, très semblable à ceux de l'asile psy. Là-bas, tout était en plastique et de forme arrondie, pour éviter les bêtises du genre se frapper la tête exprès sur les dalles ou contre un angle aigu.

Le bac en plastique, ici, c'est parce que le proprio est radin. Mais au moins, il n'y a pas d'infirmière derrière le rideau transparent, qui me surveille comme un faucon.

Ce souvenir me donne encore des frissons. Je me souviens que je pleurais sous le jet d'eau chaude, parce que je ne pouvais pas baisser la tête sans voir mon ventre distendu. J'ai fini par prendre des douches en contemplant le plafond.

Je refoule ce souvenir aux confins de mon esprit, où il pourra pourrir jusqu'à m'empoisonner. Le temps de me rincer les cheveux, l'eau tiédit puis devient glaciale. Avec un soupir, je referme le robinet.

Au moment de me glisser sous les couvertures, je comprends que je ne parviendrai pas à me rendormir dans les draps glacés et encore trempés de sueur. J'enfile donc un pantalon de jogging trop large et un tee-shirt arborant le logo d'un groupe que je ne connais même pas, une relique laissée par un type avec qui je n'ai pas le souvenir d'avoir couché.

Il est presque 7 heures quand je lace mes bottines et passe mon blouson, puis je m'arrête sur le seuil de l'appartement et, après réflexion, retourne sur mes pas pour glisser une boulette de papier d'alu dans la fente aménagée dans la doublure de mon blouson. Normalement, je ne serais pas assez conne pour emporter des pilules dans un poste de police – mais celles-là ont fait l'objet d'une ordonnance à mon nom. Techniquement. J'ai épuisé ma prescription mensuelle il y a deux semaines, mais personne n'est censé le savoir.

Je suis prête à affronter Ortiz. Du moins autant que je peux l'être.

Il ne fait pas encore jour quand je mets le pied dehors ; la rue est déserte et les ombres se terrent encore dans tous les recoins. Les réverbères – ceux qui fonctionnent – émettent une lueur diffuse, voilée par la brume légère qui ne paraît pas décidée à se lever. L'atmosphère vibre de danger, et un petit signal d'alarme retentit dans mon esprit : toi, plus que toute autre, devrais être sur tes gardes. Je mets mes écouteurs et j'allume la musique à fond. Comme si je cherchais les ennuis.

Personne ne me prête attention quand je pousse la lourde porte vitrée portant le logo de la police de Seattle et que j'entre dans le commissariat. Des hommes et des femmes en uniforme de flic vont et viennent, des téléphones sonnent, un chaos général flotte sur la salle comme un nuage de brouillard malgré l'heure matinale. C'est seulement quand je m'approche du guichet le plus proche et donne mon nom à la femme derrière la vitre pare-balles qu'elle s'interrompt en milieu de phrase, couvre le récepteur téléphonique dans lequel elle jacassait et me regarde comme si j'existais vraiment.

— Par là.

Je me prépare à moitié à me retrouver dans une salle sordide aux murs gris et au miroir sans tain, comme on en voit dans *Les Experts,* mais la pièce ressemble plutôt au bureau encombré d'un principal de collège. Le type maigre à l'expression fuyante de l'autre jour me lance un bonjour tiède et me fait signe de m'asseoir. Je ne serre pas la main qu'il me tend ; il a une tête à avoir la paume froide et moite. Cependant, sans le maillot de hockey, il est presque séduisant.

Je regarde autour de moi. Il a fermé la porte du bureau, étouffant les bruits du dehors. Je me sens prisonnière. En guise de bonjour, je demande aussitôt :

— Où est… l'inspecteur Ortiz ?

— Il est occupé. C'est moi qui vais vous interroger, Lainey. Si vous n'y voyez pas d'inconvénient.

À en juger par son sourire pincé, il se fiche pas mal de mon avis.

En même temps, je suis furieuse contre Sean… l'inspecteur Ortiz. Il est occupé ? À quoi joue-t-il ? Je grince des dents et commence à avoir mal à la mâchoire. J'aurais vraiment, vraiment dû dormir davantage.

— Je suis l'inspecteur Morris.

Un nom d'homme à porter un chapeau de feutre et un imperméable noir. Je m'attends presque à ce qu'il m'appelle « madame ». L'idée me fait marrer et je retiens un rire nerveux entre mes dents serrées.

Il fronce ses sourcils blond vénitien. Il a une peau de roux, marbrée, fine comme du papyrus, qui laisse déjà apparaître une myriade de microrides et de plis.

— Il y a un problème ?

Je secoue la tête. Après m'avoir adressé un long regard, il balance ses questions sans préambule. *Que faisiez-vous tel jour à telle heure ?*

Ce que je faisais ?

— J'étais au boulot.

— À 8 heures du matin ?

Nouveau froncement de sourcils. Il exprime toute sa gamme d'émotions par ce mouvement, comme un chien, et sa bouche reste serrée en une fine ligne quand il ne parle pas.

Il me faut un moment pour comprendre le sous-entendu. Mon deuxième emploi, lui dis-je d'une voix enrouée, même si en fait c'est l'inverse. Mon vrai job, c'est mon job à la supérette, celui qui figure sur mon contrat de bail et sur les formulaires des cartes de crédit. Mon boulot à la boîte, c'est une activité secondaire.

— Vous n'avez pas à être gênée, dit-il avec une pointe de condescendance. Vous ne faites rien d'illégal dans ce club, si ?

Et il pouffe. C'est censé être la chute d'une plaisanterie qui m'est passée au-dessus de la tête.

— Non.

Je lui réponds au cas où, même si je ne suis pas sûre qu'il attende une réponse. Rien d'illégal, non, je ne me déshabille même pas – mais ça, je ne le dis pas tout haut.

— Combien de temps êtes-vous restée à la supérette ?

— De 7 heures à 14 heures, comme tous les jours.

— *Tous* les jours ?

— Eh bien, euh, sauf…

Je bafouille, les idées embrouillées.

— L'emploi du temps change toutes les semaines. J'avais mon jeudi et mon vendredi. Enfin, je crois.

Je suis consternée – comment oublier quel jour j'étais en congé la semaine dernière ? Mais il poursuit comme si de rien n'était.

— À quelle heure avez-vous terminé ?

Je dois me répéter.

— À 14 heures, à la fin de mon service.

Il n'a pas de carnet, de tablette ou de clavier parce qu'il enregistre toute notre conversation sur son téléphone. Ça ne me paraît pas très... professionnel.

— Qu'avez-vous fait après ?

— Je suis allée courir.

C'est sorti tout seul, sans ironie ni mauvaise intention, et je n'ai pas le temps de me rattraper. Mes aisselles deviennent moites, et je jurerais le voir froncer le nez, comme s'il s'en rendait compte malgré l'épaisseur de mon tee-shirt et du blouson.

Je peux me raconter toutes les histoires que je veux, mais mentir à la police n'est pas sans conséquence.

— Et ensuite ?

— Je suis rentrée chez moi.

— Directement ?

— Ouais.

— Est-ce que quelqu'un vous a vue ? En train de courir ?

— Quoi ?

— Ce n'est pas très prudent, dans votre quartier. Je me trompe ?

Je hausse les épaules.

— Passons à hier, enchaîne-t-il tranquillement.

Trop tranquillement : ça suffit pour que je sache qu'il sait. Et nous restons assis là au centre du nœud de mes mensonges qui se resserre à chaque mot que je prononce.

— Hier, où êtes-vous allée après le travail ?

Voyant que je n'ai pas l'intention de répondre, il ajoute :

— Vous êtes rentrée directement chez vous ?

M'invitant à mentir. Attendant que je mente. L'espérant.

Je baisse le menton. Pour dire oui, mais sans l'exprimer à voix haute, afin que ça ne finisse pas dans son petit téléphone éraflé.

— Vous êtes-vous arrêtée quelque part ?

Bien sûr que oui. Sugar ayant quitté le Silver Bullet sans intention de revenir, j'ai fait un détour pour aller chercher ma came. Ça ne m'a pas pris plus d'un quart d'heure, dont je ne garde qu'un souvenir flou tant le trajet fait partie de mon quotidien. Je me revois seulement dans ma voiture, stoppée à un feu qui mettait un temps fou à changer de couleur. La lumière rouge se déversait sur l'asphalte mouillé de pluie, plus vive que du sang frais, et je pianotais sur le volant, arrachant des petits bouts de similicuir tout en me demandant si je pouvais le griller. La rue était déserte, pas de témoin. Mais je ne l'avais pas fait à cause des caméras de surveillance routière.

Merde. Les caméras de surveillance. J'ai regardé assez d'épisodes des *Experts* pour savoir comment ça marche.

— Oui, dis-je, m'efforçant de conserver une voix neutre. J'ai fait un détour. Pour m'arrêter chez... chez quelqu'un que je connais. Mais...

Il me coupe sans me laisser l'occasion d'expliquer – de mentir – davantage :

— Quelqu'un que vous connaissez ? Qui ?

— Un mec que... que je vois.

J'espère pouvoir changer de sujet, mais il ne lâche pas le morceau.

— Qui ?

— Un type que j'ai rencontré. Su… James.

C'est bien le prénom de Sugar ? C'est forcément James, ou Jack, ou Jon.

— Et qui est ce James ? Est-ce qu'il a un nom de famille ?

— J'en sais rien, OK ?

Ma bouche se tord comme si j'avais un truc aigre sous la langue.

— Je le connais, c'est tout.

— Vous le connaissez comment ?

— Je viens de vous le dire. Par le boulot.

— À la supérette ?

— À la boîte, dis-je, et ma voix se transforme en sifflement. Je pensais que c'était évident. Vous êtes flic, non ?

Il laisse courir avec un calme professionnel. Moi, je suis à deux doigts de perdre le mien.

— Donc, il est venu à la boîte, dit-il. La boîte de strip-tease. Où vous travaillez.

— Où je tiens le bar.

— C'est ça.

Il remue dans son fauteuil, un fauteuil à haut dossier, confortable et ergonomique.

— C'était un client ?

— Quoi ?

— S'il est venu à la boîte, c'est qu'il devait être un client. Sinon, pourquoi aurait-il été là ?

— Peut-être. Et alors ?

— Vous avez l'habitude de repartir avec les clients, Lainey ?

Je me lève d'un bond, sans me rendre compte que je bouge. La pièce paraît s'écarter quand je me dresse devant lui, l'air dans mes poumons me tirant vers le plafond comme un ballon de baudruche.

— Vous voulez savoir si je fais des passes ? C'est ça ?

— Je vous posais seulement une question.

En disant ça, son visage se détend et il présente un front lisse à la peau couverte de taches de rousseur.

— Eh bien, la réponse est non.

— Combien de temps êtes-vous restée chez ce James ?

— Dix minutes, cinq. Je n'y suis pas restée.

Il hausse les sourcils.

— Ça ne vous a pris que cinq minutes ?

— Où est-ce que vous voulez en venir ?

— Nulle part. J'essaie seulement de comprendre ce que vous êtes allée faire là-bas.

Et il esquisse de nouveau ce sourire aux lèvres pincées.

— Mais putain, quel rapport avec Olivia ?

— Ça, c'est mon problème. C'est moi, l'inspecteur, vous l'avez dit vous-même. Contentez-vous de répondre aux questions, s'il vous plaît.

— Ouais. Ça n'a pris que cinq minutes, putain.

Ma voix se brise. Je me rends compte que je suis enregistrée, mais il est trop tard pour faire machine arrière. Mes gros mots sont retenus dans les puces et les circuits de son vieux smartphone à l'écran fêlé, et il est impossible de les effacer. Je n'ai plus aucun contrôle sur eux. Les gens se repasseront mes mots, les analyseront, les décortiqueront, en secouant la tête. L'humiliation se mêle à ma rage et à mon impuissance.

— Si vous n'êtes pas capable de vous comporter normalement, je peux aussi vous passer les menottes pour l'interrogatoire. À vous de voir.

Je raffermis ma voix.

— Je n'ai rien d'autre à dire. Je suis rentrée chez moi et me suis couchée.

— Vous vivez seule ?

— Oui. Pourquoi ?

— Je me demandais seulement si quelqu'un pouvait corroborer votre version.

Ma version.

— Allez vous faire foutre.

Avant qu'il ait pu dire quoi que ce soit, je me retourne et sors en claquant la porte.

Personne ne m'arrête, personne ne m'appelle. Du moins je ne crois pas. Tout ce que j'entends, c'est mon pouls qui bat dans mes tympans. Je ferme les yeux, et une image refait surface : la maison où j'ai grandi, tellement irréelle qu'elle paraît plate comme un décor de théâtre. Le mur fin qui sépare ma chambre de celle de Val ; les bruits que je fais toujours semblant de ne pas entendre. Les insultes lancées en passant par les autres enfants du quartier, les mots en *p* et en *s* qui déchaînent en moi des accès de violence. Les escarpins à plateforme de Val, abandonnés par terre, que j'enfile pendant qu'elle dort pour me pavaner dans le salon comme un paon. Les plus belles chaussures du monde, pensais-je à l'époque, rouge vif, noires ou transparentes, comme celles de Cendrillon. En sachant très bien que, si elle me surprenait avec, elle me donnerait une bonne raclée, mais je ne pouvais malgré tout pas m'en empêcher.

La crise de panique pointe à la limite de mon subconscient, insistante, se rapprochant de plus en plus. Et je ne veux pas être dans ce commissariat quand elle éclatera. Je veux être dehors, dans la bruine froide du petit matin. Je veux être chez moi, dans mon lit, ou au moins dans ma voiture aux portières verrouillées.

Poussant la porte de tout mon poids, je vacille à l'extérieur, dans la puanteur de caoutchouc et de diesel du parking. Et me retrouve nez à nez avec Sean Ortiz. Ou plutôt, je me retrouve face à son torse, comme dans les films, sans la petite note romantique. Le lainage de sa veste est à la fois doux et rêche au contact de mes paumes. Je fais un bond en arrière.

— Vous voilà, dit-il.

Il constate seulement, sans paraître surpris. C'est la première fois que je le vois en plein jour. Ses yeux sont plus noirs que je ne le croyais, ses cheveux plus clairs. Le pâle soleil fait ressortir ses mèches grises, bien plus nombreuses que ce qu'il m'a semblé dans l'obscurité.

— Oui, dis-je. Je suis là.

Contrairement à vous. J'avais besoin de vous voir et vous n'étiez pas là. Vous m'avez confiée à d'autres, des gens qui n'en ont rien à foutre. Encore une fois.

Comme s'il lisait dans mes pensées, ses yeux s'assombrissent.

— On vient de m'appeler. J'ai cru comprendre que ça ne s'était pas bien passé.

Mon visage s'embrase, et j'examine les craquelures dans l'asphalte à mes pieds. Dix mégots de cigarettes de marques différentes absorbent l'eau de pluie au bord du trottoir.

— C'est important. Vous ne pouviez pas prendre sur vous ne serait-ce qu'une fois ? Vous vous rendez compte de l'image que vous projetez ?

— Je n'ai rien fait, dis-je d'un ton geignard.

— Je sais. Mais c'est eux que vous devez convaincre, pas moi.

Je serre les poings sous mes manches.

— Vous donnez l'impression d'être coupable. Comme si vous aviez quelque chose à cacher. Si c'était votre intention, bravo, vous avez réussi. Et Morris…

— Morris, dis-je, crachant chaque syllabe en un staccato furieux, a essayé d'insinuer que j'étais une pute à deux balles.

Sean grommelle.

— Venez avec moi, Laine. Il faut qu'on parle.

— Je crois que j'ai assez parlé pour la journée.

La mine sombre, il jette un coup d'œil à l'immeuble, au-dessus de ma tête.

— Pas ici. Ailleurs. Dans un endroit tranquille.

7

Je garde la tête baissée en suivant Sean vers sa voiture. Il ouvre la portière et me pousse pratiquement à l'intérieur, comme lors d'une arrestation – même si je ne résiste pas. Des cannettes vides de boisson énergisante jonchent le sol, ainsi que des emballages froissés de patchs de nicotine. Pourtant, les sièges conservent une légère odeur de cigarette.

Sean claque la portière du côté passager. Il ne m'adresse pas un regard.

— Attachez votre ceinture, aboie-t-il.

Je suis assise sur mes mains.

— Ça ne marche pas vraiment, vous savez.

— Quoi ?

— Les patchs de nicotine. Vous en mettez depuis combien de temps ?

Il tressaille, comme si je venais de lui rappeler une chose qu'il essaie de se sortir de la tête.

— On n'est pas là pour discuter de mes mauvaises habitudes.

Il quitte le parking dans un crissement de pneus, roulant largement au-dessus de la limite de vitesse – comme mes pensées, malgré mes vains efforts pour les ralentir. Elles tournent en boucle, de plus en plus bruyantes à chaque tour. Avant d'avoir vu l'avis de recherche, je n'étais même pas sûre qu'Olivia existe, qu'elle ait un nom. Et aujourd'hui, ils croient que je l'ai enlevée – du moins, Morris le croit. Mais si c'était le cas, j'aurais déjà les menottes aux poignets, non ? Pourquoi suis-je ici plutôt qu'à l'arrière d'une voiture de flic, séparée de Sean par un grillage métallique ?

Je lui lance un regard de biais.

— Vous n'avez pas du travail à faire ? Des disparus à retrouver ?

Je m'efforce de chasser l'aigreur de ma voix.

— Oui, c'est vrai. Vous.

Eh bien, voilà qui est rassurant. C'est ainsi qu'il me voit, comme une personne disparue, alors que je ne le suis plus depuis dix ans. Mais pour lui et pour le reste du monde, je demeurerai toujours « la disparue ». Le tournant de ma vie.

Et maintenant, de celle d'Olivia.

N'y pense pas, on la retrouvera – Sean la retrouvera – et tout rentrera dans l'ordre. Elle ne finira pas brisée comme moi. Elle a des parents qui l'aiment, et la moitié du pays à sa recherche, et… et…

M'apercevant que je grince des dents, je serre la mâchoire, ce qui est pire.

Sean m'emmène dans une cafétéria ouverte vingt-quatre heures sur vingt-quatre, près de Pioneer Square. Si j'étais lui, je ne garerais pas une voiture en bon état à un kilomètre à la ronde, mais il paraît s'en moquer. Je comprends sa motivation quand on pénètre à l'intérieur de la salle pratiquement vide. Seules quelques tables sont occupées :

une poignée de fêtards aux yeux vitreux, des sans-abri qui se réchauffent en buvant du café à volonté à un dollar, plusieurs prostituées en cuissardes de vinyle qui fument et rient à gorge déployée. Il nous entraîne jusqu'à un box tout au fond. Quelques-uns des clients nous suivent d'un regard las. Ils doivent s'imaginer que c'est un homme d'affaires venu m'acheter de la drogue.

Visiblement, ça ne sera pas le genre de conversation qu'on mène dans un Starbucks.

Je me laisse tomber sur la banquette. Le vinyle bleu, constellé de brûlures de cigarette, est déchiré par endroits, exposant sa garniture jaunie. Sean m'observe alors que je palpe mes poches pour trouver mon paquet de cigarettes écrasé. Le briquet à la surface lisse dans ma main m'apparaît comme un vieil ami. J'allume ma clope et je fixe Sean droit dans les yeux en aspirant cette première délicieuse bouffée.

Il plisse légèrement les paupières, et une veine se gonfle sur son front, mais il ne me demande pas de l'éteindre.

Je lui présente mon paquet.

— Vous en voulez une ?

— Laine.

— Sérieusement. Vous devez être à cran avec tous ces patchs.

— Si quelqu'un est à cran, c'est vous. Vous avez dormi récemment ?

Une serveuse se dirige vers nous en traînant les pieds. Elle a du mal à passer entre les tables. Le badge sur le corsage distendu de son uniforme dit Patricia.

— Si vous comptez rester là, vous devez consommer, dit-elle en guise de bienvenue.

Décidément, ce lieu me plaît.

— Des pancakes pour mademoiselle, dit Sean. Et pour moi, un café noir.

— Café pour moi aussi.

— Vous, vous prenez des pancakes.

Je lui lance un regard courroucé, mais Patricia est déjà en train de lécher la pointe de son crayon noir et de noter la commande. Pendant que je la regarde s'éloigner pesamment, la cendre de ma cigarette tombe sur la table en Formica.

— Merci, m'man.

— Vous tremblez presque. Quand avez-vous mangé pour la dernière fois ?

J'aimerais bien balancer une réponse sarcastique, sauf que je n'en ai sincèrement aucune idée. Les antidépresseurs bousillent l'appétit.

Quand j'étais à l'hôpital, je me faisais vomir après chaque repas pour empêcher mon ventre de grossir. On m'a alors nourrie de force. Et croyez-moi, ça fait un mal de chien d'être alimenté par un tube dans le nez.

Le souvenir me fait l'effet d'une décharge électrique dans la nuque. Des gouttes de sueur perlent au-dessus de ma lèvre supérieure, tandis que d'autres dégoulinent sur ma poitrine et dans mon dos sous le tee-shirt.

— Vous devriez manger, dit-il. Vous allez avoir besoin d'énergie.

Je hais intensément chaque mot de cette phrase. Tentant de localiser de possibles issues de secours, je jette un coup d'œil par-dessus mon épaule.

Patricia revient et flanque deux mugs ébréchés sur la table, avant de faire glisser devant moi une assiette fumante, remplie d'une montagne de pancakes. Il s'en dégage une puissante odeur de graisse et de sucre. Le café sur lequel flotte une mince pellicule huileuse ressemble à une nappe de pétrole. Mon estomac se contracte alors même que je salive instinctivement.

Je suis très consciente du regard de Sean sur moi quand j'attrape la fourchette et que je commence à jouer avec le pancake le plus proche, arrachant des petits morceaux qui absorbent le sirop au fond de l'assiette.

Si cette saloperie touche ma langue, je vais vomir.

Je remarque qu'il ne boit pas son café.

— Pourquoi y êtes-vous allée toute seule ? Vous auriez dû m'appeler d'abord.

Je hausse les épaules.

— Ce n'est pas vous qui m'avez demandé de passer ?

— Pour être honnête, je ne pensais pas que vous viendriez. À moins d'y être forcée.

— Pourquoi ?

Je crois connaître la réponse. Vu les horreurs que je lui ai dites hier soir, il n'avait pas de raison de s'attendre à ma venue.

Il hoche la tête d'un air grave.

— Donc, vous ne vous en fichez pas.

Je m'étrangle avec le petit bout de pancake que j'essaie d'avaler.

— Je suis humaine. Je peux regretter de l'avoir mise au monde, mais ça ne veut pas dire que…

Ma gorge devient sèche. Je ne sais pas comment je réussis à faire sortir les mots :

— Ça ne veut pas dire qu'elle mérite… ça.

Il secoue la tête.

— Personne ne mérite ça.

Son regard triste ne se détache pas du mien.

— Je ne le méritais pas.

— Bien sûr que non. Vous étiez une enfant. Comme elle.

Le silence s'installe. La fumée se dégageant des pancakes se dissipe et la graisse commence à coaguler au fond de l'assiette. Je finis par demander :

— Est-ce que c'est lui ? Dites-moi la vérité. Est-ce que vous savez quelque chose ? Est-ce que c'est… le même homme ?

— Nous ne savons pas.

— C'est des conneries, ça.

— Je vous l'ai déjà dit. Nous n'avons pas la moindre piste.

— Il n'y a jamais eu d'autre fille.

Il plisse les yeux, et sa posture se modifie légèrement. Dès que je m'en rends compte, je regrette de ne pas pouvoir ravaler ma remarque, rembobiner ce dernier instant. Mais les mots sont déjà sortis, si bien que je suis obligée de poursuivre, tandis qu'il me contemple comme si j'allais avouer Dieu sait quoi.

— Il n'y a pas eu d'autre fille. En dix ans. Aucune du bon âge ou du bon… type.

— Qu'est-ce que vous racontez ?

— J'ai… consulté tous les avis de recherche, de toutes les filles disparues. Depuis… environ dix ans. Je… je n'ai pas toujours pu suivre, mais…

— Laine, dit-il dans un soupir. Mon Dieu.

— Elle correspond à la description, dis-je, déterminée à enfoncer le clou. Elle a dix ans. Et elle est…

— Vous ne croyez pas qu'on a des professionnels qui bossent là-dessus ?

— Et avec de sacrés résultats.

— Ce n'est pas comme ça que ça marche. Ce n'est pas le même mode opératoire.

— Vous ignorez comment il m'a enlevée. On ne sait même pas quand. Personne ne le sait.

— J'en suis conscient. Votre mère s'est fait arrêter, et c'est seulement à ce moment-là que les services sociaux ont découvert votre disparition.

Il se masse les tempes, et je le vois lorgner le paquet de cigarettes que j'ai volontairement laissé entre nous deux.

— On vous a très vraisemblablement choisie parce que vous n'auriez manqué à personne pendant un bout de temps, voire jamais, dit-il posément. Parce que vous étiez une cible facile.

— Ce qui n'est pas du tout le cas d'Olivia.

Il hoche lentement la tête.

— Il a peut-être agi sur une impulsion. C'est comme ça que beaucoup d'entre eux fonctionnent, non ? Ils voient leur type de victime et…

Je m'étrangle sur mes propres mots. Elle n'est pas un « type » et pas une victime ; elle est une personne. Elle a un nom et des parents à qui elle manque.

— Impossible, dit Sean. L'école dispose d'un système de sécurité. Olivia n'était pas livrée à elle-même. Elle a une mère au foyer, une tante qui s'occupe d'elle et une baby-sitter. Elle ne restait jamais seule plus de quelques minutes. Si bien que celui qui a fait le coup a dû passer beaucoup de temps à la suivre, à faire des repérages autour de l'école, à étudier les angles morts des caméras de surveillance, l'emploi du temps d'Olivia. Il ne pouvait pas ignorer qui elle était, ni ce qui se passerait si elle disparaissait.

— Peut-être quelqu'un qui connaissait la famille ?

— C'est ce que j'ai d'abord pensé. Quelqu'un qui leur en voulait, ou qui comptait demander une rançon – mais dans ce cas le ravisseur se serait déjà manifesté. Or aucune des pistes possibles n'a débouché sur quoi que ce soit de sérieux. Les deux parents ont un solide alibi – le père était en réunion de 7 heures du matin jusque tard dans la soirée, et la mère avait rendez-vous avec un paysagiste pour leur maison de campagne. La tante s'est rendue directement à l'école après son dernier cours à l'université, comme elle le fait toujours quand elle va chercher sa nièce. Seulement, quand elle est arrivée là-bas…

— Mais c'est peu probable, dis-je d'une voix rauque. Il est peu probable que ce soit… le même homme.

— Croyez-moi, c'était la dernière possibilité que je voulais envisager. Mais ça fait une semaine et j'ai éliminé toutes les autres hypothèses. De plus… c'est trop énorme, comme coïncidence.

Il lève les yeux et soutient mon regard, attendant que je tressaille, que je trahisse quelque chose – comme si j'avais quoi que ce soit à trahir.

— Vous ne croyez pas ?

8

Le silence grésille au-dessus de nos têtes. Tous les sons à l'intérieur de la cafétéria, les rires alcoolisés à l'autre table, le bourdonnement des lampes à chaleur au-dessus de la rangée d'assiettes de frites, paraissent lointains.

— Laine, on va rouvrir votre dossier.

Ses mots me font l'effet d'une gifle, qui expulse toutes les pensées chaotiques de ma tête.

— Quoi ?

— Tous les éléments vont être réexaminés. Ils sont peut-être passés à côté de quelque chose à l'époque, une piste qui pourrait mener jusqu'à lui. Un indice quelconque.

Pour la première fois, il détourne volontairement les yeux en ajoutant :

— Je sais ce que vous devez penser.

— Oh, non, je ne crois pas.

Ma bouche se tord en une affreuse grimace.

— Mon dossier a été refermé il y a presque dix ans, et personne n'en a jamais rien eu à foutre.

— Vous croyez que je ne le sais pas ?

Sa main s'abat sur la table, faisant trembler les mugs de café.

— Je suis flic depuis plus longtemps que ça. Vous croyez que je n'ai jamais vu ça ? Je l'ai vu, je le sais, et ça me révolte autant que vous, mais je suis seul. Je ne peux pas y changer quoi que ce soit.

— Ça vous révolte ? On m'a internée et on m'a obligée à avoir l'enfant de mon violeur. Et personne ne s'est vraiment donné la peine de rechercher ce type ; ils préféraient attendre qu'il s'en prenne à quelqu'un d'autre. Parce que tout le monde se fout d'une gamine à la peau bronzée venue des quartiers pauvres Et vous dites que ça vous révolte ? Alors ça, c'est un sacré réconfort.

Je me tasse sur la banquette, complètement vidée. Le fait d'entendre mes propres mots, c'est comme arracher une vieille croûte presque guérie ; alors que je prétendais ne rien ressentir, me voilà qui saigne et souffre de nouveau.

— Laine… Je veux seulement que vous soyez prête au cas où l'on viendrait vous poser d'autres questions.

— J'ai déjà dit tout ce que je savais. Il y a dix ans.

J'attrape mon paquet de cigarettes et en allume une autre d'une main tremblante, gardant la fumée dans mes poumons jusqu'à ce que des taches noires flottent devant mes yeux. Loin d'éprouver le calme escompté, je me sens encore plus agitée. Ce n'est pas une clope dont j'ai besoin.

— Rien ne m'est revenu depuis. Et croyez-moi, j'ai essayé de me souvenir.

Sans un mot, il prend mon paquet, en sort une cigarette et l'allume. Ses paupières papillonnent alors qu'il inhale. Ses épaules s'affaissent de soulagement.

Je n'ai même pas le cœur à lancer une remarque sarcastique. Je me contente de le regarder souffler la fumée, puis prendre une autre bouffée et faire tomber sa cendre dans le cendrier d'un mouvement automatique.

— Je ferai tout mon possible pour vous maintenir à l'écart, dit-il. Mais je ne peux pas tout, vous devez le comprendre.

— Qu'est-ce que…

— J'ai parlé à votre ancienne patronne. Charlene, à la supérette.

Mon exclamation indignée reste coincée dans ma gorge, et je sens la chaleur me monter au visage, douloureuse, humiliante. Mon teint mat le lui cache peut-être, mais je ne peux pas m'abuser moi-même. Tel un animal pris au piège, je me raidis, toutes griffes dehors, même si c'est perdu d'avance. Les mots se pressent sur le bout de ma langue. *Qu'est-ce qu'elle vous a raconté, cette salope ? C'est n'importe quoi. Elle est mesquine, jalouse, c'est tout. Elle n'a jamais pu me supporter.* Et puis merde, qu'elle aille se faire foutre, qu'elles aillent se faire foutre, elle, sa putain de supérette et sa pseudo-charité.

— Je sais qu'elle vous a licenciée hier matin. Après que vous avez abandonné votre caisse sans rien dire à personne et que vous n'êtes pas revenue…

— Si ! J'ai dit que j'allais fumer une clope. Et j'ai demandé à une autre fille de me remplacer. Elle a dû…

— Pendant deux heures.

L'attention de Sean reste braquée sur mon visage.

— Et quand vous avez fini par revenir, vous étiez en état d'ébriété, pour reprendre l'expression de Charlene. Vous sentiez l'alcool et ne marchiez pas droit.

— Elle avait besoin d'un prétexte pour se débarrasser de moi, c'est tout. Elle m'a prise en grippe dès le début.

— Elle m'a dit que c'était votre troisième écart. Elle voulait vraiment vous donner une chance, comme à tous les autres gamins…

— Je ne suis pas une gamine.

— Et elle n'a pas encore averti votre assistante sociale. Parce qu'elle ne veut pas vous causer de problèmes.

C'est moi qui baisse les yeux. Je sais déjà ce qui va suivre.

— Et savez-vous ce qu'elle m'a dit d'autre ? Que votre deuxième écart s'était produit exactement une semaine plus tôt. Apparemment, vous êtes arrivée en retard et ivre à 8 heures du matin. À votre tête, elle s'est dit que vous n'aviez pas dormi de la nuit. Vous savez quel jour c'était ?

Je ne dis rien, bien que je connaisse la réponse.

— C'était le jour de la disparition d'Olivia.

— Vous en avez…

— Je n'en ai parlé à personne. Pour l'instant. Mais je vais devoir le faire, vous le comprenez, n'est-ce pas ?

Je me lève dans l'intention de m'en aller, mais il m'attrape l'avant-bras juste au-dessus du poignet et me force à me rasseoir.

— Je veux que vous soyez prête pour le moment où ils passeront toute votre vie au peigne fin, minute par minute. Parce que si ça continue comme ça ils le feront. Pas seulement la police, mais aussi la presse. Et si vous me dites tout de suite, sans mentir et sans rien omettre, ce qu'ils trouveront quand ils s'y mettront, je pourrai peut-être vous aider.

En le regardant dans les yeux, je réussis presque à le croire.

— Ils tenteront de vous faire paraître aussi coupable que possible. Ils tenteront de vous faire craquer, vous pousseront à agir comme si vous aviez quelque chose à cacher. Et la vérité aura alors de moins en moins d'importance.

— Merci, dis-je. J'en ai déjà eu un aperçu.

— Ce sera bien pire. Donc si vous avez quelque chose à me dire, dites-le maintenant.

Le silence est seulement ponctué par le grésillement d'une friteuse quelque part dans la cuisine et le jet continu d'un robinet d'eau.

Il semble si fatigué que j'ai presque pitié de lui. Peut-être est-ce à cause de l'éclairage, mais il fait soudain plus vieux que son âge – la trentaine bien sonnée, voire le début de la quarantaine. Avec un autre profond soupir, il écrase sa cigarette puis fait de même avec la mienne qui se languit sur le bord du cendrier, en dégageant une volute de fumée évanescente.

— Je ferai tout ce que je peux pour vous épargner ça. Mais je ne peux pas vous en protéger complètement, vous comprenez ?

— Je ne crois pas que ce soit possible.

Je fixe ma cigarette écrasée, un vrai gâchis.

— Ça me concerne d'une manière ou d'une autre.

— Pas forcément.

— Si. Ce n'est pas parce que c'est… ma fille. Ce serait la même chose pour n'importe quelle enfant de dix ans.

Je me penche au-dessus de la table et baisse la voix.

— Ce type m'a brisée, Sean. Il a détruit ma vie. S'il fait subir la même chose à une autre, ça me concerne.

Nous sortons de la cafétéria et je le suis à sa voiture. Le monde baigne dans une atmosphère douce et nuageuse. Je me rends à peine compte qu'il a passé le bras autour de mes épaules pour m'aider à tenir debout. Cette fois, il me tient la portière ouverte et ne me pousse pas dans l'habitacle comme si j'étais une criminelle. Je me laisse tomber lourdement sur le siège et remonte les jambes.

— Je vous ramène chez vous, dit-il en mettant le contact.

— Vous ne connaissez pas mon adresse.

— Si.

J'observe mon jean déchiré aux genoux – pas un effet de mode, de la bonne vieille usure – et je tire sur des petits fils que j'enroule autour de mes doigts.

— Bien sûr. Vous avez sûrement toute l'histoire de ma vie consignée dans un joli petit dossier, n'est-ce pas ?

— Je suis policier, donc oui.

Sa voix est triste. Je tourne la tête vers lui, mais il a les yeux braqués sur la route.

Quand il s'arrête devant mon immeuble, il n'est pas encore 10 heures du matin. Mon quartier dort paisiblement après une nouvelle nuit de débauche. C'est le moment de la journée où l'on est le plus en sécurité ici, mais il insiste pourtant pour me raccompagner jusqu'à ma porte.

Je fouille mes poches à la recherche de mes clés, avant de m'apercevoir que la serrure de la porte d'entrée est cassée, une fois encore. Je pousse le battant qui s'ouvre dans un grincement et lance un coup d'œil narquois à Sean.

— Je peux monter les deux étages toute seule, vous savez.

— Attendez.

Sa main effleure le haut de mon bras. Ça ne dure qu'une seconde, mais je m'arrête.

— Je voulais vous dire… que je suis désolé.

— De quoi ?

— Je n'aurais pas dû disparaître.

Au début, je ne comprends pas de quoi il parle. Quand il croise mon regard perplexe et que je finis par saisir, j'ai la sensation que des griffes me lacèrent le cœur. La chaleur me monte au visage.

— J'aurais au moins dû aller vous voir. À l'hôpital. Vous envoyer un ours en peluche ou quelque chose.

— J'étais trop vieille pour les ours en peluche.

— Vous voyez ce que je veux dire.

Vraiment ?

— Ça n'aurait rien changé, dis-je d'une voix atone. Inutile de vous prendre la tête avec ça.

— Peut-être, mais j'ai agi comme un lâche.

— Peu importe. Je n'ai jamais beaucoup pensé à vous après cette nuit-là.

Menteuse. Menteuse.

— Vous n'aviez personne. J'aurais au moins pu…

— Vous allez arrêter ? dis-je brutalement, déchirant le tissu fragile de l'instant. S'il vous plaît. Ça ne sert à rien.

— Ella…

Mon autre nom, pas celui qui figure sur mes papiers d'identité, mon dossier hospitalier ou mon casier judiciaire. Un frisson court entre mes omoplates.

— Cette fille-là n'existe plus. Je suis devenue quelqu'un d'autre.

— Laine.

Je m'efforce de sourire.

— Ouais.

Je vois bien qu'il est déçu. Il espérait davantage de moi, mais quoi ? Je ne suis pas responsable de tout ça. Ce n'est pas ma faute – le refrain qui accompagne ma vie depuis dix ans, chanté par un chœur de travailleurs sociaux, de psys et de flics. Je n'étais qu'une enfant. Je ne pouvais rien faire. C'étaient les autres qui n'avaient pas su me protéger, les autres qui n'avaient pas fait leur boulot. Et aujourd'hui, me voilà : une loque humaine, et ma fille… disparue.

Les hommes comme mon ravisseur ne s'arrêtent pas tant qu'on ne les arrête pas. Et je n'ai pas le moindre souvenir pouvant aider à l'arrêter. Tout au long de ces dix dernières années, je savais que ce n'était qu'une question de temps avant qu'il s'attaque à quelqu'un d'autre, et qu'à ce moment-là, que ça me plaise ou non, je serais responsable.

Mais pourquoi elle ? Elle aurait dû avoir une vie agréable. Et maintenant, elle va finir comme moi.

— Je vous aiderai, dis-je. Je vous aiderai dans votre enquête, si vous avez besoin de moi. Je répéterai tout ce que j'ai déjà dit, si ça peut servir à quelque chose.

Il est si proche qu'il me suffirait de tendre la main pour le toucher.

— J'apprécie.

Il baisse la tête. Ses cils projettent des ombres dentelées sur ses pommettes, pareilles à de petites étoiles.

— Je sais que ça paraît creux et dérisoire à dire, mais c'est la vérité. C'est très important. Pas seulement pour moi.

Il a les yeux fatigués et un peu tristes, mais les coins de sa bouche esquissent un sourire minuscule.

— Vous avez gardé ma carte, n'est-ce pas ?

Oui. Mais je ne hoche pas la tête et ne dis pas un mot. Mon regard enregistre tous les détails, remplissant les vides laissés par ma mémoire et mon imagination : le dessin de sa barbe de trois jours sur son menton, l'inclinaison de ses paupières, les rides subtiles déjà gravées entre ses sourcils noirs fournis. Ces rides qui se creusent quand il accroche mon regard.

— Oui, dis-je, tressaillant au son de ma propre voix, qui me replonge dans la dure réalité. J'ai votre carte.

— Bien. Appelez-moi si vous avez besoin de quoi que ce soit. N'importe quoi. Même s'il est 4 h 30 du matin un dimanche et que vous avez seulement envie de parler.

Son sourire s'élargit un peu, sans perdre sa tristesse.

Absorbée par les subtilités de son visage, je me sens submergée par un sentiment inexplicable. D'instinct – cet instinct dont les filles normales font une forme d'art – je me penche en avant, le menton levé exactement comme il faut pour que son visage soit au même niveau que le mien. En une fraction de seconde, alors que mes lèvres sont dans l'alignement des siennes, je sais avec une absolue certitude qu'il va s'incliner et m'embrasser.

Rien ne se passe. Je bats des paupières, les ferme puis les ouvre, pour m'apercevoir qu'il n'a pas bougé d'un centimètre.

— Vous êtes sûre que vous ne voulez pas que je vous accompagne jusqu'en haut ?

— Oui, dis-je, le souffle court. Tout va bien.

Je me retourne et file dans l'escalier. Fuis, serait un mot plus juste. Quand j'arrive sur mon palier, mon cœur cogne comme si je venais de monter dix étages et non pas deux, et j'ai le visage en feu. Qu'est-ce que je suis allée m'imaginer, bon sang ? Je ne suis rien pour lui.

Je me dégoûte à moitié. Posant le front sur la surface fraîche et rugueuse de ma porte, je reste là à frissonner, pas pressée de trouver ma clé. Le poids de ce que je viens de promettre commence à peser sur mes épaules, s'installant à côté de la culpabilité, de la confusion et de toutes les autres émotions invisibles que je traîne avec moi.

J'essaie de me vider la tête, sans succès. À la place, j'imagine Sean qui rentre chez lui pour retrouver sa femme, sa copine ou que sais-je. Elle le prend dans ses bras pour l'accueillir, sent la fumée de cigarette sur sa veste et dans ses cheveux. Il lève les yeux au ciel et lui explique que c'est cette folle de témoin qu'il a dû se coltiner toute la journée. Et dès qu'elle a le dos tourné, il sort discrètement pour aller s'en griller une dehors.

Je chasse cette pensée, mais une autre vient aussitôt la remplacer. Les parents d'Olivia, qui, malgré toutes mes recherches sur Internet, restent des entités floues, incapables de trouver le sommeil dans leur grande maison de *soap opera*. Tel un feu de forêt qui se propage de branche en branche, mon esprit va droit à Olivia.

Je tire sur mon col pour ouvrir la fermeture Éclair de mon blouson et le retire sans douceur. Mes bras sont très maigres et fantomatiques dans la lumière fluorescente ; les cicatrices paraissent d'un violet intense, barrant les rivières des veines sous la peau comme une contradiction. Me laissant glisser contre le battant, je serre les tempes entre mes genoux et tente de respirer profondément, mais la crise de panique me tient sous son emprise et ne me lâchera pas sans se battre.

Je me relève tant bien que mal pour sortir les clés de ma poche, les laisse tomber, me baisse pour les ramasser. Perdant l'équilibre, je me retiens à la poignée de porte.

C'est alors que je me rends compte que la porte de mon appartement n'est pas verrouillée.

9

Le brouillard se dissipe dans mon esprit. Je retrouve une vision nette et précise au moment où je me relève lentement et pousse la porte. Elle s'ouvre sans un bruit – pas le moindre craquement de gonds.

Une vague de froid et d'humidité déferle sur moi. L'appartement est d'un noir d'encre après les néons du couloir ; la couverture polaire bleu marine que j'ai punaisée devant la fenêtre ondule sous la brise.

Sans réfléchir, je tâtonne sur le mur et appuie sur l'interrupteur. À la lumière du plafonnier, je vois mon studio dans son entier. La porte de la salle de bains est ouverte et le petit réduit vide. Le rideau de douche en plastique a été arraché et gît sur le carrelage, innocent petit tas bleu layette. Le robinet goutte régulièrement comme une perfusion.

Les jambes tremblantes, je traverse la pièce et pousse violemment la porte de la salle de bains, au cas où quelqu'un serait accroupi derrière, attendant que je baisse ma garde. Le battant heurte le mur avec un son sec et creux. Je me précipite vers la fenêtre, arrache la couverture – et jure. Il y a un trou dans la vitre, un cercle presque parfait au bord irrégulier comme des dents de bébé, d'où partent des fêlures qui rayonnent jusqu'au cadre. Super. Un cambriolage. Il ne manquait plus que ça.

Affolée, je me retourne et fais l'inventaire de la pièce. Ils devaient pourtant se douter que je n'ai rien à voler ou, sinon, ils ont dû s'en apercevoir assez vite. Rien ne paraît avoir été déplacé – pas à première vue, en tout cas. Je cherche des yeux mon portable. Je l'ai acheté d'occasion il y a deux ans, et il ne vaut rien. Il marche à peine et suffit juste à mes recherches sur le Net. Personne ne le volerait, si ? Je fouille dans le tas de vêtements sur le lit, propres et sales mêlés. Rien. Sur la table de chevet non plus. Un coup d'œil dans le coin renforce mes craintes. Le cordon du chargeur serpente à côté de la prise de courant ; la lumière verte de l'adaptateur scintille faiblement, mais l'ordinateur lui-même n'est plus là.

Cette prise de conscience envoie une décharge électrique le long de ma colonne vertébrale. Je me mets à fouiller dans le tiroir de la table de chevet, balançant son contenu par terre : sous-vêtements, chaussettes dépareillées, crème pour les mains. Mon couteau à cran d'arrêt, que je fourre d'instinct dans ma poche. Mes somnifères. Mes putains de somnifères, dans leur flacon orange portant mon nom sur l'étiquette, ont disparu.

Prise de vertige, je me redresse et me rue dans la salle de bains. J'ai l'impression de voler, comme si mes orteils ne touchaient plus terre. De l'électricité fourmille au bout de mes doigts. Le miroir de l'armoire murale a toujours été fêlé, mais à présent il en manque un morceau, révélant le carton en dessous. J'ouvre la porte à la volée, je balaie d'un seul geste tous mes produits de maquillage, qui tombent dans le lavabo, et je les examine un par un. Mes anxiolytiques ont disparu également.

Je suis à deux doigts de fondre en larmes. Je soulève le couvercle du réservoir des toilettes et mon ventre se liquéfie de soulagement quand je vois ma réserve toujours scotchée dessous.

Je la décolle, pour le regretter immédiatement. Est-ce que quelqu'un y a touché ? Le scotch semble-t-il différent ? Le sac en plastique contenant les comprimés est-il roulé de la même façon que d'habitude ? Trop tard pour le savoir, j'ai déjà déchiré le plastique. Tout a l'air normal. Je recompte deux fois les cachets pour m'assurer qu'il n'y a pas d'erreur.

Deux Xanax finissent au fond de ma gorge, avant que je me rende compte de mon geste. Une gorgée d'eau du robinet, et je me laisse glisser au sol ; je suis tellement soulagée que je ne sens plus mes muscles.

Maintenant, je peux commencer à réfléchir – presque rationnellement. Je devrais appeler les flics. Ouais, bien sûr. J'ai failli oublier que, contrairement à Olivia, je ne vis pas à Hunts Point, et qu'ils ne lèveront pas le petit doigt. Des cambriolages, il y en a tous les jours dans le coin, et ils n'ont pas de temps à perdre avec ça. Et s'ils envoyaient quelqu'un, il resterait le problème des cachets dans ma poche. Et en cet instant, je ne suis pas sûre d'être capable d'agir normalement.

Sortant mon téléphone, je fais défiler la liste de mes contacts. C'est vite vu : Sugar, le boulot, le livreur de pizzas. La psy désignée par le tribunal. La carte de Sean brûle dans ma poche.

Chaque chose en son temps. Je trouve un morceau de carton que je fixe sur la vitre cassée ; il faudra que j'appelle le concierge pour qu'il fasse changer le carreau. Je peux dire adieu à mon dépôt de garantie… encore une fois, sans parler du fait que j'ai un peu de retard sur le loyer. Demain. Je m'en occuperai demain, ou après-demain, tant que je n'ai pas à y penser maintenant. Je referme la porte derrière moi – à quoi bon ? – et dévale l'escalier pour aller à ma voiture.

Mes mains tremblent tellement que je mets un temps fou à ouvrir la portière. En insérant la clé de contact, je prie les principales divinités pour que le moteur démarre. Peut-être que l'une d'elles est à l'écoute, à moins que l'univers ne se soit lassé de s'acharner contre moi, parce qu'il s'anime avec un ronflement qui évoque la toux d'un mourant.

Utilisant les dernières gouttes d'essence du réservoir, je me rends chez Natalia. Comme je le pensais, elle est chez elle. Sa voiture est garée au bord du trottoir, juste devant sa maison. Je tambourine à la porte jusqu'à ce que j'entende des pas et que le battant s'entrouvre autant que le permet la chaîne de sécurité. Natalia jette un regard suspicieux puis me claque la porte au nez. Je crains qu'elle ne me laisse ici sous son porche mais, un instant plus tard, j'entends la chaîne glisser, et elle me fait entrer. Elle a l'œil droit maquillé, mais pas le gauche, dont la paupière est rougie et bordée de cils fins et blonds. Elle paraît à peine surprise quand je lui dis que mon appartement a été visité.

L'espace est ce qu'elle appelle un plateau, c'est-à-dire qu'il n'y a pas de porte entre le séjour, l'entrée et la kitchenette – un peu comme dans la maison où j'ai grandi. Val l'avait héritée de ma grand-mère, que je n'ai jamais eu l'occasion de rencontrer. Elle est morte avant ma naissance, et Val n'a jamais eu le moindre mot aimable à son endroit. Ayant appris à prendre tout ce que disait Val avec des pincettes, je me suis toujours demandé comme elle était en réalité. Elle avait dû essayer de s'en sortir, si elle avait réussi à s'offrir cette maison. Tout ça pour le bien de sa fille paumée qui l'aurait probablement revendue pour s'acheter de la drogue si elle avait été capable d'émerger assez longtemps pour trouver des acquéreurs et signer les papiers.

Comme je grimpe sur le canapé, Natalia lance un regard mauvais à mes bottines, si bien que je les retire, gênée.

— Ne fais pas de bruit, dit-elle en soupirant. Prends la clé de la porte de derrière si tu veux sortir. Et si le téléphone sonne, ne réponds pas. Mon mec ne doit pas savoir que je t'héberge, d'accord ?

Je lui assure qu'elle sera bientôt débarrassée de moi.

Dès que je m'allonge sur le canapé, le poids du sommeil m'écrase, enfonçant mon visage dans le similicuir craquelé. Mon sang, épaissi par tous les produits qu'il contient, circule lentement.

C'est peut-être aussi bien. Je ne suis pas obligée de songer à tout ce qui s'est produit. Je peux me contenter de dormir.

Dans mon rêve, je ne suis pas dans la cave. Je parcours les couloirs aux lumières fluorescentes de l'hôpital, cherchant… je ne sais pas quoi exactement. Tout ce que je sais, c'est que je ne le trouve pas. J'essaie de m'adresser aux gens que je croise, mais ma voix ne fonctionne pas, et ils passent devant moi à la hâte comme s'ils ne me voyaient pas. Un liquide me dégouline sur la cuisse et, en baissant les yeux, je distingue le filet de sang qui coule sur ma jambe et goutte par terre. J'ai beau ouvrir la bouche, je ne peux toujours pas parler ni crier. Quand je m'agrippe le ventre, je sens une ouverture béante dans mon abdomen, pareille à un sourire ensanglanté, et, dans le millième de seconde qui précède mon réveil en sursaut, j'ai le temps de voir mes organes qui tombent à mes pieds.

Je ne me redresse pas brusquement comme le font les gens dans les films. Je n'ose même pas bouger le petit doigt. Je reste couchée là, à écouter mon corps pour percevoir le moindre signe de douleur ou de sang. Mais je n'éprouve que le bourdonnement sourd qui accompagne la descente après un excès de médicaments.

Passant la main sur mon ventre, je suis des doigts le léger renflement de la cicatrice.

Alors seulement je me mets en position assise. Je ne reconnais pas ce qui m'entoure – un salon, un écran de télé d'un gris mat, un sol nu. Un accès de panique achève de me faire émerger, puis les souvenirs me reviennent un à un. Chez Natalia. Je suis chez Natalia parce que mon appartement a été cambriolé et que je n'ai plus mon ordinateur.

J'ai envie de me rallonger et de dormir pendant toute la journée.

Sur la table basse, mon téléphone clignote. La batterie est à moitié déchargée et je n'ai pas pensé à emporter le chargeur en partant. Je l'attrape et, fronçant les sourcils, consulte les appels, dont plusieurs viennent d'un même numéro que je crois identifier.

Vous avez six nouveaux messages, m'informe la voix électronique. Votre messagerie est pleine. Merci d'effacer les messages dont vous n'avez plus besoin…

Je lui cloue le bec et porte l'appareil à mon oreille, non sans un tremblement d'appréhension. Les numéros inconnus et les messages audio sont rarement de bon augure quand on est en conditionnelle.

Premier nouveau message :

« Euh, bonjour », dit une voix féminine. Elle est aiguë et un peu éraillée, timide. Une erreur ? « Lainey Moreno ? J'espère que j'ai le bon numéro. Lainey, je vous en prie, écoutez-moi avant d'effacer ce message, d'accord ? Ici Mme Shaw. Jacqueline Shaw. »

Le nom me réveille plus sûrement qu'un shoot en plein dans la veine. Cette fois, je pose les pieds au sol.

« On m'a raconté la… euh… la situation », continue-t-elle. Je la vois pratiquement se tortiller à l'autre bout de la ligne, tant elle paraît mal à l'aise. « Mon mari et moi en avons discuté. » Elle s'éclaircit la gorge. Je comprends alors pourquoi la voix m'a semblé éraillée et nasale : la femme a pleuré, et récemment. « Nous avons parlé à la police et à l'inspecteur Ortiz, et nous aimerions vous rencontrer. »

10

Natalia n'est pas là – elle est sans doute déjà partie au boulot. Dans sa chambre, je vois un lit aux draps rouges froissés sous l'édredon rose, un tas de vêtements sur une chaise, du maquillage sur la coiffeuse et des chaussures éparpillées par terre.

J'ai des scrupules, vraiment, mais quand je renifle mes aisselles je me rends compte que je n'ai pas le choix. Je traverse le désordre sur la pointe des pieds, comme une voleuse, pour aller fouiller discrètement dans ses tiroirs. Elle n'a pas un seul tee-shirt basique : uniquement des caracos à fines bretelles, en dentelle, ou bien des hauts au décolleté plongeant. Je me rabats sur un débardeur sans prétention qui, je l'espère, ne lui manquera pas, et je l'enfile sous mon blouson. Elle a une petite brosse à cheveux rose, manifestement plus adaptée à ses souples mèches blond platine qu'à mes boucles en bataille, mais je m'en sers tout de même pour démêler ma crinière jusqu'à ce que mon crâne demande grâce. Sa collection de parfums occupe la moitié de la coiffeuse : des produits chers, de chez Chanel, Calvin Klein et d'autres dont je n'ai jamais entendu parler. Ses petits flacons ont dû lui coûter une fortune. J'en applique délicatement au creux de mon poignet et derrière l'oreille. Honteuse, je me précipite dans la salle de bains et tamponne les touches parfumées avec une serviette mouillée, mais l'odeur tenace s'accroche à ma peau et à mes cheveux.

Un coup d'œil à mon portable m'apprend qu'il ne me reste que quelques minutes avant l'arrivée de Sean. Il m'a appelée peu de temps après mon réveil, furieux d'avoir déjà dû laisser trois messages depuis celui de Jacqueline. Je ne sais toujours pas très bien pourquoi j'ai dit oui.

J'enfile mon blouson et je répartis mes petites friandises dans les compartiments secrets : n'oublie pas, le Percocet dans la poche de gauche, le Xanax dans celle de droite. Alice au foutu pays des merveilles. Mange-moi, bois-moi.

En attendant Sean dehors, je n'arrête pas de renifler le col de mon blouson, qui sent encore comme un bordel parisien. Pour qui est-ce que je fais tout ça ? Pour les parents affligés d'une fillette disparue ? Pour un homme qui a dix ans de plus que moi, qui est flic et probablement marié ?

Qu'est-ce qui ne va pas chez moi ?

Quand la voiture de Sean s'arrête, je m'élance pratiquement vers lui. Il est toujours en tenue de boulot, chemise et pantalon sombres et sobres. Dès que j'ai refermé la portière, ses narines palpitent et la ride entre ses sourcils se creuse. Je me sens rougir de honte.

— Que s'est-il passé chez vous ?

Je marmonne en fixant mes genoux :

— Des connards ont cassé la vitre. Je me suis dit que j'allais m'inviter chez une amie. Une fille du boulot.

— Du boulot ?

Je n'aime pas du tout la note sentencieuse dans sa voix.

— L'endroit est sûr ? ajoute-t-il.

— Autant qu'ailleurs. Je n'avais pas envie d'être seule, c'est tout.

Il démarre et, pendant les minutes suivantes, aucun de nous deux ne parle. C'est super gênant. Il ne met pas de musique et n'allume même pas la radio. Qui conduit sans musique ? Même du jazz, du classique ou un autre truc qui endort vaut mieux que ce silence.

— Mettons les choses au point avant d'arriver là-bas, dit-il en s'engageant sur l'autoroute. Vous vous rendez compte que c'est une situation très difficile pour eux.

Je déglutis. Je savais que ça allait venir, et ça me donne presque envie de faire machine arrière. De saisir la perche qu'il me tend et de lui demander de me ramener chez moi, et qu'ils se débrouillent tout seuls.

Sauf que je sais que je ne peux pas faire une chose pareille. Je suis peut-être une paumée abonnée aux échecs, et il y a plein de choses que je réussis à me pardonner – mais pas ça. Je ne peux pas tourner le dos à ma… à Olivia. Je dois aller jusqu'au bout, quel que soit ce bout. Même si ça doit faire mal.

Inconscient de mon tourment intérieur, Sean poursuit :

— Je sais que je n'ai pas le droit moral de vous demander ça, mais pensez à ce qu'ils ressentent avant de dire quoi que ce soit. N'oubliez pas qu'ils ne savaient rien sur vous. C'était une adoption plénière, donc...

— Et ils n'ont jamais posé de questions.

Il m'adresse un regard froid et lourd, et je remue sur mon siège pour cacher le frisson qui court entre mes omoplates.

— Ils ne savaient pas, Laine, vous comprenez ? Ils n'étaient pas là pour vous faire souffrir ou pour vous prendre votre enfant.

La question qui me ronge me monte aux lèvres :

— Pourquoi veulent-ils tellement me rencontrer ?

— Ils estiment que vous avez le droit d'être informée du déroulement de cette enquête, au même titre qu'eux. Jacqueline a été très... elle a été bouleversée en découvrant les origines d'Olivia. Je pense que, d'une certaine manière, elle essaie de se racheter vis-à-vis de vous, à sa façon.

Sean me lance un coup d'œil, et j'ai la sagesse de retenir la réplique cinglante que j'ai sur le bout de la langue.

— Alors, je vous en prie, je sais exactement ce que vous pensez, et ça m'a traversé l'esprit à moi aussi, plus d'une fois. Oui, je sais que ce n'est pas juste. Je sais à quel point vous avez été mal traitée depuis le tout début. Mais, s'il vous plaît, souvenez-vous qu'elle a perdu une enfant.

— Perdu ? Je croyais que vous alliez la ramener.

Je contemple intensément son profil, tandis qu'il jure entre ses dents serrées.

— C'est bien mon intention.

— Mais ?

— Ce ne sera plus pareil après, pour personne. Du moins pas avant longtemps.

— Bien sûr que non. Cette Olivia est perdue à jamais. Le mieux que vous puissiez espérer, c'est de récupérer son enveloppe vide et amochée.

— Je n'ai jamais dit une chose pareille.

— Vous l'avez pensé.

Pendant un long moment, il reste silencieux. Puis il prend un virage trop serré, qui m'envoie presque valser hors de mon siège.

— Vous êtes malade ou quoi ?

— Vous auriez dû attacher votre ceinture.

— Ah, alors maintenant vous vous défoulez sur moi ? Parce que je vous fais remarquer vos conneries ?

Il se tourne vers moi et manque brûler un feu rouge.

— C'est ce que vous croyez ? Que vous êtes amochée ?

Je me cale sur mon siège et lâche un rire amer.

— Laine !

Une voiture nous klaxonne, l'obligeant à reporter son attention sur la route.

— Eh bien, c'est ce que je suis.

Il me jette un coup d'œil, et je ne sais que lire dans son regard.

— Personne ne le pense, à part vous.

À sa façon de le dire, on pourrait presque y croire.

Nous entrons à Hunts Point. Ici, les maisons ressemblent à des demeures de conte de fées, dressées derrière des haies bien taillées. Des voitures de luxe sont garées dans les allées. Par les fenêtres allumées, je vois des gens à l'intérieur, qui dînent, regardent la télé. Des couples, des familles. Une vie d'opulence et de privilèges qui leur sont devenus aussi naturels que l'air ou la lumière, au point qu'ils ne s'en rendent même plus compte.

Pour eux, je suis une sorte de poisson des profondeurs, une créature bizarre, insondable.

Nous parcourons les dernières centaines de mètres dans un silence pesant, jusqu'à la maison des Shaw. Elle est sombre et menaçante ; un seul halo de lumière est perceptible derrière les lourds rideaux d'une fenêtre.

Il n'y a pas de bonheur dans cette maison. Il n'y en aura peut-être plus jamais – cette réflexion me heurte avec une violence inattendue.

En sortant de la voiture, je ferme mon blouson pour me protéger du vent froid d'avril et fourre les mains dans mes poches pour sentir le relief presque indétectable des cachets dans la doublure. Mon salut chimique. Je suis capable d'affronter cette rencontre.

J'en suis capable. J'en suis capable. J'en suis capable.

J'ai la chair de poule le long des bras, sur les jambes, dans le dos et sur le ventre. Ma cicatrice me démange. Sean fait le tour du véhicule pour me rejoindre et, sans crier gare, sa main se pose sur mon avant-bras. Je lâche la boulette d'aluminium contenant le Xanax et sors la main de ma poche pour qu'il puisse la prendre dans la sienne. Sa poigne est puissante et chaude, sa paume sèche.

Nos doigts s'entrecroisent, et en moi le froid commence lentement à se dissoudre.

— N'oubliez pas ce que je vous ai promis. Je vous ramène chez vous à n'importe quel moment. Vous n'avez qu'un mot à dire.

Nous remontons un sentier sinueux et bien entretenu jusqu'à la porte d'entrée massive. Sean presse une sonnette dont je n'entends pas le timbre se réverbérer derrière.

Mon cœur tambourine, tel un oiseau qui se cogne encore et encore contre les barreaux de sa cage. Je compte ses battements, un-deux-trois-quatre-cinq-six. Au septième, un léger clic retentit et la porte s'ouvre. Un fin rai d'une lumière chaleureuse se répand à nos pieds.

Le visage qui apparaît dans l'embrasure est celui que j'ai vu dans les journaux. Le regard de Jacqueline Shaw oscille entre Sean et moi, puis elle se dépêche d'entrouvrir suffisamment la porte pour nous laisser passer.

Sean libère sa main, subtilement mais fermement. Intimidée, je remets la mienne dans ma poche.

Jacqueline nous fait signe d'entrer.

Maintenant, je peux mieux l'observer. Elle est petite, presque aussi petite que moi, et très mince. Mais pas mince comme moi, qui survis à coup d'antidouleurs et de bonbons à la réglisse – elle a la minceur élégante des mannequins dans les magazines. Elle porte un pantalon noir et un chandail crème, ainsi qu'un petit pendentif en or autour du cou, que je reconnais : l'icône de Santa María. Elle joue avec nerveusement, enroulant la chaîne autour de ses doigts manucurés. Je me concentre sur ses mains, ses poignets fins et les demi-lunes pâles de ses ongles. Des mains douces.

— Inspecteur Ortiz, dit-elle, de cette même voix timide et presque juvénile qu'elle avait sur la messagerie vocale.

Elle lui serre la main.

— Je vous remercie infiniment. Sachez que mon mari et moi apprécions beaucoup ce que vous faites.

Je vérifie derrière elle, cherchant le mari en question, mais l'entrée est vide.

Enfin, elle se tourne vers moi.

— Lainey, dit-elle, hésitante, comme si elle ne savait pas quel ton adopter.

Elle me tend une main incertaine. Je la serre, ne serait-ce que par besoin de la toucher pour savoir si elle est aussi douce qu'elle en a l'air.

Jacqueline Shaw a d'immenses yeux de biche marron bordés de longs cils, des yeux qui me dévisagent avec une lueur presque implorante. Elle réussit à donner l'impression qu'elle lève le regard vers moi. Elle a les cheveux bruns et brillants, tirés en arrière et retenus dans un chignon, comme sur les photos dans la presse, mais je me rends compte maintenant à quel point ils sont longs et épais.

La mère d'Olivia, me dis-je, incapable d'assimiler l'étrangeté de la situation. Nous pensons certainement la même chose en cet instant.

— Je voudrais m'excuser. Je sais que tout ça a dû être très brutal, dit-elle doucement.

Et, à ma grande surprise, elle paraît sincère.

— Merci d'avoir accepté de me rencontrer, ajoute-t-elle.

— C'est rien, dis-je.

Ma voix semble rauque et criarde comparativement à la sienne.

— Si vous voulez bien me suivre ? Nous serons mieux dans le salon pour parler. Je peux vous proposer quelque chose ? À boire ?

— Madame Shaw..., commence Sean.

Je lui lance un regard de gratitude. Là, tout de suite, un verre serait une très mauvaise idée.

— Je vous en prie. C'est la moindre des choses.

— Nous prendrons simplement de l'eau. Si ça ne vous dérange pas.

Je ne peux m'empêcher d'inspecter les lieux tandis que nous nous enfonçons dans la maison. C'est ici qu'Olivia a grandi. C'était sa maison. Tout ce qu'elle a jamais connu. Elle faisait partie des privilégiées, menant une vie enchantée. Nous n'avions rien en commun.

Peut-être que si j'avais eu la possibilité de la tenir dans mes bras...

Je repousse cette pensée pour la millième fois. Ça n'aurait rien changé, rien changé en bien, du moins, pour aucune de nous deux.

L'entrée donne sur un vaste salon meublé de verre étincelant et de bois sombre lustré. Il y a d'énormes tableaux aux murs, des toiles qui à mes yeux ressemblent à des éclaboussures de peinture, mais il est vrai que je vis dans un appartement au plafond couvert de moisissures. Nous retrouvons M. Thomas Shaw dans la pièce suivante, aux murs garnis de rayonnages de livres. Il se lève de son fauteuil derrière un bureau massif, refermant un ordinateur portable.

Jacqueline murmure une remarque désapprobatrice.

Surprenant mon reflet dans la vitre d'une des bibliothèques, je ne peux pas reprocher à cet homme de vouloir rester à distance.

Sean et lui se serrent la main.

— Inspecteur, dit-il.

Puis, se tournant vers moi :

— Vous devez être Liane.

— Lainey, corrige doucement Jacqueline.

Il me tend la main.

— Bienvenue chez nous, Lainey.

Je me force à lui serrer la main. Il donne l'impression de vouloir la frotter ensuite avec une solution hydroalcoolique. J'en ai presque de la peine pour lui.

Mon cœur a recommencé à jouer à l'oiseau affolé. Je laisse retomber ma main, gauchement, mais à mon grand soulagement Sean la rattrape. Imprime une pression. *À n'importe quel moment. Vous n'avez qu'un mot à dire.*

Je serre les dents. J'ai tenu jusqu'ici, je ne pars pas.

Nous allons tous les quatre dans le salon. Jacqueline apporte deux verres d'eau, et un troisième verre pour Tom Shaw, rempli d'un liquide couleur d'ambre sombre. Rien pour elle, je constate.

— Quand j'ai entendu votre histoire la première fois, dit Jacqueline, j'ai été… Je ne trouve pas les mots… J'ai été épouvantée. Je n'en avais aucune idée. On nous avait dit que la mère biologique d'Olivia avait accouché sous X et ne voulait aucun contact avec nous, ni avant ni après. J'aurais dû me douter qu'il s'était passé quelque chose d'épouvantable. J'aurais dû…

— Jackie, fait Tom Shaw, baissant son verre.

— Je sais. Je ne devrais pas vous dire ça. Je me rends compte que ça ne fait que remuer de mauvais souvenirs pour vous…

Elle ne finit pas sa phrase et se couvre la bouche des mains.

— Je suis désolée, reprend-elle. J'ignore comment je pourrais jamais vous dédommager.

Dans ma tête, je me répète en boucle ce que Sean m'a dit, comme un mantra. Pense à ce qu'elle ressent. Elle vient de perdre une enfant. Mais les mots se dissolvent en une suite de sons sans signification.

Comment me dédommager ? Pour commencer, elle aurait dû veiller sur sa fille – ma foutue fille. Empêcher le monstre de l'enlever. Je sais que ce n'est pas juste vis-à-vis d'elle, et je peux me retenir de l'exprimer à voix haute – ne serait-ce que pour Sean –, mais ça ne veut pas dire que je ne le pense pas.

— Je voulais que vous sachiez que vous seriez toujours la bienvenue dans cette maison. Quoi que… Quoi qu'il arrive.

Je comprends ce qu'elle essaie de dire, et Sean aussi. Il trouve ma main, mais ça ne suffit plus. Mes pensées vont vers la boulette d'aluminium dans ma poche gauche. Ou est-ce la droite ?

— Et je vous suis immensément reconnaissante pour votre sacrifice. Immensément, conclut-elle.

Je ne saisis pas tout de suite, puis je prends conscience qu'elle parle de l'enquête et de ma décision de les aider.

— Je n'avais pas le choix, dis-je en baissant la tête.

Je la laisse mal interpréter ma réponse.

— On ne peut pas vous y obliger, si ?

Sean intervient :

— C'était sa décision, la décision de Lainey, dit-il d'une voix neutre. Je vous assure qu'elle n'a été forcée à rien.

— J'espère bien que non.

Jacqueline s'échauffe, comme une mère poule voulant protéger ses poussins.

— Sinon, je ne le tolérerai pas, même si…

— C'est nécessaire pour l'enquête, la coupe Tom Shaw.

Il s'est tourné vers elle, mais sa voix porte comme s'il s'adressait à nous tous.

— Et je crois, même si les chances sont minces, que si ça peut nous permettre de retrouver Olivia…

Il me jette un regard entendu. Contrairement à Jacqueline, il ne fait pas mystère de sa priorité : sa fille, et pas cette visiteuse basanée et bizarre qui, d'après son allure, serait plus à sa place dans la rue à faire la manche.

— Néanmoins, j'apprécie, Lainey. Je sais que ce n'est pas facile pour vous.

J'aimerais vraiment qu'ils arrêtent. Est-ce pour ça qu'ils m'ont fait venir, pour échanger des politesses inutiles ? Je lance un regard en coin à Sean, qui paraît aussi mal à l'aise que je le suis, et je sais qu'il pense la même chose que moi.

Jacqueline se lève soudain, le premier mouvement disgracieux que je lui vois faire.

— Lainey, voulez-vous que je vous montre la maison ?

Sean esquisse un hochement de tête presque imperceptible à mon intention. Je me lève sur mes jambes raides et suis le claquement discret de ses pas. En comparaison, mes bottines apparaissent énormes, boueuses et vulgaires sur le sol étincelant.

— J'imagine que vous aimeriez voir des photos, murmure Jacqueline en s'engageant dans un immense escalier circulaire.

Elle m'adresse un regard interrogateur pardessus son épaule, mais je ne parviens pas à dire un mot – je me contente de la suivre dans l'escalier moquetté jusqu'au premier étage. Elle s'arrête devant chacune des photos encadrées et alignées sur le mur et se lance dans des histoires et des explications – l'endroit où le cliché a été pris, la circonstance, *et là elle fait une drôle de tête parce qu'elle m'en veut de l'avoir obligée à mettre de la crème solaire.*

Mais c'est à peine si je l'entends. Je ne peux que contempler le visage d'Olivia. Sa peau couleur caramel, sa crinière folle – si semblable à la mienne, quoique un ton plus clair, avec de chauds reflets dorés dans les boucles serrées qui partent dans toutes les directions. Ça, ça ne vient pas de mon côté. Et ses yeux. Elle a des yeux gris pâle, qui paraissent encore plus grands et plus clairs dans son visage mat. Les miens sont exactement identiques à ceux de ma mère, si noirs qu'on distingue à peine les pupilles des iris.

Plus je scrute son visage, plus j'y décerne des traits qu'elle ne tient pas de moi. Mes paumes deviennent moites, je sens la sueur couler dans mon dos et la nausée monter petit à petit au fond de ma gorge. Heureusement que je n'ai rien bu.

Jamais je n'ai été aussi près de voir le visage de mon ravisseur.

Se méprenant sur le motif de mon angoisse, Jacqueline commet une grave erreur. Elle tend la main et me donne une petite tape dans le dos, dans le but manifeste de me réconforter.

Je sursaute comme si j'avais reçu une décharge électrique. Poussant un petit cri, elle titube en arrière et manque perdre l'équilibre.

— Putain… Désolée. Je ne voulais pas…, dis-je en bredouillant.

— Non, non.

S'obligeant visiblement à reprendre contenance, elle rajuste le bas de son cardigan, puis recommence à jouer avec son collier. Je crains qu'elle ne finisse par casser la fine chaîne à force de tirer dessus.

— Je n'aurais pas dû… Excusez-moi. Je ne voulais pas vous faire peur, Lainey.

Me faire peur ? Laissons-lui ses illusions. La vérité risquerait d'être trop dure à supporter pour elle.

— Elle est magnifique, réussis-je à dire d'une voix étranglée.

La réponse m'a demandé un effort, et la nausée monte encore d'un cran, mais Jacqueline paraît aussitôt soulagée. Ses yeux se remplissent de larmes alors qu'elle serre son collier dans sa main.

— C'est vrai. Et intelligente aussi. Elle est en maths avancées. Ses profs ont toujours dit qu'elle était précoce, même…

Elle s'interrompt, baissant les yeux, et une larme coule sur sa joue délicatement poudrée. Prenant une courte inspiration comme pour rassembler son courage, elle balbutie :

— Elle a dû vous manquer terriblement. Je suis désolée, je ne voulais pas vous faire ça.

— J'étais très jeune.

On dirait que quelqu'un d'autre parle avec ma voix. Les mots sont détachés de moi, sans émotion.

— Je ne pouvais pas m'en occuper. Moi aussi, j'étais une enfant.

Jacqueline se jette sur moi et m'emprisonne dans son étreinte. C'est tellement inattendu que je me fige, raide et embarrassée. L'odeur d'un parfum coûteux me remplit les narines, et la laine de son cardigan me gratte la joue.

— Je suis tellement désolée.

Je me rends compte qu'elle sanglote. Elle pleure sur mon épaule, comme si je pouvais y faire quelque chose. Comme si elle espérait que je la console. Elle s'essuie les yeux, étalant son maquillage, et s'écarte.

— Vous voulez bien venir avec moi ? demande-t-elle en désignant la porte la plus proche. J'aimerais vous montrer quelque chose.

Sans attendre ma réponse, elle tourne la poignée et le battant s'entrouvre sur une pièce obscure. Elle glisse la main à l'intérieur pour actionner l'interrupteur.

La chambre est décorée dans les tons rose pâle et violet, avec des meubles blancs dignes d'une maison de poupée et un lustre en faux cristal au plafond. Presque une chambre de bébé, et non pas de fillette de dix ans.

La chambre d'Olivia.

Mes jambes se bloquent et mon ventre se contracte. J'essuie mes paumes sur mon pantalon.

— Entrez, dit doucement Jacqueline. Je veux que vous voyiez où elle a vécu pendant toutes ces années. Je pense que vous avez le droit de savoir.

Chaque pas exige de moi un effort surhumain. Je dois m'arrêter et me retenir un instant au montant de la porte avant d'entrer.

Un regard me suffit. Olivia vivait comme une princesse. Le genre de vie que je n'aurais jamais pu lui offrir même dans mes rêves les plus fous – je ne comprends pas pourquoi Jacqueline ressent le besoin de me le prouver une fois encore. Pour me mettre le nez dedans ? Olivia a un lit à baldaquin aux rideaux roses vaporeux, une coiffeuse surmontée d'un grand miroir ovale, sur laquelle sont posées des boîtes à bijoux soigneusement alignées. Un dressing, un bureau avec un Apple dernier cri, une télé au mur, à l'écran aussi fin qu'une feuille de papier. Un immense cadre entouré de strass montre trois photos d'une Olivia souriante, tenant des trophées gagnés à différents concours de mathématiques.

Aucune photo avec des amis, aucun de ces posters de célébrités dont les gamines aiment couvrir leurs murs. Tout dans cette pièce paraît hors de prix mais, hormis son visage sur les trois photos, je ne vois rien d'elle ici. Ce pourrait être la chambre de n'importe qui ou une photo de magazine de déco.

— Je l'aime, Lainey, dit Jacqueline.

Dès l'instant où elle referme la porte derrière nous, j'ai l'impression que sa voix change. Fini la douceur et la délicatesse. C'est maintenant de l'acier sous une couche de soie, comme si de petits engrenages rouillés tournaient au fond de sa gorge.

— Vous devez me croire, je l'aime plus que tout.

Pourquoi ne la croirais-je pas ? Cette chambre, les photos, la maison entière le prouvent à grands frais.

— Et je sais que vous l'aimez aussi. Quoi que son père vous ait fait. Je le sais, ajoute-t-elle, sans quoi vous ne seriez pas là.

Je prends une inspiration pour répondre, mais elle ne m'en laisse pas le temps.

— Je crois que mon mari vous sous-estime, tout comme l'inspecteur Ortiz. Vous êtes débrouillarde. Vous êtes résiliente et forte, et vous avez du cœur.

Elle ne sait pas de quoi elle parle.

— Je sais que si vous pouviez nous aider à la retrouver… à nous rapprocher d'elle… vous le feriez.

Je commence à comprendre où elle veut en venir. Bien sûr. Je ne devrais pas être surprise.

Des images se projettent devant mes yeux, des instantanés d'un passé lointain, et je dois fermer les paupières très fort pour les chasser.

— J'ai déjà dit aux flics tout ce que je savais.

De nombreuses fois, encore et encore, pendant que des gens impassibles en uniforme prenaient des notes et que des infirmières attendaient à l'écart, armées de seringues remplies de sédatif qu'elles étaient prêtes à m'administrer en cas de nécessité.

— Non, dit-elle avec une fermeté surprenante. Pas tout.

— Pardon ?

Elle pose les mains sur mes épaules, et sa poigne est aussi inflexible que sa voix.

— Ça remonte à dix ans. Vous vous êtes forcément souvenue d'autre chose.

Treize ans. Treize ans depuis mon enlèvement. Mais je ne la corrige pas.

— Non.

Ma voix n'est plus qu'un malheureux couinement. Non, je ne peux pas vous aider. Non, je ne sais rien. Non, je vous en prie. Non, non, non.

— Parce que vous croyez que je n'ai pas essayé ? Vous me prenez vraiment pour un monstre ?

— Non, pas du tout. Ce n'est pas vous le monstre, Lainey. Mais vous êtes peut-être notre seule chance de le trouver.

J'aimerais tellement. Je le voudrais de tout mon cœur, mais je ne vois pas comment.

— Notre seule chance, c'est de collaborer, poursuit Jacqueline en baissant la voix. Il se croit trop intelligent pour laisser une trace, mais il se trompe. Nous pouvons le faire trébucher. Le pousser à la faute – un simple faux pas pourrait suffire. Et je crois que vous êtes en mesure de nous aider.

Je soupèse ses mots tandis que les secondes s'égrènent.

— Qu'attendez-vous de moi ?

— Nous allons lancer un nouvel appel à la télévision. Je veux que vous veniez avec nous. Et je veux vous entendre dire que vous commencez à vous souvenir.

11

J'ai du mal à respirer. Si seulement Sean était là.

— Je vous en supplie, dites oui.

Le regard de Jacqueline ne lâche pas le mien.

— Je… j'ai besoin d'une minute, dis-je, avant de m'enfuir dans le couloir.

Titubant presque, je passe devant une série de portes avant de trouver la salle de bains, dans laquelle je m'enferme. Je m'assieds sur le bord de la baignoire pour reprendre mon souffle, puis palpe la doublure de mon blouson de mes doigts engourdis jusqu'à trouver une des boulettes d'aluminium – peu importe son contenu, je l'avale sans même vérifier ce que c'est.

Au début, je n'entends même pas frapper à la porte.

— Lainey ? Tout va bien ?

C'est Tom Shaw. Je veux lui dire que ça va. Je veux lui dire d'aller se faire foutre, d'aller mourir, mais ma voix refuse de fonctionner.

— Laine !

Cette fois, c'est Sean.

— Ouvrez-moi. Tout de suite.

Je m'approche de la porte et la déverrouille. Il la pousse, ignorant mes protestations et mes insultes, et la claque derrière lui. Puis il m'attrape par les épaules et m'oblige à me retourner pour lui faire face.

— Eh, du calme, dis-je entre mes dents serrées. Je vais bien.

Son visage s'assombrit. Un tendon saille sur son cou.

— Qu'est-ce qu'elle vous a dit ?

— Elle veut que je passe à la télé avec eux.

Son visage n'est qu'à quelques centimètres du mien.

— À la télé ?

— Pour faire une interview. Ils veulent…

— Non, me coupe-t-il, d'une voix sourde, mais où affleure la colère. Il n'en est pas question.

Il saisit une serviette sur le porte-serviette, la passe sous l'eau froide et tamponne mes yeux gonflés, mon front. Chacun de ses mouvements est si douloureusement tendre que je suis à deux doigts de pleurer. Il y a tant de choses que j'ai envie de dire, mais je suis terrifiée à l'idée de rompre cet instant fragile.

Il ne pouvait de toute façon pas durer. Une seconde plus tard, on tambourine à la porte de la salle de bains.

— Tout va bien là-dedans ? s'écrie Tom Shaw.

Il souhaiterait faire croire qu'il est inquiet, mais son agacement pointe derrière chacun de ses mots. J'ai presque l'impression de l'entendre penser de l'autre côté : *Super, maintenant, on va devoir appeler une ambulance parce que cette dingue a fait sa crise.*

— Oui, répond Sean. Elle a besoin d'un moment de répit, c'est tout.

— Vous voulez quelque chose ? demande Jacqueline. De l'eau, de la glace... ?

Tom murmure sur un ton désapprobateur, et j'ignore s'il est mécontent à cause de moi ou d'elle. Dès que nous sortons de la salle de bains, elle commence à s'affairer autour de moi, son expression trahissant sa culpabilité. Son mascara a coulé et lui fait des yeux de raton laveur.

— Je peux vous parler ? demande Sean. À tous les deux. Tout de suite.

Je m'accroupis dans un coin du salon, pendant que Sean et Tom Shaw se disputent à voix basses et furieuses. Jacqueline verse du café dans de hauts mugs, ajoute du lait et une quantité astronomique de sucre roux. Sans rien dire, elle m'en apporte un, mais je secoue la tête. Les mains dans les poches, je joue avec le bout d'aluminium que j'ai oublié de jeter et le déchiquette en un millier de fragments qui vont sûrement coller à la doublure de mon blouson pour toujours.

— Nous allons faire une déclaration à la télévision, affirme Tom Shaw. Je veux qu'on y soit tous les trois cette fois. Si Lainey est d'accord, bien sûr.

À sa façon de le dire, j'ai le sentiment de ne pas vraiment avoir le choix.

— C'est une très mauvaise idée, réplique Sean. Je ne le permettrai pas. Ça compromet gravement...

— La presse nous traque depuis des jours. Autant se servir d'elle.

— ... la sécurité de Lainey, termine Sean sans sourciller.

— Je crois que c'est à elle de décider, rétorque Shaw, trop fort, comme pour s'assurer que je l'entende, sans s'adresser à moi directement. Nous devrions lui demander son avis.

Je contemple mes mains – ou plutôt le bout de mes doigts, le seul morceau qui dépasse des manches de mon blouson.

— C'est absolument hors de question, dit Sean. Elle n'est pas...

Il s'interrompt, puis reprend sans beaucoup plus de succès :

— Dans son état présent...

C'est alors que je m'entends élever la voix :

— Si vous ne me croyez pas capable de prendre la décision, dites-le simplement.

Dans le moment de silence qui s'ensuit, je sens plus que je ne vois tous les yeux se tourner vers moi. Ils tranchent pratiquement l'air comme des lames d'acier.

— Je le ferai, dis-je. Si vous pensez que ça peut aider.

Sean respire. Il donne l'impression d'avoir retenu son souffle pendant tout ce temps.

— Je dois en parler à quelqu'un, finit-il par dire. Je vais passer un coup de fil. Ne songez même pas à quitter cette pièce avant mon retour.

En pensée, je le supplie de ne pas partir, de ne pas me laisser avec ces deux-là. En même temps, c'est moi qui viens d'accepter de me montrer devant la presse avec eux.

Tom Shaw se lève, s'approche d'un buffet, dont il sort une bouteille à moitié vide, et verse une bonne rasade d'alcool dans sa tasse de café, ignorant le regard cinglant de Jacqueline.

— Eh, vous en voulez ? lance-t-il en brandissant la bouteille.

— Tom, le rabroue Jacqueline.

— Elle est notre invitée. Et elle a l'air d'avoir besoin d'un remontant.

Reconnaissante, je me lève pendant qu'il ne verse pas plus d'un doigt d'alcool dans un verre. Pas de quoi me donner le grand frisson, mais je le prends tout de même et le bois d'un trait.

— Bien, dit-il. Nous subissons tous beaucoup de stress. Je sais que nous vous demandons beaucoup.

Son regard las s'attarde sur mon visage comme s'il essayait de deviner ce qui se passe dans ma tête.

— Et croyez-moi, je n'oublierai pas.

La conférence de presse aura lieu demain à la première heure, au poste de police. Je marche derrière Sean sur le sentier qui nous ramène vers sa voiture. Les pilules décuplent l'effet de ma petite dose d'alcool, et je flotte toujours quand Sean m'aide à monter dans le véhicule. S'il s'aperçoit que je suis stone, il n'en laisse rien paraître.

Je pose la tête contre le siège et ferme les yeux. La voiture tangue comme un navire alors même qu'elle n'a pas encore démarré. Sean referme calmement sa portière et met le contact. Puis, alors que le moteur s'allume en ronflant, il donne un coup de poing sur le volant, et le klaxon lâche un jappement pitoyable.

— Merde ! Je n'aurais jamais dû accepter de vous conduire ici.

— Ça va, dis-je.

J'ai l'esprit tellement embrumé qu'en cet instant je me fous de tout.

— Qu'est-ce qui vous a pris ? De les laisser vous manœuvrer comme ça. Vous auriez dû dire non.

— Je ne voulais pas dire non. Je veux aider.

— Et vous croyez aider qui ?

Sans ouvrir les yeux, je sens la voiture démarrer. La force de la gravité me plaque contre mon siège. Je laisse retomber ma tête.

— Lainey, dit doucement Sean.

J'ignore combien de temps a passé – l'effet des cachets. Quand je me risque à ouvrir un œil, des lumières orange diffuses tournoient comme un kaléidoscope derrière la vitre de la voiture.

— Réveillez-vous. Nous sommes arrivés.

— Comment ça s'est passé ?

Les mots me surprennent autant que lui. Sans même regarder dans sa direction, je pressens qu'il se crispe. Il m'a très bien comprise.

— Je ne suis pas autorisé à divulguer les détails. Vous le savez.

— Je…

Je suis sur le point de dire que j'ai le droit de savoir, sauf que c'est faux. Rien, absolument rien ne l'oblige à me révéler quoi que ce soit.

— Elle a disparu à l'école.

— Ça, je l'ai lu.

Dans ma vision périphérique, il se frotte les yeux.

— Vous ne devez le répéter à personne, d'accord ?

— Vous me prenez pour qui ?

Pour qui, on se le demande…

— Personne ne sait exactement ce qui s'est passé. C'est comme si elle s'était évaporée entre son dernier cours et…

Il laisse sa phrase en suspens et ajoute :

— Sa tante devait aller la chercher ce jour-là.

— Je sais.

— C'est la demi-sœur de Jacqueline, Jacinta. Elle est étudiante en fac. Elle va chercher sa nièce à l'école depuis l'année dernière. Mais quand elle est arrivée ce jour-là, pas d'Olivia. Elle a attendu un quart d'heure, puis elle est entrée dans l'établissement.

Il marque une pause, me laissant deviner la suite. Je peux seulement l'imaginer. Leur inquiétude qui se transforme en panique, et ensuite en terreur. Une terreur qui n'en finit pas de croître à chaque minute, chaque heure et chaque jour qui passe. Jusqu'à tout consumer.

Je ne connais pas cette sensation, bien sûr. Uniquement ce qu'on éprouve de l'autre côté. Un peu la même chose, alors que le temps s'écoule et qu'on commence à prendre conscience que personne ne nous trouvera, que personne ne nous aidera. À ce moment-là, on cesse d'attendre, et le temps devient un trou noir insondable, qui nous avale.

Sauf que le temps passe beaucoup plus lentement quand on est enfant.

Le tableau de bord éclairé de bleu se pixélise devant mes yeux, et je cligne des paupières. Un grand calme est tombé sur la voiture, troublé seulement par le bruit blanc du moteur. Enfin, Sean coupe le contact, et nous sommes seuls avec le silence.

— Vous pouvez encore changer d'avis, dit-il au bout d'un instant. Je vous le recommande même fortement.

— Je ne sais pas. Je ne sais même pas si ça fera une différence.

Je tourne la tête et vois son profil se découper contre la vitre.

— Mais je ne suis pas sûre que je pourrai continuer à me supporter si je n'essaie pas. Il est peut-être trop tard pour moi, mais…

— Ne dites pas ça.

— Ils devaient beaucoup l'aimer. Il y a des photos d'elle partout dans la maison. Et j'ai vu sa chambre. Elle vivait comme une princesse. Ils lui donnaient tout ce qu'elle aurait pu demander.

J'espère que mes mots ne trahissent pas trop d'aigreur.

— La valeur d'une personne ne dépend pas de la fortune de sa famille.

— Vraiment ? dis-je, haussant un sourcil.

— Vraiment. Je sais que ça a l'air d'un cliché, mais l'argent n'est pas le remède à tous les maux. Il ne garantit rien. Ni la sécurité – Olivia en est la preuve vivante – ni le bonheur.

— D'après vous, elle n'était pas heureuse ?

Mon cœur se serre brusquement. Je ressens les choses de manière trop aiguë, et le brouillard médicamenteux, qui m'aide tant d'habitude, ne sert à rien. Ce serait comme essayer d'arrêter un coup de couteau avec un mouchoir en papier. Je remue sur mon siège et entortille le bas de mon blouson entre mes mains.

— Qui sait ? Je me suis tout de suite entretenu avec ses profs. La psychologue scolaire m'a dit qu'elle avait un fond de méchanceté. C'est une bagarreuse, qui a failli se faire exclure pour avoir agressé un autre élève.

Il secoue la tête.

— Désolé, ce n'est pas ce que vous avez envie d'entendre, mais c'est la vérité. Croyez-moi, les enfants heureux ne tentent pas de planter un crayon dans l'œil d'un camarade de classe.

— Elle a fait ça ?

— Oui. Et d'après ce que je sais des écoles publiques, il faut pousser le bouchon très loin pour se faire renvoyer.

— Ça, je suis bien placée pour le savoir, dis-je.

Je le regrette aussitôt, même si je suis sûre que tout est consigné dans mon dossier. Je reprends :

— Je m'en veux. Je sais que les gens ont fait de leur mieux. Mais à ce moment-là, personne ne pouvait m'aider.

Plongé dans ses pensées, il ne fait pas de commentaire. Je lui lance un regard.

— Quoi ?

— Elle était à l'école publique. Dans le quartier le plus chic de la ville, certes, mais quand même.

Je me redresse d'un coup.

— Si ses parents sont si riches que ça… pourquoi est-ce qu'elle n'allait pas dans une école privée huppée ?

— Oui, c'est précisément la question que je me pose.

Sans m'attendre, il sort du véhicule. Je fais de même. Il gèle presque dehors et j'ai aussitôt la chair de poule, après avoir profité du merveilleux chauffage de sa voiture.

— Qu'est-ce que vous allez faire ? dis-je, enfonçant les mains dans mes poches.

— Je vais tirer ça au clair.

Il m'accompagne jusqu'à la porte de la maison de Natalia, sans s'expliquer davantage. La lumière du porche est cassée et la fenêtre noire.

— S'il y a quelque chose que je dois savoir, vous m'appelez, dit-il d'un ton sans réplique.

Je hoche la tête.

— Promettez-le-moi.

— Promis.

Puis, sans crier gare, il m'attire contre lui et m'étreint, longtemps, comme si lui aussi avait peur de me lâcher.

En l'absence de Natalia, j'entre avec ma clé par la porte de derrière. Apparemment, Natalia n'est pas repassée chez elle. Je fourre le débardeur que je lui ai emprunté ainsi que mes propres affaires sales dans le lave-linge, contente de pouvoir me promener en slip et soutien-gorge sans que personne ne me voie. Elle a un vieux Mac portable, qui heureusement pour moi n'a pas de mot de passe, si bien que je vais sur Internet et me connecte à ConspiracyTalk.

Un nombre inquiétant de nouveaux posts alimente le fil de discussion consacré à Olivia Shaw, et l'icône signalant l'arrivée de messages clignote dans le coin de l'écran. Un mauvais pressentiment me saisit avant même que je clique sur le titre. La page met une petite éternité à se charger, et quand c'est fait je me retrouve face à mon propre visage.

12

L'image a été tellement retouchée que je ne saurais dire quand et où la photo a été prise. Mais c'est moi, indéniablement. J'ai les yeux plissés et une profonde ride entre les sourcils. Ça me vieillit et ça donne à mon visage un air dur.

Roswell82 : Salut tout le monde ! Du nouveau dans l'affaire Olivia Shaw ! Apparemment, on a le nom de la mère biologique : une certaine Lainey Moreno. Et c'est là que ça devient franchement ahurissant… vu que Lainey Moreno n'est autre qu'Ella Santos. Ouais, la mystérieuse disparue incapable d'identifier son ravisseur après trois ans de captivité.
Mike6669 : C'est dingue. Cette affaire commence à me faire carrément flipper.
Salem_baby : Quelqu'un fait remonter le fil sur Ella Santos ?
Roswell82 : C'était il y a trois ans, sans rien de neuf depuis. Quelqu'un a du nouveau concernant Ella Santos ? QUELQU'UN ?
Salem_baby : C'était pas @disparue14 qui était à fond là-dessus ? @disparue14, t'es là ?
Roswell82 : @disparue14 ? Eh oh ?

Je ferme les fenêtres l'une après l'autre, j'efface l'historique et éteins le portable. Tant de questions se bousculent dans ma tête que j'ai du mal à me concentrer sur une seule. Comment ? Qui ? Que savent-ils ? Submergée par la peur, j'ai soudain envie d'appeler Sean pour lui dire que je n'irai pas devant les caméras de télé. Que j'ai changé d'avis. Pour lui demander de venir me chercher et de m'emmener quelque part, n'importe où ailleurs.

Le téléphone apparaît dans ma main comme par magie, et je sais que je n'ai plus le choix. Je suis trop épuisée et abrutie pour craindre sa réaction. Je ne retiens même pas mon souffle en attendant qu'il décroche.

Un clic, puis une voix. Une voix féminine. Le allô mélodieux et ronronnant d'une femme assez assurée pour prendre un appel qui ne lui est pas destiné. Je ressens comme un coup de couteau brutal et inattendu sous les côtes. Du pouce, je coupe la communication et observe mon téléphone muet dans ma paume – le traître. La batterie clignote. La douleur s'installe dans ma poitrine, et j'ai la sensation que c'est moi qui l'ai surpris à me tromper. J'imagine la femme examinant le portable de Sean avec suspicion, faisant défiler les contacts, les appels, SMS et messages récents. J'espère qu'il ne va pas avoir de problèmes à cause de moi. Non, c'est faux. J'espère qu'il aura une tonne de problèmes à cause de moi.

Tout au fond, enfouie sous la couche protectrice qu'est Laine Moreno, une toute jeune fille se sent trahie et seule.

Quand Natalia rentre, elle me trouve pelotonnée par terre au pied du canapé. Je lève les yeux pour la regarder fermer la porte ; l'horloge du lecteur de DVD affiche minuit et demi. Le service du soir n'est jamais une partie de plaisir ; elle a l'air fatiguée, et son maquillage a coulé sous ses yeux.

— Ça va ?

Je m'oblige à hocher la tête, et ce petit mensonge suffit à faire déborder la solitude, qui sort en horribles sanglots.

— Eh !

Son parfum m'enveloppe comme un voile quand elle s'accroupit à côté de moi. Sous les fleurs et le musc synthétiques, je reconnais les relents habituels de fumée de cigarette, d'alcool dans son haleine, et cette odeur particulière des boîtes de strip-tease qui s'accroche à vous comme une sangsue – une odeur de levure, légèrement métallique, avec une touche du détergent chloré utilisé pour nettoyer la scène. Au début, je me récurais tous les soirs en rentrant, même si je devais ensuite me coucher avec les cheveux mouillés, puis j'ai fini par m'habituer. Il suffit de deux nuits loin du boulot pour que je la remarque de nouveau.

Je n'ai pas l'énergie de repousser son bras quand elle le passe autour de mes épaules.

— Il s'est passé quelque chose ? Un truc que tu ne me dis pas ?

Je ne saurais même pas par où commencer.

— Si tu veux, tu peux dormir avec moi. Le lit est assez grand.

En cet instant, je n'ai pas envie de me retrouver seule une fois encore, si bien que je la suis dans sa chambre et la laisse me faire asseoir sur l'édredon rose, comme une poupée. Elle dégrafe mon soutien-gorge et me couche entre les draps rouges, qui se révèlent étonnamment doux. L'oreiller garde l'odeur de son après-shampoing. J'y plonge le visage, l'écoutant se déshabiller.

Le lit craque et penche tandis qu'elle m'y rejoint, puis pose un bras sur moi. En quelques secondes, elle est endormie, et je sens le ronronnement léger de son souffle sur ma nuque. Je m'efforce de rester immobile pour ne pas la réveiller et je me détends petit à petit, à mesure que sa chaleur m'enrobe. Elle bouge et se rapproche ; sa peau nue frôle mon dos puis se colle à lui. Elle a la douceur de la soie, mais ses seins sont rigides – elle s'est fait poser des implants il y a un an.

Le sommeil va et vient, et je regrette de ne pas pouvoir me lever pour aller prendre un des cachets que j'ai sauvés dans mon appartement. Mais je ne veux pas risquer de la déranger, ni rompre ce fragile contact humain. Je ne me souviens même plus de la dernière fois où je me suis sentie à l'aise avec quelqu'un – et les quelques instants de proximité avec Sean ne comptent pas. Me résolvant à cette nuit en pointillé, j'espère que mon corps se reposera même si mon esprit ne connaît aucun répit.

Quand je me réveille la fois suivante, des doigts légers comme des papillons descendent le long de mon flanc, effleurant une à une mes côtes saillantes – une, deux, trois. Je retiens mon souffle en plein milieu d'une expiration. Elle ne doit pas se rendre compte que je suis réveillée, parce qu'elle continue son exploration du bout des doigts. Une paume douce mais assurée recouvre mon sein puis glisse vers le creux où les deux parties de ma cage thoracique se rejoignent. Je ne sais pas quoi faire, comment réagir – ou si elle attend une réaction de ma part. Je ne m'étais jamais doutée qu'elle était attirée par les filles – surtout après avoir vu son copain bodybuildé.

La main continue de descendre vers mon nombril, et mes muscles se tendent quand elle approche de la cicatrice. Cette fois, elle en est consciente.

— Chuuut.

Son murmure chatouille les petits cheveux sur ma nuque, puis je sens le contact de ses lèvres tandis que sa main plonge entre mes cuisses serrées.

— Natalia, dis-je en roulant sur moi-même.

Dans la pénombre, je distingue son visage, son expression blessée.

— Je suis fatiguée, c'est tout. Je veux dormir, d'accord ?

— Bien sûr.

Les draps bruissent. J'aperçois la courbe de son dos lorsqu'elle se lève et se dirige vers la commode. Elle y cherche quelque chose puis revient vers le lit sur la pointe des pieds.

Quand elle ouvre la paume, une pilule est nichée en son centre. Je ne sais pas ce que c'est.

— Ouvre la bouche.

Elle tapote ma joue du bout des doigts, et j'obéis. Après avoir posé le cachet sur ma langue, elle referme délicatement ma mâchoire en me tenant le menton. Ses ongles en acrylique sont taillés en longues pointes, comme toujours.

Mes réflexes d'hôpital me reviennent et j'avale la pilule sans y penser. Dans le service de pédopsychiatrie, mieux valait ne pas discuter ni poser de questions.

— Bien.

Elle me serre dans ses bras et me tapote la tête, d'un geste étonnamment bienveillant – on pourrait presque dire maternel si mon visage n'était pas enfoui dans sa poitrine nue. Elle reste là jusqu'à ce que ma tête s'alourdisse et que mon menton commence à plonger. Enveloppée de soie chaude et de parfum, je m'endors.

La dernière chose dont je me souvienne, c'est de Natalia posant doucement ma tête sur l'oreiller.

13

Mon visage enduit de fond de teint bon marché me démange, mais je suis prête pour être filmée en gros plan.

Je me suis réveillée en retard, très en retard. Natalia était partie, et Sean tambourinait à la porte – sans doute depuis déjà un certain temps. Une lumière impitoyable pénétrait dans la chambre par les rideaux entrouverts, révélant les fissures des murs et la poussière qui recouvrait tout. Quand je me suis redressée, je ne portais rien d'autre que mes chaussettes, et mes sous-vêtements étaient pendus à la colonne de lit.

J'ignore ce que contenait cette pilule mais, à côté, mes médicaments sur prescription ne font pas le poids. Il faudra que je demande à Natalia de m'en procurer d'autres.

Si Sean était en colère, il n'en a rien laissé paraître. Il est resté bizarrement silencieux pendant tout le trajet jusqu'au commissariat, perdu dans ses pensées.

Et me voici. Prête pour ce que j'ai accepté de faire, même si ma résolution faiblit de minute en minute.

Le but est d'empêcher le ravisseur de la déshumaniser – du moins, c'est ce qu'on m'a dit, et ce que j'ai lu durant toutes les heures de recherches que j'ai faites, la nuit après le boulot, clignant des yeux face à l'écran de l'ordinateur. Nous devons toujours appeler Olivia par son prénom, parler de ce qu'elle aime et n'aime pas, dire à quel point elle est intelligente, gentille et tout. De cette façon, elle cessera d'être un objet aux yeux de son kidnappeur et redeviendra une personne.

Du moins, c'est ce qu'affirment les manuels de psychologie. Mais d'après ma théorie personnelle, les timbrés comme lui adorent ce genre de cirque médiatique. Ils prennent leur pied, et je ne doute pas que pour lui, voir ma tête à la télé, ce sera la cerise sur le gâteau.

Jacqueline m'a apporté des vêtements. Il y a quelque chose de touchant dans sa façon de disposer des pulls et des jupes – trois de chaque – pour que je choisisse, et même une paire de chaussures. Que des modèles très convenables, dans des matières luxueuses aux tons pastel, qui me semblent tous pratiquement identiques. Jetant à peine un coup d'œil à la sélection, j'attrape un pull et une jupe au hasard et je vais dans les toilettes pour me changer.

La cabine est équipée d'une de ces lampes à UV, conçues pour interdire aux drogués de se shooter. Sous leur lumière, tout prend une teinte violette, on se croirait dans un épisode de la *Quatrième Dimension* ; la peau paraît cireuse, comme celle d'un cadavre, si bien qu'on ne peut pas trouver ses veines. De toute façon, ce serait le dernier endroit où je me shooterais, si c'était mon truc, ne serait-ce que parce que la porte n'a pas de verrou et que n'importe qui peut entrer à n'importe quel moment.

Le pull de Jacqueline n'est qu'un tout petit peu trop grand pour moi, et les manches, paradoxalement, sont trop courtes. Je n'arrête pas de tirer dessus nerveusement, les ongles plantés dans les côtes à l'extrémité. On ne voit pas mes poignets, mais certaines habitudes sont difficiles à perdre.

Au moment où je retire mon jean, on frappe doucement à la porte, et pourtant je sursaute comme si j'avais été surprise en train de faire un truc dégueulasse.

— Lainey ? demande Jacqueline. Tout va bien là-dedans ?

Une façon polie de dire « Magne-toi le cul ».

— Oui ! Une minute.

— Ça vous va ?

Je ne sais pas, parce que j'ai encore le jean descendu aux chevilles quand je me rends compte que j'ai oublié de dénouer mes bottines. Avec un soupir, je m'assois sur l'abattant des toilettes et commence à ôter la droite. Je sors mon couteau, qui était bien calé contre ma cheville, et le glisse dans la ceinture élastique de mon slip. Il est chaud après avoir été en contact avec ma peau, et son manche lisse trouve sa place dans le creux de mes reins comme la main d'un amant.

Juste à temps, parce que la porte s'ouvre et Jacqueline entre. Sans la moindre timidité, elle s'agenouille à côté de moi et m'aide à délacer ma deuxième bottine.

Elle descend la fermeture Éclair de la jupe – évidemment, elle est de ces femmes qui portent des jupes qui se ferment sur le côté – et la tient ouverte devant moi, comme si elle habillait une enfant. Je n'ai pas d'autre choix que de l'enfiler, passant un pied, puis l'autre. Quand elle remonte la jupe sur mes hanches et ferme le bouton du haut, je gigote un peu, mais elle ne remarque pas le couteau dans mon dos.

— Un peu grande, dit-elle. Mais ça ne se verra pas sous le pull.

Elle lâche un petit rire.

— Profitez-en tant que vous pouvez. À mon âge, il faut se battre pour rester mince.

Je la considère comme si elle était une extraterrestre.

Elle cache son malaise derrière un rire encore plus forcé.

— Les chaussures, dit-elle.

Elle me tend des escarpins à petits talons d'un geste presque suppliant. En les voyant, je secoue doucement la tête. Ma nuque craque comme celle d'une marionnette en bois. Pas question de mettre ça.

— Vous ne pouvez pas porter des boots avec la jupe, dit-elle.

J'oblige ma bouche à former une syllabe. Non.

— Allez, dit-elle.

Horrifiée, je la vois tendre les mains vers ma chaussette droite et commencer à la rouler.

Je manque lui balancer mon pied dans la figure. Enfin, pas volontairement, mais ma jambe a réagi comme si elle avait frappé le nerf du genou, un réflexe qui, à force, semble presque inné. Avec un cri de surprise, elle bascule en arrière et se retrouve les fesses sur le sol sale. Ses yeux sont comme des mares sombres et brillantes – remplis de colère, de douleur ou de larmes, je ne saurais le dire exactement. Je vois ses lèvres remuer pour prononcer mon nom, mais je ne l'entends pas par-dessus le battement du sang à mes oreilles.

— Je… je suis désolée, dis-je d'une voix étranglée.

Son regard passe de mon visage à ma cheville dénudée. Sous la lumière violette du plafonnier, sa peau prend une couleur de cendre, alors que le sang reflue de son visage. Elle porte les mains à sa bouche – un geste, d'après ce que j'ai lu un jour, propre aux gens qui ont du mal à exprimer leurs sentiments.

Je remonte ma chaussette pour couvrir la cicatrice et attrape ma bottine, sans plus la regarder.

— Lainey, dit-elle dans un souffle. Oh, mon Dieu.

Je continue à mettre mes boots.

— Ce n'est… Ce n'est pas grave, poursuit-elle. De toute façon, personne ne verra vos pieds. Vous pouvez remettre votre jean… si vous voulez.

Sa voix tremble et, levant les yeux, je vois deux sillons humides sur ses joues.

— Je suis désolée, dit-elle d'un ton plaintif, tentant de se couvrir les yeux sans abîmer son maquillage.

Dans un moment de compassion inédit, j'attrape une poignée de papier toilette et la lui fourre dans la main. Elle s'en tamponne le dessous des yeux pour essayer de dissimuler le fait qu'elle pleure maintenant pour de bon.

Je réalise alors qu'elle ne pleure pas pour moi – non, elle est terrifiée pour Olivia, et à raison. Cette seule idée me donne la nausée, et le vide lancinant que le cachet de Natalia a laissé en moi n'arrange rien.

Nous ressortons quelques minutes plus tard, après qu'elle a mis un peu de poudre sur ses pommettes et que j'ai fini de relacer mes boots.

— Rappelez-vous ce dont nous avons parlé, dit Jacqueline d'un ton doux, mais néanmoins impérieux, et avant que je puisse répondre elle me prend la main et la serre.

Je jette en douce un coup d'œil à Sean, cherchant à apercevoir une étincelle de complicité, mais son regard glisse avec indifférence sur mon visage, avant de se détourner. Je remarque l'expression désapprobatrice de Shaw devant mes bottines usées et crasseuses, qui paraissent encore plus pitoyables à côté des vêtements élégants de sa femme.

La conférence de presse elle-même ressemble à un mauvais trip sous acide. J'essaie de ne pas tressaillir face aux flashs des appareils photo pendant que Jacqueline, la voix émue, lance un nouvel appel, prononçant des mots que je connais par cœur pour en avoir déjà entendu de semblables dans des extraits télévisés et vidéo : *Je vous supplie de nous aider à ramener notre fille en sécurité à la maison.* Les lumières au plafond sont trop vives, et mes yeux doivent sûrement disparaître dans mon visage parce que je les plisse tout le temps. Sean n'est pas dans la foule : il se tient sur le côté, l'air sombre. J'ai une folle envie de tourner la tête vers lui, mais ça ne ferait pas bien. Je dois avoir l'air présente. Investie, comme ils disent.

Jacqueline et Tom ont fini, et je prie en silence pour que la conférence soit terminée, quand une journaliste joue des coudes pour se placer au premier rang. Son rouge à lèvres est si agressif que sa bouche évoque deux tranches de viande crue qu'on lui aurait flanquées sur le visage.

— Lainey ? dit-elle, appuyant lourdement sur mon nom.

Au moins, elle ne m'appelle pas Ella, même si j'entends ce prénom, caché derrière les syllabes – comme si c'était une espèce de code secret entre nous deux. Clin d'œil, coup de coude.

— Lainey, pensez-vous qu'il s'agisse du même homme qui vous a retenue captive ? Qu'avez-vous ressenti quand vous avez appris la nouvelle ?

Aucun tranquillisant au monde ne pourrait m'aider en cet instant. Au fond de moi, je sais déjà que ça va tourner au désastre, mais je ne peux rien y faire – telle la passagère d'une voiture partant en aquaplaning sur une autoroute mouillée, je ne suis qu'une observatrice passive, impuissante, dont toutes les initiatives pathétiques ne feront qu'aggraver la situation.

Ce qui ne m'empêche pas d'essayer d'intervenir.

Du coin de l'œil, je vois Jacqueline se crisper, le dos raide comme une flèche. Shaw prend une inspiration sonore, un taureau prêt à charger, et Sean commence à avancer vers moi.

— Je ne sais pas, m'entends-je dire. Et pour être franche, je ne crois pas que ce soit important.

Un murmure parcourt l'assistance, et mon cœur se met à cogner contre mon sternum.

— Vous dites que vous vous en moquez ? demande la femme à la bouche écarlate.

Elle hausse ses sourcils dessinés au crayon. Derrière elle, un photographe mitraille et, à chaque déclic, je sens que je m'enfonce. La dernière fois où je me suis sentie aussi exposée, vulnérable et à nu, c'était sur une table en métal froid, les pieds dans les étriers, pendant qu'une femme aux cheveux gris se penchait entre mes cuisses de treize ans.

— Je dis…

Ma voix faiblit tout en montant dans les aigus. Elle se brise dans ma gorge, qui se remplit d'éclats de verre.

— J'ai des souvenirs qui reviennent. Plein de souvenirs.

Ma main plonge vers ma ceinture. Je ne réfléchis pas – le couteau pense pour moi, il est dans ma paume, encore chaud du contact de ma peau, et la lame sort d'un clic.

— Et quand je le retrouverai, je le lui ferai payer d'une manière qu'il n'imagine même pas.

Les flashs se réverbèrent sur le couteau.

Et je n'ai aucun regret.

14

Sean grimpe sur la petite estrade, formant un rempart entre les journalistes et moi. De sa voix puissante et autoritaire, il prononce les mots prévisibles, *Nous en avons terminé, plus rien à voir, merci à tous de sortir en bon ordre.* Il se tourne à moitié et me saisit le poignet – merde, il est fort. Je soupçonnais cette force en lui, mais je m'aperçois que j'étais loin de la vérité. Sa poigne me broie sans merci alors qu'il me tord la main jusqu'à ce que je sois près de hurler. Mes doigts s'ouvrent et le couteau tombe par terre.

Sans me libérer, il m'entraîne à sa suite, me fait descendre de l'estrade et entrer dans la salle d'attente. Après tous les flashs des appareils photo, la lumière jaune de l'ampoule au plafond semble à peine éclairer la pénombre. Je cligne des paupières pour m'y habituer et, comme si quelqu'un avait soudain actionné un interrupteur, le monde redevient normal. Je commence à prendre la mesure de ce que j'ai fait. La scène qui vient de se produire me paraît lointaine – une séquence vue à la télé, ou dont j'aurais entendu parler. Je n'ai pas pu faire une chose pareille. Impossible.

Le visage de Sean est un masque de rage pure, qui me donne envie de rentrer sous terre. Il a l'air à deux doigts de me gifler, et le fait que je le mérite ne rend pas les choses plus faciles.

— Qu'est-ce que c'était que ce cirque ? Qu'est-ce qui vous a pris ?

Je déglutis sans rien dire.

— Vous avez perdu la tête ? Moi, je vous faisais confiance – beaucoup de gens vous faisaient confiance, les Shaw vous faisaient confiance – et vous avez tout foutu en l'air !

— Je sais, dis-je dans un murmure.

Je pose la main sur son bras et ne réussis qu'à décupler sa colère. Il se dégage brusquement, avec plus d'agressivité que nécessaire, et je titube en arrière.

— Mais chaque mot était vrai.

Il se passe les mains sur le visage.

— Bon sang, Laine…

— Vous devriez être content, dis-je, incapable de cacher mon amertume. Au moins, ça prouve que vous aviez raison depuis le début. Ça m'importe.

Il reste silencieux. D'une certaine manière, ça m'inquiète.

— Toujours bon à savoir, lâche-t-il en reprenant le contrôle de lui-même. Dommage que ça ne serve plus à rien.

Jacqueline et Tom font irruption dans la pièce et s'arrêtent, flottant dans ma vision périphérique. Tom Shaw fulmine ; Jacqueline paraît inexistante, effacée.

— Je vais voir comment réparer les dégâts, dit Sean, baissant la tête.

Ça me fait mal au cœur de le voir ramper devant ce connard plein aux as – à cause de moi.

— Il y a sûrement une solution, ajoute-t-il.

— Ne vous en faites pas, dit Jacqueline. Lainey.

Ce n'était pas ce que vous vouliez que je fasse ? suis-je à deux doigts de demander. Dire la vérité à Sean me permettrait de sauver ma peau, mais je ne me résous pas à la trahir. Je préfère encore affronter seule la fureur de Sean.

Elle croise mon regard, et la commissure de ses lèvres s'incurve presque imperceptiblement.

— Je vous comprends. Dieu sait que j'ai eu plusieurs fois envie de dire la même chose.

Je lis dans ses yeux : merci.

Je suis Sean sans un mot de protestation. Heureusement, il n'y a personne sur le parking derrière le commissariat. Aucun journaliste et aucun camion de médias.

— Je peux récupérer mon couteau ?

— Vous plaisantez ?

Pas du tout. Je me doutais bien qu'il ne me le rendrait pas, mais je devais dire quelque chose pour rompre le silence.

— Je suis désolé.

Croyant avoir mal entendu, je lève la tête.

— Je suis désolé de vous avoir entraînée là-dedans. Ce qui ne signifie pas que je ne suis pas en colère, mais je n'aurais jamais dû vous laisser participer à cette conférence de presse.

Je m'attendais à ce qu'il me crie dessus, me menace de m'arrêter ou de me faire interner, mais je n'étais pas préparée à sa sympathie, et le pire c'est qu'elle paraît sincère. C'est ça qui, plus qu'autre chose, me met les nerfs à fleur de peau.

— Vous vous rendez compte que vous vous mettez en danger, n'est-ce pas ?

Je suppose qu'il a raison. Mais tant que ça peut les aider à se rapprocher d'Olivia, je m'en fiche.

— Et vous allez devoir revoir votre témoignage, vous le savez aussi, hein ? Le lieutenant voudra connaître tous ces souvenirs qui vous sont prétendument revenus.

Il me jauge du regard.

— Il n'y en a pas, si ?

En silence, je secoue la tête.

— Bon sang, mais à quoi pensiez-vous ?

Dans n'importe quelle autre situation, je ferais machine arrière, lui rapporterais la conversation dans la chambre d'Olivia, mettrais tout sur le dos de Jacqueline, en en rajoutant si nécessaire. Je dirais qu'elle m'a coincée, forcée ; je ferais passer tous les autres pour des salauds. Quant à moi, j'apparaîtrais comme un pion, une victime des circonstances – n'est-ce pas ce que je suis, ce que j'ai toujours été ? La fille au mauvais endroit, au mauvais moment, la fille aux mauvais souvenirs *qui voulait juste bien agir*.

Sauf qu'en cet instant j'ai besoin qu'il soit en colère contre moi. Furieux. Je veux qu'il crie.

— Vous le faites exprès ? De saper le peu de crédibilité que…

Il s'interrompt, conscient de ce qu'il s'apprêtait à dire.

— Oui, le peu de crédibilité que j'ai. J'ai compris, dis-je, faisant la grimace. Pas exactement le témoin rêvé, si ?

— La question n'est pas là. Je m'inquiète pour votre sécurité. Vous voulez finir en détention de sûreté ? Parce que je peux arranger ça.

Je ne suis même pas sûre qu'il soit sarcastique.

— Je vais vous trouver un autre endroit où loger. Je ne veux pas que vous restiez chez une strip-teaseuse de West Seattle, vous m'entendez ?

— Elle n'est pas strip-teaseuse. Et je suis très bien où je suis. Je veux seulement…

Je veux seulement rentrer chez moi. Pas dans mon ancien appartement, même si ce serait déjà un bon début – je veux remonter le temps pour retrouver le monde dans lequel je vivais il y a une semaine. Quand j'avais une vie, ou un semblant de vie – en tout cas je m'en sortais. Puis, en l'espace d'une seule journée, j'ai retrouvé et perdu Olivia du même coup. À l'instant où je l'ai vue sur l'avis de recherche, ma triste petite existence m'est apparue telle que je l'avais toujours soupçonnée – une existence en sursis, qui se délitait sous mes yeux.

À présent, je suis en chute libre, et je ne sais pas combien de temps il me reste avant de me fracasser par terre.

Sean me laisse sur le seuil de la maison de Natalia en m'ordonnant de rester à l'intérieur, de n'ouvrir à personne et, par pitié, de ne pas parler à la presse. Ah, et de ne pas répondre au téléphone sauf si c'est lui qui appelle. Bon, il n'a pas à s'en faire pour ça. La batterie de mon portable est presque déchargée, et le chargeur de l'iPhone de Natalia n'est pas adapté à mon mastodonte.

Une fois à l'intérieur, je regarde sa voiture s'éloigner à travers les stores. Dans la rue, il ne reste plus qu'un pick-up rouillé et une Toyota, tous deux déjà là hier – ainsi que ma Neon, bien sûr, avec une contravention bleu et blanc coincée sous l'essuie-glace.

Tandis que l'après-midi se traîne en longueur, ma nervosité s'accroît. J'ai l'impression que les murs de plâtre se referment petit à petit sur moi, que la maison rapetisse comme dans un livre de contes. J'allume la télé et, tombant sur les infos, j'éteins aussitôt. L'idée d'aller en ligne me donne la nausée. Je n'ai pas de mal à imaginer ce qui se dit sur moi.

Constatant seulement alors que je porte encore les affaires de Jacqueline, je les retire comme si elles étaient empoisonnées et me promets sans y croire de les lui rendre. Si tant est qu'elle veuille les récupérer, après ce que j'ai fait – et au cas improbable où elle penserait au cachemire en un moment pareil. Mes propres affaires sont toujours fourrées dans mon sac à dos, froissées et sentant l'humidité quand je les en sors. J'ai honte de les remettre, mais je n'ai pas le choix. Un pull chic ne ferait qu'attirer l'attention.

Le soleil se couche quand je m'arrête à cinquante mètres de mon immeuble et passe la marche arrière pour faire un créneau. C'est alors que je remarque le van blanc garé devant chez moi. Au premier coup d'œil, il aurait pu passer inaperçu, s'il n'avait été surmonté d'une antenne. À cette distance, le pare-brise ressemble à un miroir sans tain, et je ne vois pas s'il y a quelqu'un sur le siège du conducteur, mais je parierais le dernier penny sur mon compte en banque que oui.

En état d'alerte, j'enroule mes cheveux et je les glisse à l'intérieur de mon col avant de sortir de la voiture. Les mains dans les poches, la tête rentrée dans les épaules, j'avance incognito et je tourne dans la ruelle séparant mon immeuble de celui d'à côté.

À l'arrière du bâtiment, il y a un petit parking au sol de gravier, fermé par une clôture rouillée, percée à plusieurs endroits. Compte tenu de ma petite taille, je n'ai aucun mal à me faufiler par un trou dans le grillage en accrochant à peine une manche sur le métal. Une échelle de secours monte à l'assaut du mur, sur laquelle je m'engage. Alors que mes mains s'agrippent aux barreaux, je m'aperçois qu'elles ont commencé à trembler. J'ai la sensation d'un creux à l'intérieur, comme un fourmillement d'angoisse au plus profond de moi.

Quand ce vide se fait sentir, il n'aime pas être ignoré. Mon pied dérape et, l'espace d'une seconde terrifiante, je me balance à bout de bras, puis mon torse s'écrase contre l'échelle. Le craquement est assourdissant et la douleur fulgurante dans mes côtes. De la rouille et des éclats de peinture tombent en pluie sur mon visage et dans mes yeux.

Mon pied tâtonne dans le vide avant de réussir à se poser sur un barreau horizontal. Mon cœur cogne. Maintenant, ce ne sont plus seulement mes mains qui tremblent, mais mon corps tout entier, alors que je m'accroche à l'échelle comme si ma vie en dépendait.

Plus je resterai suspendue là, plus je risque d'être découverte. Ne serait-ce que par un crétin bien intentionné de l'immeuble qui pourrait me prendre pour un cambrioleur et appeler les flics. Après une minute ou deux à prier pour que mon corps arrête de trembler, je termine mon ascension, balance les jambes par-dessus la rambarde et atterris lourdement sur un balcon.

Je m'accroupis pour que personne ne me voie par les fenêtres. Ici, la plupart des gens gardent leurs rideaux ou leurs stores fermés toute la journée. Soit ils cachent quelque chose, soit ils ne veulent pas que des voleurs potentiels repèrent leurs trésors – télé bon marché, fauteuil en similicuir et autres biens auxquels ils tiennent.

Redoutant de faire du bruit, vu mon état présent, je décide cependant d'avancer sans perdre de temps. Tous les balcons n'en forment en réalité qu'un seul, cloisonné par des feuilles de métal ou des panneaux de contreplaqué. J'enjambe un premier obstacle, un deuxième, ainsi que tous les rebuts dont les gens n'ont pas le cœur de se défaire et qu'ils préfèrent laisser à la merci de la pluie grasse de Seattle.

Arrivée devant ma fenêtre, je jette un coup d'œil alentour. Une fois sûre de ne pas avoir été repérée, je pousse le morceau de carton que j'ai plaqué sur le trou dans la vitre. Il tombe par terre de l'autre côté. Je me fige comme un faon, l'oreille tendue, mais ne perçois aucun bruit. Ma couverture est toujours là devant la fenêtre et ondule mollement dans la brise humide.

Je passe la main par le trou – assez grand pour que je ne risque pas de me couper sur ses bords tranchants. Avec précaution, je trouve la poignée et la tourne sans rencontrer de résistance et sans qu'elle émette le moindre craquement. La fenêtre s'ouvre tout aussi silencieusement.

Ce n'est pas là l'œuvre d'un ado du voisinage. Pas le genre à huiler les gonds et la poignée de ma fenêtre par pure générosité.

Je passe une jambe par-dessus le rebord puis l'autre, et saute sur le sol. Des éclats de verre crissent sous mes pieds, et je ne peux me départir de l'impression d'être en territoire ennemi. À la faible lumière du couchant, tout revêt un aspect nouveau et sinistre. Je marche au milieu de mes possessions qui, sans crier gare, sont devenues de dangereuses reliques. Dans un accès de paranoïa, j'examine tout, m'efforçant de me souvenir : ai-je laissé ces vêtements sur mon lit comme ça ? Le tas de linge sale débordait-il ainsi du panier en plastique quand je suis partie hier ? Du bout du pied, je repousse un slip sous le lit, refusant de me demander comment il est arrivé là.

Des vêtements. J'ai besoin de vêtements. C'est bien ce que je suis venue chercher, non ? Je fouille dans les tiroirs de ma commode bancale. Un jean, des tee-shirts, un haut à paillettes que j'ai acheté avec Natalia sur un coup de folie. Les soutiens-gorge et les slips sont roulés en une boule décolorée par le lavage. Saisie par la nausée, je laisse choir tout ce que je tiens.

Je ne me rends pas compte que je suis en pleine crise d'hyperventilation avant que la pièce se mette à tourner. Je m'assieds sur la pile de vêtements et me prends la tête dans les mains. Compte tenu de tout ce qui s'est passé, je n'y ai pas prêté attention avant, mais la réalité m'apparaît et me submerge :

quelqu'un a fouillé dans mes affaires, et je n'ai aucun moyen de savoir ce qui a été touché. Prise d'une sueur froide, je me relève et fourre tous les habits pêle-mêle dans mon sac à dos. Pas question que je les enfile avant qu'ils aient fait au moins trois cycles dans le lave-linge.

Trop paniquée pour réfléchir, je descends les deux étages en pilote automatique, comme je l'ai fait des millions de fois. Le bourdonnement permanent des néons au plafond, que j'ai appris à ignorer au fil des années, me met les nerfs à vif. J'envisage de frapper chez le concierge pour lui demander s'il a vu quelque chose, ou quelqu'un, puis y renonce. Ivre les trois quarts du temps, il doit déjà être dans un état comateux à cette heure.

Dans l'entrée, je cligne des yeux comme une chouette sous la lumière vive. L'idée de me retrouver dehors, dans le noir, me donne soudain une bouffée d'angoisse. Je sors mon portable et le regarde, me mordant la lèvre ; la batterie clignote.

Brusquement, je prends conscience que je ne reviendrai pas ici. Je ne peux pas continuer à vivre dans cet endroit. Cet appartement qui était mon chez-moi ne l'est plus.

Tentée d'appeler Sean, comme j'aurais dû le faire depuis le début, je fais défiler la courte liste de mes contacts. Mes yeux s'embuent et j'éteins l'appareil. Palpant mes poches, je trouve un vieux paquet contenant une dernière cigarette, ainsi qu'une pochette d'allumettes avec le logo de la boîte, une balle de forme phallique, dont la peinture argentée pèle. La première allumette s'effrite quand je la gratte. La deuxième s'embrase avec un chuintement, se consume en quelques secondes et me brûle le bout des doigts. Je réussis à allumer ma cigarette avec la troisième. Ouvrant la porte, je sors, accueillie par l'étreinte humide de l'air frais.

Quand je m'aperçois de mon erreur, il est déjà trop tard. Ils sont sur moi. Un seul d'abord, puis trois, quatre autres, et les appareils photo s'en donnent à cœur joie, saisissant image par image l'horreur qui a dû se peindre sur mon visage. Je crie quelque chose, tape dans le tas puis me protège de mes mains. Désespérée, je balance ma cigarette sur la plus insistante des journalistes, une brune aux lèvres d'un rouge agressif. La même que ce matin, à la conférence de presse – celle qui m'a demandé ce que j'avais ressenti en découvrant la vérité. Durant une fraction de seconde, j'ai un désir intense de lui enfoncer la cigarette incandescente dans l'œil. Mais elle tressaille à peine quand le bout rouge dessine un arc et s'éteint sur le trottoir mouillé, sans la toucher, ni lui brûler ne serait-ce qu'un cheveu.

Mais ça suffit à la surprendre. J'en profite pour me retourner et partir en courant. Le vent fait voler mes cheveux autour de mon visage, m'aveuglant, m'assourdissant. Mon sac cogne en rythme contre le bas de mon dos, et un objet pointu, sans doute une chaussure, me rentre dans le coccyx. Je ne sais pas s'ils sont encore à ma poursuite, et je ne regarde pas par-dessus mon épaule – je me contente de courir, poussant mes muscles fatigués au maximum de leurs capacités.

J'arrive en vue de ma voiture et je sors mes clés de ma poche. Jamais je n'ai été aussi heureuse de voir ce vieux tas de boue.

Avant que les journalistes aient pu me rattraper, j'écrase la pédale d'accélérateur et je démarre dans un crissement de pneus. Je brûle un stop, tourne, tourne une deuxième fois et pile devant un feu rouge.

Je suis seule. Du moins, je crois. Je vois des ombres partout, arrivant de toutes parts. Des larmes me brouillent la vue et refusent de couler ; le feu passe du rouge pomme au vert émeraude. M'essuyant les yeux tant bien que mal avec ma manche, je redémarre sur les chapeaux de roues. La voiture part en zigzags sur la chaussée mouillée, les pneus grincent et tournent dans le vide. Je sens leur vibration à travers le siège et le volant que je serre de toutes mes forces, tandis que devant moi le monde tournoie et que les lumières laissent de longues traînées multicolores dans leur sillage.

La voiture se redresse, trop tard. Avec un bruit sourd, elle grimpe sur le trottoir puis, dans un fracas qui me fait claquer les mâchoires, heurte quelque chose et s'immobilise.

15

La voiture s'en tire sans trop de dégâts, Dieu merci. Je ne sais pas ce que je ferais si je la perdais maintenant. Le pare-chocs est enfoncé et le capot déformé, comme une cannette de soda qu'une main aurait serrée trop fort. Une dépanneuse est pourtant là, et la seule idée d'avoir à payer une amende et à aller récupérer ma Neon je ne sais où me provoque une bouffée d'anxiété. Avant l'arrivée de Sean, on m'a fait souffler dans un éthylotest, et je sais que je devrais remercier ma bonne étoile que ça n'ait pas été plus grave, que personne d'autre n'ait été impliqué – uniquement une foutue boîte aux lettres, qui s'en sort avec une simple égratignure.

Une fois Sean sur place, j'ai été obligée de lui dire la vérité. Je me suis crue pourchassée. J'ai mal réagi. La route était mouillée. Les excuses pléthoriques et habituelles que j'aurais peut-être dû garder pour la compagnie d'assurances.

Assise sur le siège passager de sa voiture, je regarde le déroulement des opérations avec détachement, un ballet silencieux de lumières et d'acteurs. Sean échange quelques mots avec les gars de la police routière, puis avec le conducteur de la dépanneuse. S'occupant de mes problèmes pour moi, une fois encore. Les lumières de la voiture de police clignotent en bleu et rouge, une berceuse rassurante, contrastant avec les flashs orange et stroboscopiques de celles de la dépanneuse. Le Xanax que j'ai avalé avant l'arrivée des flics fait son effet. Je pose la tête contre le cuir confortable du siège, et mes paupières se ferment.

Quand je les rouvre, Sean a pris place au volant, mais le véhicule ne bouge pas. Les lumières ont disparu. Depuis quand ? Combien de temps suis-je restée assise là ? J'ai l'impression d'avoir les os creux, les muscles douloureux, la tête qui cogne. Dehors, je ne vois plus une trace de la voiture de police, de la dépanneuse ou de ma Neon. On n'est même plus dans la même rue.

Sean est au téléphone, parlant d'une voix sourde. Il paraît en colère.

J'essaie de dire quelque chose, mais mes mots s'entrechoquent ; les consonnes dégoulinent comme de la peinture fraîche sous la pluie. Sean me lance un regard et pose son index sur ses lèvres.

— Je m'en fous. Non, je ne sais pas si sa vie est en danger, mais je ne veux courir aucun risque.

Une voix étouffée répond dans le portable. Je me redresse sur mon siège.

— Dans ce cas, je le ferai moi-même. Et je paierai de ma poche. Peu importe.

Je réussis enfin à demander :

— Qu'est-ce qui se passe ?

Sean me fait signe de me tenir tranquille. Désorientée, je tends le cou pour observer les lieux par la vitre, mais je n'ai aucune idée de l'endroit où nous sommes. Tout ce que je vois, c'est un bâtiment en brique orange entouré d'un vaste parking à moitié désert.

Sean raccroche.

— Vous allez vous installer ici pendant quelque temps. Ce n'est pas le Ritz, mais je préfère vous savoir dans un endroit avec plein de gens et de caméras de surveillance. De toute façon… vous ne pouvez pas continuer à vivre dans cet immeuble épouvantable.

— Quoi ?

Il est hors de question qu'il prenne les décisions à ma place. J'ai mon mot à dire. Et de quel droit décrète-t-il ce qui est assez bien ou pas ?

— Faites-moi confiance. Vous serez mieux ici.

Son ton frise la supplication.

— Et si vous vouliez récupérer des affaires dans votre appartement, il fallait me le demander. Je serais passé chercher ce dont vous aviez besoin.

L'idée qu'il fouille dans le bazar de mon appartement me donne des sueurs froides. En plus, je n'ai pas vraiment d'« affaires ». Pratiquement tout ce que je possède est là, dans mon sac à dos, et je le lui dis, sans plus me soucier qu'il me juge. Mais il semble seulement soulagé.

Alors que nous traversons le parking, je ne peux m'empêcher de lui demander :

— Pourquoi vous faites ça ? Je veux dire, réellement ?

Il se tourne à moitié vers moi, mais je ne vois pas ses yeux plongés dans l'ombre.

— J'essaie peut-être de me racheter auprès de vous. Autant que je peux.

— Vous n'êtes pas obligé. Vous n'avez jamais rien fait…

— C'est bien là le problème.

Encore mal assurée sur mes jambes, je le suis dans l'entrée. Il a raison, l'endroit n'est pas luxueux, c'est un hôtel bon marché, la version générique du Best Western. Il me rappelle l'asile psy, sauf qu'ici tout est beige et non pas vert menthe. La moquette étouffe nos pas et, à travers le brouillard médicamenteux, j'ai l'impression de marcher sur des nuages. Risquant à tout instant de passer au travers.

Sean me prend une chambre à la réception. Je remarque qu'on lui donne deux cartes magnétiques ; il m'en tend une et glisse l'autre dans la poche de sa veste. J'oscille entre le trouble et la honte.

Il m'accompagne jusqu'à la chambre et me laisse glisser la carte dans la fente. Derrière la porte, je découvre une minuscule suite : une seule pièce ouvrant sur une kitchenette. Un couvre-lit à fleurs est tiré sur le lit double. Je m'assois dessus pour tester le matelas – les draps ont une légère odeur d'antiseptique.

Des images me viennent de blouses bleu pastel, d'aiguilles et de solitude.

— Vous serez plus en sécurité ici, dit Sean.

Je ne crois pas que je serai plus en sécurité ici. Peut-être à l'abri d'un intrus sans visage et sans nom, d'accord. Sauf que les choses dont je dois être protégée se trouvent à l'intérieur de ma tête. Mais après toutes les conneries que j'ai déjà dites et faites, je ne veux pas en rajouter, et je m'oblige donc à sourire.

— Merci. C'est sympa.

J'essaie de ne pas penser à l'inévitable. Au fait qu'il va partir et me laisser là. Seule. Alors qu'il se dirige vers la porte, je le rattrape par la manche de sa veste. Mes doigts effleurent le lainage doux et lisse, puis je laisse retomber ma main. Nous nous sommes figés tous les deux, surpris par ce contact physique inattendu.

— Si vous avez le moindre problème… ou si vous avez seulement besoin de parler à quelqu'un, vous savez que vous pouvez toujours m'appeler, n'est-ce pas ?

Son regard s'adoucit, et j'essaie de mémoriser cette expression, un rare aperçu de ce qu'il est sans doute en dehors du boulot. La personne que je ne connaîtrai probablement jamais.

— Vous ne pourriez pas ne pas partir ? Pas tout de suite.

— Il le faut.

— Il est tard.

— Quand on recherche des disparus, on est sur le pont vingt-quatre heures sur vingt-quatre, hélas.

Il y a pourtant l'ombre d'un sourire chaleureux sur ses lèvres. Sans pouvoir m'en empêcher, je me lève et fais un pas vers lui, timide, et consciente de m'approcher centimètre par centimètre d'un précipice ; le vertige s'installe, mais la curiosité morbide l'emporte. Que verrai-je si je jette un coup d'œil par-dessus bord ? Jusqu'où puis-je aller sans être submergée et sans succomber à l'attraction du vide ?

— Je regrette de ne pas pouvoir faire plus…

Mes mots sonnent creux. N'est-ce pas ce que tout le monde dit ? N'est-ce pas ce qu'on est censé dire ? Et dans les films, c'est toujours le méchant qui sort ce genre de réplique. Mon visage s'empourpre.

— Écoutez, dis-je, mécontente d'entendre ma voix enrouée. Je suis désolée. De ce qui s'est passé pendant la conférence de presse et de tout le reste. Il faut me croire. Je ne suis pas quelqu'un de mauvais. Seulement je n'ai jamais eu l'occasion de prouver le contraire.

— Je le sais. Je n'ai jamais cru que vous étiez mauvaise. Je pense que vous avez bon cœur, sans quoi nous ne serions pas ici.

— Si ça ne tenait qu'à moi, c'est sûr que nous ne serions pas là. Si je m'étais souvenue de quelque chose, n'importe quoi, alors…

— Je ne parlais pas de ça.

Il saisit mon menton du bout des doigts et lève mon visage pour que je le regarde dans les yeux. Je me sens toute petite, et à sa merci, mais curieusement ça n'est pas désagréable.

— Vous ne pouvez pas ne pas laisser votre empreinte sur la vie des gens. Tout le monde le fait.

Pas seulement sur leur vie, parfois, me dis-je, et je songe à mes poignets, bien à l'abri sous mes manches longues. Je songe à Olivia, et ensuite à ma mère, à du sang qui me remplit la main et rend ma poigne à la fois glissante et poisseuse. Cette pensée ne dure pas plus d'une fraction de seconde, mais elle suffit à me faire frissonner, et il le remarque. Il remarque tout.

— J'ai à peine réussi à laisser une marque sur ma propre vie, dis-je, alors ne parlons pas des autres. Je n'ai jamais eu l'impression d'avoir prise sur quoi que ce soit. Ni avant ni après. Jamais. Comme si je n'étais pas faite pour ça, vous comprenez ?

— Ce n'est pas vrai, proteste-t-il.

Ça aussi, c'est le genre de chose qu'on est censé dire.

— Si, c'est vrai. Pour mon ravisseur, je n'étais que la réalisation d'un fantasme de dingue. Pour les Shaw, j'étais la pourvoyeuse d'un bébé qu'ils pouvaient adopter et faire passer pour le leur. Je n'ai même pas réussi à mourir quand j'étais censée le faire.

Dès que j'ai prononcé ces mots, je voudrais pouvoir les ravaler, en voyant l'expression peinée sur son visage. Mais c'est trop tard, je ne peux plus m'arrêter.

— Parfois, je me dis que c'est la raison pour laquelle je vis comme ça. Je n'ai jamais décoré les appartements où j'ai habité, parce que j'ai toujours eu le sentiment de n'y être que de manière temporaire. Jusqu'au prochain drame, ou jusqu'à ce que je meure.

— Il n'y aura pas de prochain drame. Et vous n'allez pas mourir. En tout cas pas avant d'être vieille et décrépite.

Malgré moi, je lâche un petit rire. Et c'est là qu'il se penche et que ses lèvres effleurent les miennes, délicatement mais sans hésitation, d'une façon presque chaste. Ça ne dure qu'une seconde mais, quand il s'écarte, je suis vidée de mon air, comme si j'avais oublié de respirer pendant une bonne heure.

Il suit les contours de ma mâchoire, du lobe de mon oreille jusqu'à la pointe de mon menton, dans un geste qui est peut-être amical, tendre ou même aimant si je veux le voir ainsi.

— Je dois y aller, dit-il. Vous m'appelez si vous avez besoin de quoi que ce soit, d'accord ?

Je m'oblige à hocher la tête, n'osant pas parler. C'est seulement quand il est sur le seuil que je fais un pas en avant.

— Je vais le faire, dis-je très vite. Je vais revoir mon témoignage. Je ferai tout ce qu'il faudra.

Alors que la porte se referme derrière lui, je me demande si je ne viens pas de lui donner exactement ce qu'il voulait.

16

— Donc, vous ne savez pas où vous étiez retenue ?

— Non.

— Si vous deviez faire une supposition ?

— Je n'en ai aucune idée. Il n'y avait pas de fenêtre. C'était une cave, en béton.

— Qu'y avait-il d'autre dans cette cave ?

— Des tuyaux. Des tuyaux en métal rouillé au plafond. Et contre le mur. Il y avait un radiateur, mais il ne marchait jamais.

— C'est à ce radiateur qu'il vous avait ligotée.

— Oui.

Je cligne des paupières sur mes yeux secs. Après avoir avalé une poignée de Dilaudid dans les toilettes du commissariat, je me sens complètement engourdie.

C'est peut-être aussi la seule chose qui m'empêche de m'effondrer et de me vider les tripes sur les chaussures bien cirées de ce type.

— Vous étiez attachée avec une corde ?

— Oui.

— Pas de chaîne ? Pas de menottes ?

— Non. Une corde. Toujours la même corde.

Des taches couleur de rouille étaient incrustées dans les fibres, avant même que la corde ne me cisaille les poignets et les chevilles jusqu'au sang. À l'époque, je n'ai jamais eu la présence d'esprit de me demander à qui elle avait servi avant.

Maintenant, je me demande qui est en train de regarder les taches de sang que j'ai laissées il y a dix ans.

Et je n'ai pas pris assez de Dilaudid pour supporter cette pensée.

— Avez-vous vu à quoi il ressemblait ?

Je secoue la tête.

— Mademoiselle Moreno ?

C'est Santos. Ella Santos.

— Non. Il portait un masque.

Mes lèvres forment les mots vieux de dix ans. Pas une syllabe n'a changé. On n'a pas progressé d'un pouce.

— Un masque.

— En cuir. Noir. Je ne voyais pas son visage. Un tissu filet sur les yeux et la bouche.

— Avez-vous vu quoi que ce soit ? Comment étaient ses cheveux ?

— Je ne les ai pas vus. Le masque couvrait entièrement sa tête.

— Pourriez-vous le désigner dans une séance d'identification ?

— Je viens de vous dire que je n'ai jamais vu son visage.

— Pas une fois ?

— Pas une fois.

Saisie d'une agressivité vengeresse, je me soulève à moitié de l'horrible chaise en plastique et enfonce le clou :

— Il m'obligeait à m'allonger à plat ventre. Quand il me violait.

Je scrute avidement son expression, m'attendant à voir une grimace ou n'importe quelle réaction. Mais il ne cille pas. C'est un type d'une soixantaine d'années, le genre d'homme dont le crâne chauve devient luisant en vieillissant. Les lumières se réfléchissent dessus.

Je parie qu'il a vu pire que mon cas.

Je jette un coup d'œil au miroir sans tain, comme si je venais seulement de me souvenir de la présence de Sean derrière, qui me voit et entend chaque mot prononcé. Je mordille l'intérieur de ma lèvre inférieure. Merde.

— Et sa voix. Il ne vous parlait jamais.

Ses questions, posées d'un ton atone, ressemblent à l'énoncé de faits. Ce qu'elles sont – j'ai si souvent répété les réponses.

— Rarement. Seulement au début. Quand j'essayais encore de me rebiffer.

— Pourriez-vous décrire cette voix ?

— Le masque la déformait.

— Il ne pouvait pas la déformer tant que ça.

La tension monte dans sa voix à lui. Il remue, faisant grincer sa chaise.

— Grave ? Profonde ? Nasale ? Décrivez ce qui vous vient à l'esprit.

Ce qui me vient à l'esprit ?

Le béton m'érafle la joue. Il plaque ma figure au sol comme s'il essayait de m'écraser la tête. Je l'entends qui ouvre sa braguette. Je sens des doigts qui fouillent, poussent. Quelque chose se déchire et mon hurlement est étouffé par le chiffon qu'il m'a fourré dans la bouche. Une pression, la douleur qui s'intensifie. Je crois que je vais mourir ; je prie Dieu ou quelque puissance supérieure d'arrêter mon cœur.

Je vous en prie.

Laissez-moi mourir.

— Je ne sais pas.

Le visage de l'inspecteur m'apparaît soudain en gros plan. Je cligne des paupières, m'efforçant de comprendre ce qui vient de se passer. Est-ce que j'ai perdu connaissance à cause de tout ce Dilaudid ? A-t-il compris que j'étais complètement défoncée ? Oh merde, merde, merde.

La porte s'ouvre à la volée et Sean fait irruption dans la pièce. Il se place entre le type et moi, faisant rempart avec son corps.

— Je crois que ça suffit.

— Elle ne m'a rien dit qui ne figure déjà là-dedans.

L'homme tape sur l'écran noir d'une tablette avec son doigt osseux.

C'est parce qu'il n'y a rien à dire, connard.

— C'est bon. C'est fini.

Instinctivement, Sean me prend la main pour m'aider à me lever. On s'en rend compte en même temps tous les deux, mais il ne me lâche pas.

— Je la ramène chez elle.

Je n'ai jamais eu autant envie de rentrer. Mes paupières sont lourdes comme du plomb et ma langue est aussi râpeuse que du papier de verre contre mon palais. J'attends le moment où je pourrai m'allonger et dormir pour dissiper l'effet des cachets.

Je suis Sean sans dire un mot. Une fois dehors, j'aspire de grandes goulées d'air en palpant mes poches à la recherche de mon paquet de cigarettes. J'ai les mains engourdies comme si je m'étais endormie dessus, les doigts lents, moignons inutiles de chair et d'os.

Sean soupire. Plongeant la main dans la poche de sa veste, il en sort un paquet de Peter Jackson, qu'il me tend.

Je lui lance un regard perplexe.

— Pas de commentaire, d'accord ? Je crois qu'on en a besoin tous les deux, alors prenez-en une.

Je réussis, je ne sais comment, à sortir une cigarette du paquet sans faire tomber toutes les autres sur l'asphalte mouillé. Il allume d'abord la mienne avec un simple briquet BIC. La nicotine fait redémarrer mon cerveau – autant qu'il est possible en tout cas.

— Je suis désolé que vous ayez dû en repasser par là.

Sean évite de croiser mon regard.

— C'était un peu ma faute, non ? dis-je.

J'aspire une bouffée de cigarette dans mes poumons et exhale la fumée, la laissant tourbillonner devant mon visage. Douce mort enfumée.

— Est-ce que c'est encore…

Il parle d'une voix enrouée, cherchant les mots justes, je le vois à son air anxieux – sauf qu'il n'existe pas de mots justes pour décrire ça.

— Est-ce que vous vous souvenez encore de tout ? De chaque instant ? Même après dix ans ?

— Oui, dis-je en soufflant un autre nuage de fumée. Chaque minute.

— Merde.

— Je n'avais pas de riches parents pour payer mes factures de psy. Dans le service de pédopsychiatrie, ils se contentaient de nous gaver de médicaments pour nous faire tenir tranquilles, et c'était tout.

— Mon Dieu, Lainey. Je suis…

— Ne dites pas que vous êtes désolé. S'il vous plaît.

D'un mouvement de tête, je désigne le bâtiment derrière nous.

— Ils sont tous désolés là-dedans. Tellement désolés. Si, au lieu d'être désolés, ils utilisaient leur énergie à rechercher ce type, ils l'auraient peut-être retrouvé depuis le temps.

Pendant un moment, il reste silencieux. Puis il écrase sa cigarette par terre avec sa chaussure.

— Vraiment tout ? me demande-t-il d'une voix douce.

Je les lis sur son visage, les vraies questions qu'il voudrait poser mais n'ose pas. Comment pouvez-vous vivre avec ça ? Comment supportez-vous chaque jour qui passe ? Comment se fait-il que vous soyez encore en vie ?

Je n'ai pas de réponses à ces questions-là non plus. Ou, si je les ai, elles ne lui plairaient pas.

— La première chose dont je me souvienne, c'est de m'être réveillée dans cette cave. Il m'avait peut-être droguée ou endormie avec du chloroforme, à moins que je ne me sois évanouie. À mon réveil, mon pied était attaché au radiateur, j'avais les mains liées et une espèce de chiffon dans la bouche qui m'empêchait presque de respirer.

Je vois Sean tressaillir en s'efforçant de toujours me regarder en face.

— Mais vous ne vous rappelez pas ce qui s'est passé avant ? Rien du tout ?

— Putain, c'est quoi, ça ? Un interrogatoire officieux ?

Je balance ma cigarette à moitié fumée comme si elle me brûlait les doigts.

— Non, pas du tout.

Il pose la main sur mon avant-bras, mais je me dégage.

— Sean, dis-je, sans plus tenter de cacher l'épuisement dans ma voix. J'arrête.

Il baisse la tête.

— Bien sûr.

Nous nous dirigeons en silence vers sa voiture. Quand elle émet un bip de bienvenue, Sean reprend soudain la parole.

— J'ai étudié le dossier scolaire d'Olivia, comme je vous l'ai dit.

La simple mention de son prénom me réveille mieux que ne l'a fait la cigarette. Je lève les yeux.

— Et vous aviez raison. Elle allait dans une école privée il y a deux ans. Sauf que ses parents l'en ont retirée en plein milieu de l'année pour l'inscrire à l'école publique.

— Pourquoi ?

En montant dans la voiture, je sens que ma nervosité reprend le dessus. Je me mets à tirer sur une cuticule jusqu'à l'arracher en laissant une traînée de sang. Sans y penser, je me fourre le doigt dans la bouche. Il a un goût de cuivre.

— C'est ce que j'ai l'intention de découvrir. J'ai laissé un message à Tom Shaw et appelé l'école ce matin. Je vais aller voir le principal.

Je contemple mon doigt. J'ai beau le lécher, des petites gouttes de sang continuent de perler. Un croissant rouge vif se forme tout autour de mon ongle comme un sourire.

— Vous pensez qu'ils pourront vous apprendre quelque chose de nouveau ?

— Je ne sais pas.

Il met le moteur en marche puis me lance un regard et écarquille les yeux.

— Qu'est-ce qu'il y a ? Ça va ?

Baissant les yeux, je me rends compte qu'il parle de mon doigt. Du sang est tombé sur mon jean. Heureusement qu'il est noir et que ça ne se voit pas.

— Rien. J'ai juste arraché un petit bout de peau. La nervosité.

— Vous saignez ! Vous cherchez à vous mutiler, ou quoi ?

— Je… je n'ai pas fait attention.

Il ouvre la boîte à gants et lance une petite trousse de secours sur mes genoux. Je tente de l'ouvrir sans la tacher de sang puis je sors une lingette désinfectante pour nettoyer la coupure. Elle fait bien un centimètre de long et elle est profonde. On a effectivement l'impression que j'essayais de me mutiler.

Sauf que je n'ai absolument rien senti. Grâce à ce foutu Dilaudid.

Jurant tout bas, j'enroule une compresse autour de mon doigt, que je fixe avec du sparadrap. Le sang imprègne déjà les fibres, qui se colorent de pourpre. Je pose l'autre main par-dessus pour ne plus y penser. Mais quand je relève les yeux vers Sean, la ride entre ses sourcils se creuse davantage.

— Est-ce que vous avez au moins une trousse de premiers secours ?

— J'ai des pansements, dis-je avec un haussement d'épaules. Ça suffit.

— Voulez-vous que je m'arrête dans une pharmacie sur le chemin ?

— Non.

— Vous êtes sûre ?

Je prends une inspiration et me jette à l'eau :

— Je veux y aller avec vous.

— Pardon ?

— Je veux aller avec vous à l'école.

— Je ne peux pas vous emmener, Laine.

— Pourquoi ?

— D'abord, parce que c'est contraire à toutes les règles. Ensuite, parce que ce serait manquer d'éthique. Une violation d'intimité, la vôtre et...

— D'intimité ? Vous comptez sérieusement me faire une leçon sur le respect de l'intimité ?

Je jette un coup d'œil au commissariat par-dessus mon épaule.

Il pousse un soupir. Il sait que j'ai raison, et je sais que j'ai touché un point sensible. Il culpabilise, ce qui signifie qu'il me donnera ce que je veux.

— D'accord mais, je vous en supplie, pas de bêtises cette fois. Vous vous en croyez capable ?

Je ne sais pas. Mais pour le bien d'Olivia, je peux au moins essayer.

Avant que j'aie pu répondre, il s'est engagé sur la bretelle d'autoroute.

Apparemment, j'ai gagné.

L'école ressemble en tout point au genre d'établissement où j'imaginais Olivia : de hautes grilles à l'entrée, surmontées d'armoiries et du nom « académie », alors même qu'elle n'accueille que des gamins de cinq à douze ans ; un bâtiment imposant auquel on accède par des marches de marbre. Un grand parc s'étend devant, quadrillé de sentiers bien entretenus et planté de rangées d'arbres. Suivant Sean à l'intérieur, je ne suis pas loin de regretter d'avoir insisté pour venir.

Les couloirs sont vides et silencieux – on doit être en plein milieu des cours. Le hall a un plafond haut percé d'une verrière. Les murs sont garnis d'étagères remplies de trophées. Je les parcours des yeux : champion de ceci, finaliste de cela. Tous sont accompagnés de photos de gamins souriants. À cet âge-là, n'est-on pas censé jouer avec des cubes, plutôt que de rivaliser pour décrocher des médailles ? Visiblement, il n'y a pas que les enfants pauvres qui doivent grandir trop vite. Un ricanement m'échappe et se réverbère dans l'espace vide. Sean se tourne vers moi, sourcils froncés.

— C'est rien, dis-je. J'essayais seulement de trouver Olivia. Jacqueline a bien dit que c'était un petit génie des maths, non ?

Nous longeons le mur des récompenses jusqu'à la section des mathématiques. Les dates sur les trophées s'échelonnent sur plusieurs années, et je ne vois pas trace d'Olivia.

Des pas pressés résonnent dans le couloir. Une femme en tailleur s'avance vers nous. Quand elle est suffisamment proche, je reconnais les armoiries de l'école brodées sur le revers de sa veste. Je me demande si même les profs sont tenus de porter un uniforme ici.

Elle ne doit pas être plus vieille que Sean. Dès qu'elle le voit, un sourire s'épanouit sur son visage. Elle a des dents régulières et très blanches. Ses cheveux noirs sont attachés en une simple queue-de-cheval, sa peau est un ton plus foncé que la mienne. Et parfaite.

Derrière mon dos, j'écrase mon doigt blessé jusqu'à ressentir quelque chose.

— Vous devez être l'inspecteur Ortiz, dit-elle, rayonnante.

Manifestement, elle n'a pas lésiné sur le mascara. Du moins, j'espère que c'est du mascara. Sauf qu'il n'y a pas de pâté et pas de trace sombre sur la paupière inférieure.

— M. Chaney, le principal, m'a annoncé votre visite. Je suis Eva Marquez, son assistante.

Elle lui tend la main, qu'il serre.

— Pourrions-nous le voir sans attendre ? Le temps presse.

Elle hoche la tête. Son sourire vacille un peu – comme si Mme Longs Cils venait enfin de comprendre qu'une gamine de dix ans a disparu. Je la déteste déjà.

— Bien sûr. Absolument.

Sean la suit, et je lui emboîte le pas. Pour l'instant elle a fait comme si je n'existais pas.

Nous montons un escalier géant jusqu'au deuxième étage, puis nous engageons dans un couloir. Je me démanche le cou de droite à gauche, mais toutes les portes devant lesquelles nous passons sont closes. J'entends une voix, forte et claire – un prof, dictant un texte en détachant bien les syllabes.

Je me demande si je serais capable d'épeler ces mots sans faire une centaine de fautes. Sans doute pas.

Le principal de l'Académie des Riches Jeunes Génies occupe un bureau qui ne déparerait pas à la Maison-Blanche. Ce que j'ai d'abord pris pour l'antre directorial n'est en fait qu'une antichambre, avec la table de travail de Marquez aux longs cils dans un coin, sur laquelle trône une photo de son chat.

Elle dit quelques mots dans l'interphone posé dessus puis nous conduit vers la double porte à l'autre bout de la pièce. C'est seulement quand je suis sur le seuil qu'elle paraît me remarquer.

— Excusez-moi, mais M. Chaney a rendez-vous avec l'inspecteur Ortiz seul, dit-elle d'un ton méticuleusement mesuré, baissant les yeux vers moi d'un air de supériorité tranquille.

— Mlle Moreno est mon assistante, répond Sean du tac au tac.

Elle semble déstabilisée, comme si elle se demandait s'il se moque d'elle ou si les inspecteurs ont vraiment des assistantes.

Après tout, pourquoi n'auraient-ils personne pour leur apporter le café ? Je lui adresse mon sourire le plus large et le plus hypocrite.

Elle me laisse tranquille. Je suis Sean dans le bureau du principal, et la femme referme les portes derrière nous.

Ça commence bien.

Chaney ressemble à un personnage de publicité télévisée. Pour du dentifrice. Ou du Viagra. C'est un homme d'âge mûr, grand et sec, qui a encore tous ses cheveux, soigneusement coupés et entièrement blancs. Et un sourire aussi large, régulier et étincelant que celui de sa secrétaire. À croire qu'ils ont tous le même dentiste. Ou le même lobotomiste.

Son regard passe de Sean à moi, perplexe. J'espère que Sean lui resservira la même réponse sur l'assistante, pour voir s'il la gobera. Mais heureusement pour nous tous, le principal décide de ne pas poser de question.

— J'ai suivi l'affaire dans la presse, dit-il.

Il se lève de son bureau pour serrer la main de Sean, hoche la tête à mon intention, puis se rassied. C'est déjà mieux que rien.

— C'est une terrible tragédie, poursuit-il. Olivia était une de nos élèves les plus prometteuses, et elle nous manque beaucoup.

Parlant d'elle comme si elle était déjà morte. Je me rends compte que je serre les dents quand mes muscles faciaux commencent à me faire mal.

Du calme, me dis-je. Ne t'énerve pas. Sean n'apprécierait pas.

— D'après mes informations, Olivia a été inscrite ici…

— Du cours préparatoire au CE2, dit-il. C'est exact.

— J'ai cru comprendre qu'elle n'avait pourtant passé que la moitié de cette dernière année dans votre établissement.

Chaney hoche la tête, l'air grave.

— Uniquement le premier semestre, oui.

— Est-ce courant ?

J'examine la pièce. Il y a des photos de classes, s'étalant sur une bonne dizaine d'années. D'autres trophées et récompenses, décernés cette fois à l'école et non aux élèves. Prix d'excellence de l'enseignement et autres. La fenêtre occupe une moitié de mur, le reste étant recouvert de bibliothèques chargées de lourds volumes reliés de cuir.

— Qu'est-ce qui est courant ?

— Le fait qu'une élève quitte l'établissement en cours d'année.

J'observe alternativement les deux hommes. Chaney affiche ce regard ouvert qui dit *demandez-moi tout ce que vous voulez,* mais son expression a quelque chose de forcé. Il paraît crispé dans son fauteuil, comme s'il y avait des pointes de clous rouillés cachées sous le cuir rembourré. Je suis sûre que Sean s'en aperçoit lui aussi.

— C'était la décision des parents d'Olivia. Il ne m'appartient pas de la mettre en cause.

— Ils ne vous ont pas donné de raison ? Ils ne vous ont pas dit ce qui ne correspondait pas à leurs attentes ?

— Nous dépassons les attentes des parents, monsieur Ortiz. C'est notre mission, et notre fierté.

La remarque était censée clouer le bec de Sean. Mais apparemment, Chaney n'a pas compris à qui il avait affaire.

— Monsieur Chaney…

— Professeur, le corrige le principal. Professeur Chaney.

Il considère Sean avec une condescendance mal dissimulée.

— Professeur Chaney, reprend Sean sans ciller. Simple curiosité, à combien s'élèvent les frais de scolarité annuels dans cette école ?

Chaney croise tranquillement les mains devant lui et énonce une somme qui représente plus d'argent que je n'en verrai jamais, et sans doute la moitié du salaire annuel d'un inspecteur de police.

— Ce sont les frais de base. Les activités extrascolaires et l'équipement dédié sont en sus. Pourquoi ? Vous envisagez de nous confier votre enfant ?

— Non, pas exactement. Quelle est la procédure en matière de remboursement ?

— Le paiement est dû en début d'année scolaire et en intégralité.

— Et dans le cas où une élève décide de partir ?

— L'enfant ne décide pas de partir, monsieur Ortiz.

Sean cache mal son agacement.

— Si ses parents décident de la retirer de l'école, sont-ils remboursés ?

— Je vois où vous voulez en venir. Eh bien, cela peut paraître une somme élevée pour certains…

Pour des gens comme vous, semble dire sa mine sournoise, passant de Sean à moi.

— Mais croyez-moi, vu l'excellence de notre enseignement, c'est un très bon investissement sur l'avenir.

— Les Shaw ont-ils tenté de se faire rembourser ?

Il lâche un rire bref et dénué d'humour.

— Nous nous renseignons sur nos postulants et, au regard des revenus des Shaw, il s'agit d'une somme négligeable.

À en juger par leur maison, je n'ai aucun mal à le croire.

— Il n'empêche que cela me paraît du gâchis. Or d'après ce que je sais, Tom Shaw n'est pas du genre gaspilleur. Ses sociétés…

— J'en suis conscient. Comme je vous l'ai dit, nous nous renseignons sur nos clients. Mais je n'en sais pas plus que vous là-dessus, désolé. On ne m'a donné aucune explication. Vous devriez peut-être interroger M. Shaw lui-même.

— C'est bien mon intention.

Chaney hoche la tête. Un sourire vaguement satisfait flotte sur ses lèvres fines.

— N'hésitez pas à me contacter si vous avez d'autres questions, inspecteur, dit-il en se calant dans son fauteuil. Mlle Marquez vous donnera mon numéro.

Une façon sans équivoque de signifier que l'entretien est terminé. Une vague de panique déferle sur moi.

— Sean…, dis-je à voix basse.

Il me fait taire d'un geste et serre la main de Chaney.

— Je vous remercie pour votre aide. Vous mesurez l'importance de tout ça. La vie d'une enfant de dix ans est peut-être en jeu.

— Je vous en prie, répond Chaney avec un grand sourire.

J'ai envie d'envoyer mon poing dans ses jaquettes dentaires parfaites.

— Venez, me dit Sean. On s'en va.

Je le suis jusqu'au bureau de Mlle Marquez. Celle-ci lui donne une carte où est inscrit le numéro de Chaney à côté des armoiries gaufrées de l'école. Je suis surprise qu'elle n'ait pas griffonné le sien derrière, avec des *xoxoxo* et un cœur.

Nous redescendons l'escalier tous les deux, le bruit de nos pas se répercutant dans le grand espace.

— Alors ? Vous avez vu son air suffisant ? Une vraie tête de vieux pervers.

J'ai l'impression d'être dans une église, tant mes mots résonnent sous le haut plafond.

— Laine ! me rabroue Sean, même si je perçois une note amusée sous son ton las et irrité.

— Et maintenant ? Vous ne comptez pas en rester là, si ?

— Non, bien sûr que non. Ne vous inquiétez pas pour ça.

Nous n'avons pas encore atteint la porte d'entrée quand j'entends le claquement familier de pas pressés. Mlle Marquez et ses longs cils. Quand elle nous rejoint, elle est à bout de souffle, son sourire a disparu et des mèches de cheveux s'échappent de sa queue-de-cheval pour former un halo autour de sa tête.

— Je suis désolée, inspecteur Ortiz, dit-elle en haletant.

Super, me dis-je. Voici le numéro de téléphone.

— J'avais laissé l'interphone allumé. Par distraction.

Elle s'éclaircit la gorge et baisse ses immenses cils de biche.

— J'ai tout entendu.

Sean attend patiemment. Mon cœur se met à cogner et de la sueur perle sur ma lèvre supérieure. Merde, l'effet des médicaments est en train de se dissiper.

Ils ont vraiment mal choisi leur moment.

— Eh bien, je..., commence-t-elle en se tordant les mains. Je ne sais pas, j'ai peut-être tort, c'est-à-dire que ça remonte à un certain temps et je ne crois pas que ce soit lié à... à...

Elle s'interrompt pour reprendre son souffle.

— Mais je me suis dit que je devais vous en parler.

— Me parler de quoi ? demande Sean d'un ton curieux et bienveillant.

Il tend la main pour la poser sur le bras de la secrétaire. Je ressens une pointe de jalousie mais, comme c'était prévisible, les traits de la jeune femme s'adoucissent.

— Eh bien, je me souviens d'Olivia. Elle était adorable. Cette histoire est épouvantable.

Elle déglutit nerveusement.

— Adorable ? répète-t-il. Dans sa nouvelle école, elle avait des problèmes de comportement.

Mlle Marquez soupire.

— Ici aussi. Enfin, rien de trop grave. Dans cet établissement, on s'attend à ce que les élèves se conduisent comme des étudiants en doctorat, alors que ce ne sont que des gamins. Alors oui, Olivia a été impliquée dans une ou deux bagarres. Mais c'était une gamine intelligente.

C'est une gamine intelligente, la corrigé-je mentalement. Je commence à avoir mal à la tête.

— Mais il y a une raison pour laquelle ses parents l'ont retirée, finit-elle par avouer.

— Parce qu'elle a agressé quelqu'un ?

— Non. Oui. Pas exactement.

Elle jette des coups d'œil alentour, comme si elle craignait la présence d'oreilles indiscrètes.

— Nous pouvons peut-être aller parler dehors, suggère Sean d'un ton décontracté.

— Je ne parlerai qu'à vous, lui dit-elle, en m'adressant un regard méfiant.

Sean pousse un soupir.

— Écoutez, Eva… vous permettez que je vous appelle Eva ? Si vous acceptez de me parler alors que votre patron refuse de le faire, j'apprécie votre honnêteté et je vous dois la pareille. C'est Lainey Moreno. La mère biologique d'Olivia.

Eva Marquez me fixe en silence, bouche bée.

— Vous saviez qu'elle avait été adoptée, n'est-ce pas ? Ça devait figurer dans son dossier scolaire.

— Non, répond Eva. Mais je le savais. Tout le monde le savait.

Une sonnerie retentit et, quelques secondes plus tard, une cacophonie de voix d'enfants remplit le bâtiment comme le bourdonnement des abeilles dans une ruche géante. Sans un mot, Eva nous entraîne dehors. Nous la suivons le long du sentier pavé menant au parking désert. Puis elle prend un chemin jusqu'à une petite fontaine protégée par un grillage. Elle marche si vite que je dois trottiner pour rester à leur hauteur.

— Je suis censée être en pause-déjeuner, dit-elle avec un petit rire crispé. J'espère qu'il ne s'apercevra de rien.

— Si vous avez des problèmes, j'en assumerai la responsabilité, lui assure Sean.

Mais elle l'écoute à peine. Elle m'observe comme si j'étais sur le point de la mordre.

— Oh, mon Dieu, murmure-t-elle comme si elle se parlait à elle-même. C'est vraiment vous. Ella Santos.

Je me mets à balbutier. Sean veut saisir ma main, mais je l'écarte.

— Mon Dieu, répète Marquez en se laissant tomber sur l'un des petits bancs entourant la fontaine. Je suis navrée. J'ai vraiment manqué de tact.

Sous mes manches, je serre et desserre les poings, dans un mouvement presque involontaire que je ne parviens pas à réprimer. Si elle ne s'arrête pas, et vite, je ne sais pas ce que je risque de faire d'autre par accident.

Elle se mordille la lèvre inférieure, puis, paraissant prendre une décision, inspire un grand coup et lâche :

— Un incident s'est produit. Il y a deux ans. Avec Olivia. Et un enseignant.

17

Une sorte d'abîme froid s'ouvre sous mes côtes, menaçant de m'engloutir. Des sonneries m'emplissent les oreilles, mais je ne bouge pas un muscle. Même si je distingue à peine Sean dans ma vision périphérique, je sais qu'il se crispe.

— Quel genre d'incident ? demande-t-il d'un ton soigneusement mesuré. J'ai vérifié plusieurs fois. Il n'y a rien eu…

— Ce n'est pas arrivé jusqu'à la police. Les Shaw ont réglé l'affaire en toute discrétion.

Eva Marquez serre les lèvres jusqu'à ce qu'elles pâlissent.

— Eva, vous devez me raconter ce qui s'est passé. Tout ce qui s'est passé.

— Il y avait un professeur qui travaillait ici. Un professeur d'arts plastiques. Jakes, Lynden Jakes. Il… il est parti.

Incapable de me taire, je m'écrie :

— Qu'est-ce qu'il lui a fait ?

Eva écarquille les yeux, effrayée.

— Qu'est-ce qu'il a fait, ce salaud ?

— C'est ça, le problème, répond Eva avec un soupir. On ne sait pas exactement.

— Eh bien, vous, vous avez l'air de savoir, dis-je, la rabrouant.

Eva semble blessée.

— Laissez-la parler, murmure Sean.

— Ce qui s'est passé, c'est que… Olivia… Je sais que ça va paraître complètement fou, et que vous allez sans doute me détester.

Elle tourne son regard implorant vers moi. Je me retiens de lui dire qu'elle a sûrement raison.

— Mais… j'ai vu toute la scène. D'après le règlement de l'école, un élève ne doit jamais se retrouver seul dans une pièce avec un enseignant – nous avons déjà eu des incidents par le passé, vous comprenez ?

Je grommelle :

— Dites-moi seulement ce qui s'est produit.

Sean me lance un regard réprobateur, que je lui rends. Il a dû lire mon envie de meurtre dans mes yeux, parce qu'il a un imperceptible mouvement de recul.

— À cette époque, j'étais professeur assistant. Comme lui, je venais juste d'entrer dans cette école. Son cours d'arts plastiques était le dernier de la journée. J'allais rester pour l'aider à ranger le matériel et nettoyer la salle. Les gamins mettent toujours un tel désordre.

Elle esquisse un faible sourire et poursuit :

— Tous les élèves sortaient. C'étaient des CE2, la classe d'Olivia. Elle était la dernière. Elle adorait ce cours. Tout le monde disait que c'était un petit génie des maths mais, ce qu'elle aimait vraiment, c'était peindre et dessiner. Ça se voyait sur son visage à chaque cours. Dès qu'elle prenait son pinceau ou son fusain, elle s'illuminait. Elle qui était tellement sérieuse devenait plus gaie et plus sereine. C'étaient les seuls moments où je la voyais heureuse. Les seuls.

— Et ce salaud en a profité, dis-je.

Sean pose la main sur mon épaule – une grave erreur. Je le repousse violemment. Je ne veux pas être distraite. J'ai besoin d'entendre chaque mot. Chaque putain d'horrible mot.

Eva se tamponne le dessous des yeux.

— Non ! Jamais il n'aurait fait une chose pareille. Je le connais. Je…

Elle s'interrompt et baisse le regard.

— Écoutez, je ne dis pas ça parce que nous sommes sortis ensemble une ou deux fois. Il n'y a jamais rien eu de sérieux entre…

— On se fout de votre vie sentimentale. Racontez-nous seulement ce que ce salopard a fait.

C'est évident, Eva regrette d'avoir accepté de parler à Sean en ma présence, mais il est trop tard pour faire machine arrière.

— Olivia était la dernière à partir. Contrairement aux autres enfants qui jetaient leur pinceau et sortaient en courant dès que la cloche sonnait, elle nous aidait toujours à ranger, elle nettoyait et essorait ses pinceaux, rinçait son gobelet d'eau. Nous étions donc tous les trois. Ils se tenaient devant les éviers, moi j'étais à l'autre bout de la salle, en train d'accrocher les peintures au fil pour les mettre à sécher. Je prenais la feuille suivante quand j'ai vu ce qui se passait.

Elle fait une pause et ferme les yeux. Je retiens mon souffle.

— Que s'est-il passé ? Qu'avez-vous vu ?

— Ils se parlaient doucement. Je n'ai pas entendu ce qu'ils se disaient parce que l'eau coulait. Puis elle s'est tournée et elle… eh bien… elle l'a attrapé. Entre les jambes. Elle a fait ça tranquillement, comme si c'était un geste anodin.

L'air que je retiens dans mes poumons se change en plomb liquide. Il me brûle, mais je n'arrive pas à l'expulser.

— Il a paniqué, bien sûr. Puis je me suis précipitée vers eux, et il s'est efforcé de reprendre contenance autant que possible. Nous avons fait asseoir Olivia – elle paraissait un peu étonnée, c'est tout, comme si elle ne comprenait pas le problème. Il a tenté de lui expliquer qu'on ne faisait pas ce genre de choses. Elle se décomposait de plus en plus. Son visage, et la détresse dans son regard, c'était… bouleversant. Elle s'est mise à pleurer et à marmonner des choses qu'on avait du mal à saisir, mais je crois qu'elle disait qu'elle l'aimait et qu'on avait le droit de faire ça quand on aimait quelqu'un. Elle voulait seulement qu'il l'aime en retour. Et plus elle parlait, plus elle pleurait. Nous avons essayé de lui expliquer qu'il était trop vieux pour elle et que ce n'était pas bien, mais elle est devenue hystérique. J'ai voulu la retenir, mais elle m'a repoussée et elle s'est sauvée en courant dans le couloir. J'ai dit à Lynden de rentrer chez lui, et je suis partie la chercher. Elle s'était cachée derrière les casiers. Elle était effondrée. J'ai encore essayé de lui parler, de lui expliquer, et j'ai cru qu'elle comprenait. En tout cas, elle a arrêté de pleurer et elle a paru se calmer. Je l'ai emmenée dans les toilettes pour l'aider à se nettoyer le visage, puis je l'ai accompagnée en bas où cette fille, Jacinta, celle qui venait la chercher, attendait déjà. Elle m'a demandé pourquoi nous avions mis autant de temps à sortir, et je lui ai répondu que nous avions rangé la salle d'arts plastiques. Je pense qu'elle ne m'a pas crue, même si Olivia faisait ça tous les mercredis. Enfin…

Eva pousse un soupir. Ses épaules s'affaissent.

Ma colonne vertébrale rigide est la seule chose qui me maintienne debout. La rage bouillonne sous ma peau, mais rien n'atteint la surface. Je suis là comme un petit soldat de plomb, et j'écoute.

— Le lendemain, elle n'est pas venue en classe. Ensuite, nous avons reçu un appel furieux des Shaw. Ils l'ont interrogée, et elle a prétendu que Lynden l'avait touchée. Le Pr Chaney leur a dit ce que je vous ai dit, à savoir qu'il y a un règlement, qu'un élève n'est jamais seul avec un enseignant, tout ça. Les Shaw ont débarqué à l'école le jour même. La femme était pâle comme la mort, lui était enragé. Ils m'ont fait venir pour témoigner. Je leur ai dit la vérité.

Sean a les sourcils froncés.

— Qu'est-ce qui vous fait croire qu'il ne l'a pas touchée, en une autre occasion ?

— Il n'aurait jamais fait une chose pareille, répète-t-elle obstinément. Il n'est pas comme ça.

— Personne ne veut croire que les gens sont comme ça, objecte Sean d'un ton qui se veut neutre.

— C'est elle qui l'a fait. Je l'ai vue.

— Vous rejetez la faute sur une gamine de huit ans ? dis-je, m'efforçant de ne pas élever la voix. Qu'est-ce qui ne va pas chez vous ?

— Je n'ai jamais parlé de faute, dit Eva, fuyant mon regard. Je vous raconte seulement ce que j'ai vu.

— Pourquoi la police n'a-t-elle jamais été alertée ? demande Sean. Pourquoi les Shaw ont-ils décidé de ne rien faire ?

— Je ne sais pas, réplique-t-elle avec une soudaine amertume. Peut-être ont-ils compris qu'ils risquaient de foutre en l'air la vie d'un innocent ?

— D'après ce que je sais de Tom Shaw, ce serait bien le cadet de ses soucis.

Les narines d'Eva palpitent, et sa poitrine se soulève et s'abaisse rapidement.

— Ou alors, ils ne voulaient pas que l'affaire attire l'attention. Le Pr Chaney a été très clair. S'ils engageaient des poursuites contre Lynden, malgré le règlement de l'école et le témoignage à décharge, l'école serait attaquée indirectement. Or un tel scandale serait terriblement préjudiciable à sa réputation. Dans ce cas, le principal n'hésiterait pas à contre-attaquer.

— C'est-à-dire ? demande Sean.

Elle le regarde dans les yeux, soudain parfaitement maîtresse d'elle-même.

— Il parlerait à la presse, afin qu'au moins le public connaisse les deux versions de l'affaire. Ce qui signifie que les journalistes iraient fouiller dans les affaires de la famille. Les noms ne seraient pas révélés mais, dans une petite école et une petite communauté, l'anonymat est difficile à préserver.

La presse révélerait certainement qu'Olivia avait été adoptée. Et qu'elle était la fille d'un pédophile et de sa victime.

J'ai l'impression que je vais vomir.

— Olivia ignorait qu'elle était adoptée, poursuit Eva. Ses parents ne le lui ont jamais dit.

— Dans ce cas, comment le principal est-il au courant ? demande Sean, incapable de cacher le dégoût dans sa voix.

Eva baisse le menton.

— Comme il vous l'a dit, répond-elle, évitant son regard, nous faisons des recherches poussées sur les parents qui veulent inscrire leurs enfants.

Il marmonne quelques mots en espagnol, impossibles à répéter, mais à sa tête je vois qu'Eva les comprend. Elle renifle et baisse les yeux vers ses chaussures à bout carré.

— Et ? demanda Sean.

— Ils ont passé un accord. Lynden a été renvoyé. Les Shaw ont retiré Olivia de l'école.

— Et vous ?

— Moi ? Qu'est-ce que j'étais censée faire ? s'indigne-t-elle d'une voix frisant l'hystérie.

— Je ne sais pas, mademoiselle Marquez. Vous avez suivi l'actualité, sans quoi vous ne seriez pas là. Qu'en pensez-vous ? Êtes-vous toujours sûre qu'il était innocent ?

Elle lève ses yeux embués de larmes vers Sean puis les tourne vers moi et crache d'un ton presque haineux :

— Il y avait peut-être quelque chose de pourri en elle depuis le début. Vous y avez réfléchi ?

Des mauvais gènes. Vous n'avez jamais envisagé qu'elle ait pu simplement fuguer ?

— N'importe quoi.

J'ai parlé à haute et intelligible voix, et tous deux me dévisagent, comme s'ils avaient oublié ma présence. Je recule lentement, les mains sur les hanches.

— Tout ça n'est qu'un tissu de conneries, dis-je entre mes dents serrées.

Puis je fais volte-face et pars en courant.

18

Je ne sens plus rien que mes plantes de pied martelant en rythme le sentier. Le gravier absorbe l'impact de mes pas et me ralentit. J'ai l'impression de courir sur du sable, mais je ne m'arrête pas pour autant. Je cours, cours, cours, m'enfonçant dans le parc, jusqu'à ce que mes cuisses brûlent et que la douleur traverse les derniers lambeaux de brouillard médicamenteux.

Je zigzague d'un chemin à l'autre jusqu'à ne plus savoir où je suis, jusqu'à ce que mes jambes me lâchent, mes genoux flanchent et heurtent le sol spongieux. La terre se précipite vers mon visage, et mon front se pose sur un monticule d'herbes molles.

J'inspire l'odeur de boue et d'humidité, l'odeur de la pluie.

J'essaie de ne plus rien ressentir. Comme d'habitude, j'échoue.

Délaçant ma bottine droite, je plonge la main dans ma chaussette, mes doigts glacés descendent le long de mon mollet jusqu'à la cicatrice sur ma cheville. Les pilules sont là, près de mes orteils, enveloppées de film plastique. J'en avale trois différentes, une blanche, une bleu hôpital et une vert menthe, sans vérifier ce que c'est. J'ai la gorge si sèche qu'elles restent coincées au milieu, formant une boule dure et amère.

Lorsque j'entends des pas étouffés, j'ignore combien de temps a passé.

— Laine ?

Des vêtements bruissent et Sean s'accroupit près de moi.

— Laine, parlez-moi.

— Où est-elle ? dis-je d'une voix étranglée. Où est cette garce, que j'aille lui démolir ses fausses dents ?

— Je lui ai dit de repartir travailler. Elle ne risque pas de disparaître, rassurez-vous. J'ai toutes ses coordonnées. C'est une enseignante de primaire, pas une espionne internationale.

— Donc, c'était lui.

— Nous ne sommes sûrs de rien.

— Merde, qu'est-ce qu'il vous faut de plus ?

Il me prend par les épaules. Tremblant de la tête aux pieds, je n'ai pas l'énergie de le repousser et le laisse me remettre sur mes jambes. Il passe le bras autour de ma taille et je m'appuie sur lui de tout mon poids.

— Retournons à la voiture, d'accord ?

— Non.

— Soyez raisonnable, Laine. Je vais vous raccompagner. Et vous allez vous détendre et vous reposer.

— Je ne veux pas me reposer. On doit mettre la main sur ce type. Ce Lynden.

— Je m'en occupe. Il n'ira nulle part, faites-moi confiance.

— Si ça se trouve, elle l'a déjà appelé. Pour le prévenir.

— J'ai déjà passé un coup de fil, moi aussi.

Son bras autour de ma taille me soutient délicatement, comme s'il avait peur que je me brise. Le geste est si tendre que mes yeux me picotent.

— Il ne s'enfuira pas.

Les pilules ont peut-être fini par se dissoudre, à moins que ce ne soit simplement la présence de Sean à mon côté, mais je réussis à marcher jusqu'à la fontaine – où il n'y a plus trace d'Eva Marquez –, puis jusqu'au parking. Je parviens même à monter dans la voiture de Sean sans qu'il ait besoin d'intervenir, et je ne discute pas quand il m'oblige à attacher la ceinture.

Posant la tête sur le dossier du siège, je contemple le plafond beige. Mes paupières s'alourdissent, et je ne résiste pas. Les cauchemars qui, je le sais, troubleront mon sommeil sont bien moins terrifiants que la réalité.

Lynden Jakes. Son nom est Lynden Jakes. Un foutu prof de dessin dans une école pleine de petites filles.

Je ne veux pas vivre dans ce monde-là.

Par pitié, emmenez-moi loin d'ici.

Par pitié, laissez-moi mourir.

Quand je rouvre les yeux, j'ai l'impression que quelqu'un a actionné un interrupteur. Le ciel est trois fois plus sombre et traversé par une traînée orange au-dessus de la silhouette noire d'un bâtiment. Je cligne des paupières, désorientée, tentant de savoir où je suis, jusqu'à ce que je reconnaisse l'hôtel.

— Vous ne devriez pas rester seule, dit Sean en refermant sa portière.

Je le suis tel un zombie, incapable de lever les yeux. C'est ce que j'ai envie de l'entendre dire depuis le début mais, maintenant, ça n'a plus d'importance.

— Je vais appeler quelqu'un pour garder un œil sur vous, dit-il, sans me demander mon avis.

— Non, c'est inutile.

Devant son air sombre, j'ajoute :

— Je suis fatiguée. J'ai juste envie de prendre un bain et de m'écrouler, et je ne suis pas sûre de vouloir qu'un type en uniforme me regarde dormir. Merci pour votre compréhension.

— Vous êtes sûre ?

— Personne ne sait que je suis ici. Il y a un vigile à l'entrée et des caméras partout. C'est un hôtel.

— Je veux que vous restiez ici jusqu'à nouvel ordre.

— Comptez sur moi. Où croyez-vous que j'irais ?

Je lis dans son regard qu'il préfère ne pas avoir de réponse. Moi non plus.

— Promettez-moi que vous n'irez nulle part. Même pas cinq minutes.

— Promis.

Il n'est pas le seul à faire des promesses qu'il sait ne pas pouvoir tenir.

Dans le hall de l'hôtel, il y a un bureau avec un ordinateur dessus. Je le repère de loin, parce que c'est un modèle préhistorique carré et blanc. Peu importe ; pour ce que j'ai à faire, je n'ai pas besoin d'une technologie de pointe. J'interroge la réceptionniste, qui me lance un regard bizarre, puis m'informe que je peux utiliser gratuitement l'appareil pendant dix minutes.

Il faudra que je m'en contente. Je prends place sur la chaise usée et j'ouvre une fenêtre du navigateur.

Lynden Jakes. Si c'est toi, ordure, je jure que je vais sauter dans le premier bus en partance pour là où tu t'es installé et aller rectifier ton anatomie avec des cisailles de jardin rouillées. J'ai les mains qui tremblent tellement que j'ai du mal à taper sur le clavier – autant l'effet de la descente que de ma vertueuse indignation. Mais la descente devra attendre.

Il me faut un certain temps pour trouver sa trace. À en juger par les regards noirs que me lance la réceptionniste, les dix minutes doivent être passées, mais je l'ignore. Un lien sur un site d'anciens élèves m'emmène sur un réseau social où il a un profil. L. Ethen Jakes, comme il se fait appeler désormais, est un blond à tête de faux-jeton, qui a dû abandonner le sport si j'en crois la brioche que les cadrages flatteurs de ses photos ne réussissent pas à dissimuler. Je suis presque sûre que c'est lui. Il vit dans le Connecticut depuis deux ans, et son profil précise qu'il a enseigné au lycée, mais travaille maintenant dans une entreprise. Il a une jolie fiancée au menton fuyant et aux yeux sérieux.

C'est aussi un obsédé de l'actualisation. Je dois faire défiler le compte rendu détaillé de ses journées, jogging inclus, avec photos de ce qu'il a mangé, de la tronche souriante de la fiancée et de celle, fatiguée, du chien, avant d'en arriver aux dates qui m'intéressent. Le jour de la disparition d'Olivia, il a ajouté quatre posts. Il s'est immortalisé quelque part au Mexique en compagnie d'amis et de sa fiancée ; l'immonde cliché d'un Jakes à moitié ivre entouré de ses potes a reçu plusieurs *likes*. Les autres statuts montrent l'endroit. À des milliers de kilomètres d'ici. Et d'Olivia.

Je sais bien que ces trucs peuvent être trafiqués. Je sais que Sean procédera à une vérification en règle, mais je devine ce qu'il trouvera. Lynden Jakes était là où il prétendait être. Je me raccrochais à ce que je pouvais mais, au fond de moi, je savais déjà que ça ne pouvait pas être ce Jakes. Ça ne peut être qu'une seule et même personne.

Je suis la seule à l'avoir vue. Et je ne suis absolument d'aucune aide.

19

Bien que j'aie épuisé mes dix minutes depuis longtemps, j'ouvre une nouvelle fenêtre et je me connecte à ConspiracyTalk. Comme prévu, le fil de discussion sur Olivia Shaw a explosé.

Insurgé3 : Salut tout le monde. Regardez ça. Des nouvelles de notre fille mère préférée.

C'est une vidéo de YouTube de cette lamentable conférence de presse. Le curseur hésite un instant à la lancer, puis j'aperçois quelque chose qui me la fait oublier.

Dans le post suivant, il y a un lien vers le site d'un tabloïd. Le gros titre annonce *LA CHOQUANTE VÉRITÉ SUR ELLA SANTOS : la disparue dont l'affaire a stupéfié la nation.* Et, en plus petits caractères : *La colocataire et maîtresse d'Ella raconte.* Un grand froid s'abat sur moi quand je clique sur le lien : la source, appelée Naomi, relate les activités d'« Ella » dans l'industrie du sexe et parle de ses multiples partenaires.

Souvent, après son passage chez moi, je remarquais que des choses avaient disparu, comme ma lingerie ou mes vêtements. Un jour, elle a pris un flacon de mon parfum préféré et en a vaporisé toutes ses affaires. J'ai toujours eu de la compassion pour elle, car je savais à quel point sa situation était difficile, et je ne voulais pas qu'elle ait des problèmes...

Si j'en lis davantage, je vais vomir ou faire quelque chose que je regretterai ensuite, si bien que je referme la fenêtre en tentant de contenir la rage qui bouillonne en moi. Natalia, cette salope.

Les membres du forum, quant à eux, s'en donnent à cœur joie.

Roswell82 : J'ai fait quelques recherches, elle a un sacré casier.
Salem_baby : Pourquoi ils l'ont fait passer à la télé ? À mon avis c'est elle la coupable, lol.
Roswell82 : C'est sûr qu'elle est un peu timbrée.
Mike6669 : Bon, je me la taperais bien quand même lol lol.
OliviaShawsDaddy : :-P :-P.
Insurgé3 : Tu m'étonnes.
OliviaShawsDaddy : Eh, j'ai une théorie. Je parie qu'elle est en cheville avec le ravisseur depuis le début. Elle l'a sûrement aidé à enlever la gamine. J'ai lu un truc là-dessus, une espèce de syndrome de Stockholm, c'est pourri.
Insurgé3 : C'est dingue, mais pas impossible.
OliviaShawsDaddy : C'est pour ça qu'elle l'a jamais dénoncé, ça paraît évident. Ils couchaient ensemble en loucedé pendant tout ce temps.
Roswell82 : Malade.
OliviaShawsDaddy : Eh oh calmos.

Roswell82 : Je parlais d'elle :-P.
Roswell82 : Pas de nouvelles de @disparue14 ? Elle a sûrement une théorie. Une bonne, pas un truc pervers comme toi @OliviaShawsDaddy.
Insurgé3 : Son point vert est allumé, elle est connectée, mais elle parle pas.
Insurgé3 : Eh, arrête d'espionner, @disparue14.
Roswell82 : Je parie que c'est un truc super simple et idiot, genre ses parents l'ont tuée eux-mêmes par accident.
Insurgé3 : Ouais, mais alors qu'est-ce que Moreno vient faire là-dedans ? Ou plutôt Santos lol. Non, moi je pense que c'est elle qui a fait le coup. Ou du moins qu'elle a quelque chose à y voir.
OliviaShawsDaddy : Peut-être qu'elle les aide à se couvrir.
Roswell82 : C'est complètement débile.
Roswell82 : Elle n'a pas pu le faire sans laisser la moindre trace.

L'icône de mes messages affiche +10. Hébétée, je clique dessus.

Les deux ou trois premiers viennent de membres d'autres forums, m'informant du fil concernant Ella Santos. Le quatrième remonte à deux jours, et la fenêtre du sujet est vide. Le nom d'utilisateur m'est inconnu. Tout en sachant que c'est une erreur, j'ouvre le message.

Je me retrouve face à ma photo, la même que celle qui figure dans le fil dédié à Olivia, sauf qu'elle n'a pas été retouchée sur Photoshop. Je sais exactement où je suis : je sors de mon immeuble, et la façon dont je cligne des yeux dans la lumière suggère qu'elle a été prise tôt le matin.

Le jour où mon appartement a été visité. Ou bien avant ?

Tous les messages suivants ont des noms d'utilisateur différents et fantaisistes, et tous contiennent une photo de moi. Devant chez Natalia. Fumant une cigarette avec Sean devant le commissariat. Montant dans sa voiture.

Je relève brusquement la tête et regarde autour de moi. La réceptionniste a l'air endormie derrière son bureau, et à part elle le hall est vide.

Merde.

Je manque renverser la chaise en me levant d'un bond, et je file dans l'escalier. La chambre ressemble à une cage aux tons pastel, que j'arpente les bras et les jambes parcourus d'une énergie nerveuse. Comme mes réserves de médicaments s'épuisent, je me rabats sur le minibar, vide une mignonnette, puis une deuxième, sans vérifier les étiquettes. À la troisième, le liquide fait une fausse route et je me plie en deux en toussant tandis que l'alcool me remonte dans le nez. Des larmes m'inondent le visage mais, dès que je réussis à respirer, je me rends compte que ma tête commence à tourner. Je vide une dernière bouteille – une liqueur sucrée et écœurante qui m'arrache une grimace. C'est de l'alcool bon marché, à base de malt, dont l'effet ne durera pas longtemps. Quand mon dealer arrivera, je serai de nouveau sobre et capable de réfléchir.

Bon. Mais pour ça, il faut d'abord que je l'appelle. J'attrape mon portable et je trouve le contact désigné Meilleur pote.

Comme d'habitude, Sugar répond immédiatement.

— Princesse, que puis-je faire pour toi ?

Il le sait très bien. Je lui dis où je suis, songeant après coup que ce n'est pas une super idée, mais il a déjà raccroché.

Pour un dealer, Sugar est hyper fiable et étonnamment ponctuel. Vingt minutes plus tard, il frappe à ma porte, et siffle en découvrant la pièce derrière mon épaule.

— Ouah, jolie piaule. Qu'est-ce qui se passe, tu t'es trouvé un gentil papa, finalement ?

Il se moque de moi. Même les rebuts de l'humanité comme lui savent que je suis incasable.

— Des problèmes avec mon proprio.

Je mens ingénument, et me fous de ce qu'il pense : je veux juste ma dose.

— Eh, dit-il, souriant de toutes ses dents pointues. Si tu as besoin d'un endroit où dormir…

— C'est ça.

Sugar vit dans une mansarde sordide qu'il a le culot de qualifier de penthouse.

— Quoi ? Je suis toujours content de partager mon foyer avec des têtes couronnées, dit-il avec un sourire idiot.

— Tu as ma came ou pas ?

Il lance un coup d'œil discret par-dessus son épaule, et le sourire niais disparaît aussitôt. Il y a un temps pour les conneries et un temps pour les affaires.

— Pas dans le couloir.

Je n'ai pas envie qu'il entre dans ma chambre, dans mon espace de vie. Mais il esquisse un mouvement de tête pour indiquer la caméra de surveillance au bout du corridor : je n'ai donc pas le choix.

Dès qu'il a fait un pas à l'intérieur, je me plante devant lui pour l'empêcher d'aller plus loin, mais il se démanche le cou, essayant de voir tout autour. Cette proximité malvenue me fait dresser les cheveux sur la nuque.

Il fouille dans les profondeurs des poches de son baggy et en sort des produits. Je les passe en revue : OxyContin, Adderall, Xanax. La sainte trinité, permettant de supporter tout ce que la vie vous réserve. Pas de Stilnox, mais je dois pouvoir m'en procurer avec mon ordonnance.

Il m'annonce le prix, comme d'habitude gonflé par rapport à ce que coûtent ces pilules, mais à cet instant je n'en ai rien à foutre. En l'attendant, j'ai fait un saut au distributeur automatique en bas et tiré tout ce qu'il y avait sur mon compte, jusqu'au dernier dollar de ma paie au Silver Bullet. J'ai essayé de ne pas penser au fait que les quelques billets dans ma main constituaient toute ma fortune. De ne pas penser que j'allais sans doute devoir trouver un nouvel emploi, mais qu'il faudrait être dingue pour m'embaucher.

Une fois qu'il a empoché son dû, il incline sa casquette de base-ball en guise de salut et – enfin ! – se dirige vers la porte.

— Si tu as besoin de quoi que ce soit, tu sais où me trouver.

— Comme toujours.

Je lui rends son sourire de travers. Le soulagement me remplit la poitrine quand je referme derrière lui. Même si les petits comprimés dans ma poche n'y sont sans doute pas étrangers.

Pour commencer, je vais dans la salle de bains dénicher une nouvelle cachette. Je n'ai pas le temps d'être créative, mais je ne fais pas confiance au personnel de l'hôtel. Un flacon de vitamines passe inaperçu ; je le pose en évidence sur l'étagère derrière le miroir, à côté de vieux tubes de maquillage que j'ai repêchés au fond de mon sac à dos. Une fille qui prend soin de son apparence, et n'oublie pas ses vitamines A, B et C.

Je sors un Adderall et l'avale. Après réflexion, j'en gobe un deuxième. Une dose supérieure et je me mettrai à trembler, ou je descendrai toute ma réserve.

Pour ce que je m'apprête à faire, j'ai besoin d'être en pleine possession des moyens qui me restent.

Après trente-cinq minutes pénibles au téléphone avec la compagnie d'assurances, je paie l'amende avec ma dernière carte de crédit qui fonctionne encore, estomaquée par le montant astronomique de la facture. Mais du moins ma voiture m'attend-elle sur le parking. Pour ce qu'elle vaut. Elle paraît encore plus pourrie que dans mon souvenir mais, tant qu'elle roule, je m'en fiche.

Une demi-heure plus tard, je la laisse au bord du trottoir en face de chez les Shaw. Tous les rideaux sont fermés, la maison semble vide, ce que démentent les deux véhicules garés dans l'allée. Lors de ma première visite, je n'avais pas repéré le système de sécurité compliqué, avec interphone, petite caméra ressemblant à un œil fixe et même un détecteur de mouvement. Je sonne et sonne encore, sans réponse. *Pas question que tu m'ignores, sale menteur. Tu t'imaginais que, si tu faisais comme si je n'étais pas là, j'allais repartir ?* Je frappe à la porte, d'abord doucement, puis de plus en plus fort, jusqu'à ce que j'entende des pas précipités.

Jacqueline Shaw paraît frêle et sa peau translucide sans maquillage. Elle cligne des paupières sur ses yeux rougis, et la tirade furieuse que j'avais sur le bout de la langue s'évanouit.

— Je peux entrer ? dis-je.

Je ne serais pas trop surprise qu'elle me claque la porte au nez, mais elle se contente de hocher la tête et de s'écarter pour me laisser passer.

La maison, toutes lumières éteintes, évoque un funérarium après les heures de fermeture. On dirait que tout est recouvert d'une couche de poussière, assourdissant les couleurs. Je remarque que des photos ont disparu des murs, laissant des rectangles sombres à peine perceptibles.

— Tout va bien ? me demande Jacqueline, même si, d'après ce que je vois, ce serait plutôt à moi de lui poser la question.

Son visage est tellement amaigri que les ombres creusent des précipices sous ses pommettes déjà saillantes.

Avant que j'aie pu ouvrir la bouche pour répondre, j'entends le fracas d'une porte qui claque et des pas retentissants dans l'escalier. L'instant d'après, Tom Shaw apparaît. Il n'a pas meilleure allure que Jacqueline – sur lui aussi, le stress laisse des traces. Mais alors que j'éprouve un début de sympathie pour sa femme, la vue du tee-shirt froissé de Shaw et des cernes sous ses yeux me remplit de rage.

Quand il m'aperçoit, ses épaules s'affaissent.

— Bon sang, Lainey, c'est vous.

À quoi s'attendait-il exactement ? À voir Olivia sur le pas de la porte ?

Il se passe les mains sur le visage.

— Vous avez... du nouveau ? S'il y a quelque chose... si vous vous souvenez de quoi que ce soit, vous devriez appeler immédiatement l'inspecteur Ortiz.

— Moi, je ne me souviens de rien. Mais vous... ?

Jacqueline fait un pas en avant. Tom prend un air exaspéré.

— De quoi... ?

— Lynden Jakes, dis-je.

J'entends Jacqueline émettre un son étranglé. Shaw plisse les yeux, et l'orage se rapproche.

— J'en ai déjà parlé à l'inspecteur Ortiz, déclare-t-il, glacial. Et je n'ai pas l'intention de me répéter. D'autant que ça ne vous regarde pas et que vous n'auriez jamais dû être au courant.

— Eh bien, c'est trop tard.

— Il s'agit d'une affaire privée. Qui ne concerne que ma famille. Ma fille.

Il appuie sur le *ma,* crachant chaque syllabe en un staccato furieux.

— Donc, vous avez décidé que ça n'était pas assez important pour le signaler ?

Ma bouche se tord. Je commence à ressentir la nausée, et je sais que la vague d'énergie qui me porte ne tardera pas à refluer. Je vais bientôt m'effondrer.

Jacqueline s'approche, les mains tendues.

— Lainey…

Shaw lui jette un regard cinglant.

— Et si c'était vraiment lui ? Et s'il… s'il…

— Ce n'est pas lui ! s'écrie Shaw. Il ne l'a pas touchée. C'est la raison pour laquelle nous avons dû régler le problème sans avertir la police. Nous l'avons forcé à démissionner, parce que je ne pouvais pas laisser la situation en l'état. Sinon, l'affaire se serait ébruitée ; tout le monde aurait été au courant pour ma fille. Elle n'avait que huit ans. Vous ne pouvez pas essayer de comprendre ?

— Qu'est-ce qu'il y a à comprendre ?

— Marquez, la femme qui a témoigné… elle disait la vérité.

Mes jambes chancellent. Je sens la chute venir, et je ne peux rien faire pour l'empêcher.

— Mais Olivia… elle a dit à vous et à Jacqueline…

— Olivia, me coupe-t-il d'un ton amer, nous a presque tout avoué. Elle a fait ce qu'ils ont dit qu'elle avait fait. Elle ne pensait pas à mal. Elle avait dû voir ça sur Internet ou autre – les contrôles parentaux ne protègent pas de tout. Et Olivia, elle était comme ça. Impulsive. Elle faisait ce qu'elle avait envie de faire. Incontrôlable.

Il pousse un soupir.

— Nous étions censés faire quoi, bon sang ?

Je ne sais pas. Avoir une discussion sérieuse avec votre fille ? La faire aider, peut-être ? Mais je décide de me taire, et ça vaut mieux. Je ne me fais pas confiance. Si j'ouvre la bouche, il risque d'en sortir des choses horribles et grossières.

— Je ne sais pas ce que j'espérais, reprend Shaw d'une voix lasse, comme si son éclat l'avait vidé de toute énergie. Jacqueline ne connaissait pas son histoire, mais moi si. Je déteste l'admettre, et je m'en veux, mais après cet incident j'ai commencé à m'interroger.

— À vous demander si elle n'était pas dérangée, dis-je.

En cet instant, il n'y a personne au monde que je hais plus que cet homme. J'ai envie de le frapper, de lui démolir le portrait ainsi que quelques dents.

— Allons, Lainey. Mettez-vous à ma place. Vous ne réagiriez pas de la même façon ?

— Tom, intervient Jacqueline d'un ton plaintif.

— Est-ce que je reprocherais à une fillette de huit ans quelque chose que son père a fait avant même sa naissance ?

Il grommelle, puis se met à faire les cent pas sans plus rien dire.

— Merde.

Il se cache le visage dans les mains.

— Merde. Merde. Non, mais écoutez-moi ! Je ne sais même plus ce que je dis.

Je me tiens au milieu de la pièce, les poings serrés – même s'il l'ignore parce que mes manches sont tombées sur mes mains. Je ne suis plus qu'une boule de colère, le cœur battant et le sang palpitant.

— Lainey.

Jacqueline tend la main pour me toucher le bras. Elle doit se rappeler notre première rencontre parce qu'elle suspend son geste, sa main manucurée s'arrêtant à deux centimètres de ma manche pelucheuse.

— Je suis tellement désolée. Il est juste…

Elle inspire profondément.

— Nous adorions Olivia. Vraiment. Plus que…

Plus que je n'aurais su le faire. Ouais, je sais tout ça.

— Plus que tout, conclut doucement Jacqueline.

Je m'aperçois que, pour la première fois, elle parle au passé.

— Vous devriez rentrer chez vous, dit sèchement Tom Shaw.

Il passe un bras protecteur autour des épaules de sa femme, qui paraît sur le point de fondre en larmes. Comme si c'était ma faute.

— Je ne voudrais pas avoir à vous y contraindre, ajoute-t-il.

La menace passe entre nous, presque palpable. Dans cette situation, c'est lui qui détient tout le pouvoir, et il le fait savoir.

Quant à moi… je suis telle que j'ai toujours été. Je ne suis personne. Je ne peux qu'observer depuis les coulisses, impuissante.

Jacqueline prononce le prénom de son mari dans un murmure, suffisamment audible pour que j'y perçoive la tension.

— Voulez-vous que j'appelle quelqu'un ? demande-t-elle.

Il me faut un instant pour comprendre qu'elle s'adresse à moi. Je secoue la tête.

— Vous n'avez pas l'air en état de conduire, ajoute-t-elle, toujours aimable mais déterminée.

— Jackie, intervient Tom Shaw.

— Je ne la renvoie pas dans cet état, dit-elle. Elle parle de moi à la troisième personne, comme si je n'étais pas là. Je serre les poings.

— Elle débarque ici, te menace, et toi…

— Elle ne menaçait personne. Regarde-la, pour l'amour du ciel. Elle est aussi désespérée que nous…

— Je m'en vais, dis-je, mettant un terme à leurs échanges.

— Pas question, fait Jacqueline.

— Je vais appeler l'inspecteur Ortiz, dit Tom Shaw. Qu'il se débrouille.

— Non !

L'exclamation m'a échappé avant que j'aie pu la retenir.

— Vous… Vous m'avez dit que je pouvais venir ici à n'importe quel moment.

Ça, c'est pour Jacqueline, qui évite mon regard autant que possible.

— Je peux te parler ? lui demande son mari. Dans le salon.

Ils me laissent seule, et la porte se referme sur eux avec un clic. J'attends une seconde, puis je colle l'oreille contre le revêtement lisse et lustré du mur, mais ne distingue aucun son. Dans cette maison, les cloisons ne sont pas en contreplaqué comme dans un motel ou dans mon ancien appartement.

Je sais que je n'ai pas beaucoup de temps, mais je vais tout de même en profiter pour explorer. Le sac de Jacqueline est posé sur une console, à côté d'un vase d'arums blancs, à moins que ce ne soient des orchidées – qui sait ? J'effleure un doux pétale blanc pour m'assurer que les fleurs sont vraies. Mon ongle laisse une trace translucide, et un effluve de parfum délicat me monte au visage. Non seulement elles sont vraies, mais elles sont fraîches. Comment peuvent-ils songer à changer les fleurs dans une période pareille ? À moins qu'ils n'aient du personnel pour s'occuper de ce genre de choses.

Lançant un regard prudent vers la porte, je prends le sac et j'ouvre la fermeture à glissière. Ce sac seul, si je pouvais le mettre au clou, me paierait mon loyer et mes cachets pendant un mois : en cuir couleur crème, lisse, avec le discret logo du designer gravé en or sur la doublure intérieure. Le portefeuille assorti se trouve au fond et, surmontant un bref accès de contrition, je l'ouvre. Il contient une demi-douzaine de cartes de crédit, des black et des gold, qui ne me serviraient à rien, mais pas de liquide. Bien sûr que non. Pourquoi quelqu'un comme Jacqueline Shaw s'embarrasserait-il d'argent liquide ?

Je lance un nouveau coup d'œil à la porte : quoi qu'ils aient à se dire, ça leur prend du temps. Je reporte donc mon attention sur le portefeuille. Espérant encore y trouver un peu de fric, j'examine un autre compartiment et je tombe sur une photo dans son carré de plastique transparent.

C'est une réplique miniature du portrait de famille que j'ai vu, accroché sur un mur de la maison : Tom, Jacqueline et Olivia devant une toile de fond ordinaire. À l'observer de plus près, je m'aperçois que la photo n'est pas identique, même si elle fait partie de la même série. Elle a sans doute été jugée imparfaite, mais Jacqueline a tout de même décidé de la conserver. Tom et Jacqueline regardent résolument et joyeusement vers un avenir inconnu, tandis que les yeux d'Olivia dévient un peu, par-delà le cadre invisible. Elle ne sourit pas ; ses lèvres en forme d'arc sont serrées, fines et sérieuses – en scrutant le cliché, je me rends compte à quel point elle me ressemble. Pas seulement ses traits, mais son expression, que je vois chaque fois que je surprends mon reflet dans une surface réfléchissante, juste avant que je ne me compose un visage aimable.

Une étrange sensation de chaleur se répand dans ma poitrine, en même temps qu'un vide s'y creuse, et mon esprit s'embrume comme si j'avais avalé des antidouleurs avec une trop grande gorgée d'alcool. Je m'apprête à refermer le portefeuille quand je remarque une autre photo cachée derrière la première. J'en attrape le coin avec mes ongles et je la sors.

Celle-ci n'a rien à voir avec la photo de famille guindée qui la dissimulait. Légèrement surexposée, elle a sûrement été prise avec un téléphone puis imprimée. On y voit Olivia – avec ce fouillis de boucles, impossible de la confondre avec quiconque – en compagnie d'une jeune femme ; toutes deux souriantes, elles brandissent des cônes de glace comme des trophées. Les cheveux plus courts, le visage rond et joufflu, Olivia ne doit pas avoir plus de sept ou huit ans. J'étudie la jeune femme jusqu'à distinguer le grain sur la photo. Elle me rappelle Jacqueline, dont elle a les yeux et le visage en forme de cœur – une version plus jeune et plus jolie de Jacqueline.

Entendant un mouvement derrière la porte, je me dépêche de remettre la photo à sa place, puis le portefeuille dans le sac. Même la forte dose de médicaments dans mon système n'empêche pas mon cœur de tambouriner, mais heureusement personne ne vient. Replongeant la main dans le sac, j'en sors le portable de Jacqueline, qui me réclame un code. J'hésite à peine une seconde et je ne suis pas surprise de réussir au premier essai : la date de naissance d'Olivia.

Jacqueline fait partie de ces personnes organisées qui gardent la photo, le numéro et l'adresse de chacun à côté de son nom, ainsi que sa date d'anniversaire et toute autre information dont elles peuvent avoir besoin. Je fais défiler ses contacts jusqu'à trouver Jacinta, dont je copie le numéro et l'adresse dans mon propre téléphone. Puis je replace celui de Jacqueline, je referme le sac et, retenant mon souffle, je tends l'oreille.

Derrière la lourde porte, ils se disputent. Aucune isolation acoustique ne peut le cacher, même si les mots demeurent indistincts. Elle crie, et il réplique sur le même ton.

Je jette un dernier regard autour de moi. J'en ai assez, et j'ai des choses à faire.

Je les laisse donc à leur querelle et ressors ni vu ni connu.

Une fois dans ma voiture, je reste immobile un moment, perdant de précieuses minutes, jusqu'à ce que je me sente en état de conduire. Je ne devrais pas prendre le volant : je ne peux pas me permettre de me faire interpeller, même si un retrait de permis serait le moindre de mes problèmes, compte tenu de mon historique. Mais je n'ai pas le choix.

Heureusement, le trajet jusqu'à Wedgwood se passe sans encombre et, quinze minutes plus tard, je trouve la bonne adresse. Il s'agit d'un pavillon, petit mais bien entretenu. Jacinta, semble-t-il, vit encore chez ses parents et, si je me souviens bien de ce que j'ai lu dans la presse et sur les sites d'information, elle est inscrite à l'université de Seattle, où elle étudie la psychologie ou la sociologie ou une autre de ces matières qu'affectionnent les petites-bourgeoises.

La maison, proprette au point d'en être agressive, se fond parfaitement dans le voisinage. Deux des fenêtres sont éclairées, mais j'ai beau me démancher le cou, je ne vois rien à travers les rideaux. Deux voitures sont garées dans l'allée, un coupé gris métallisé et une de ces Mini Cooper de couleur acidulée, qui appartient certainement à Jacinta. J'en aperçois une troisième, un SUV blanc, sous un auvent derrière la maison. Tout paraît… normal.

Peut-être que Sean a raison et que j'ai vraiment besoin d'aide. J'ai l'impression d'être en train de perdre la tête.

Je passe devant la maison et semble incapable d'appuyer sur la pédale de frein. Un frémissement part de mon ventre et me parcourt jusqu'aux mains, et je continue de rouler jusqu'à ce que le pavillon soit hors de vue. Alors seulement je ralentis et m'arrête.

Qu'est-ce que je fabrique, putain ? Que se passerait-il si j'allais frapper à sa porte et qu'elle appelait les flics – comme elle pourrait légitimement le faire ? Je ne sais même pas ce que Jacqueline lui a raconté sur moi. De plus, si les parents sont là, je devrai leur expliquer la situation, et je n'ai aucune idée de ce qu'il faudrait dire.

Je reste là sans rien faire pendant un moment, puis sors mon téléphone et compose son numéro. Mon pouls bat dans mes oreilles, noyant la tonalité. Mon Dieu, j'espère que c'est son numéro de portable et pas une ligne fixe.

Je l'imagine, découvrant le numéro inconnu sur son écran, hésitant, puis se décidant. Elle répond après quatre ou cinq sonneries, juste au moment où je commence à espérer tomber sur sa messagerie. Son *allô* méfiant me prend par surprise, parce que je n'ai pas entendu de clic. Sa voix semble rauque, comme si elle venait de pleurer.

— Bonjour, dis-je. Vous êtes bien… vous êtes bien Jacinta ? Jacinta Velasquez ?

Silence.

— Oui. Qui est à l'appareil ? Vous êtes journaliste ?

— Non, pas du tout. C'est Jacqueline qui m'a donné votre numéro.

Le mensonge m'est venu très naturellement aux lèvres.

— Je ne sais pas si elle vous a parlé de moi…

Je perçois un chuintement, que je prends pour des parasites, avant de comprendre que c'est elle qui a inspiré profondément. Au silence pesant qui suit, je devine qu'elle sait précisément qui je suis. Elle prononce le mauvais nom et, tressaillant de tout mon corps, je me félicite qu'elle ne puisse pas me voir.

— Je m'appelle Lainey désormais, dis-je.

Elle s'excuse aussitôt, et je la sens sur le point de se remettre à pleurer – intuitivement, je sais aussi qu'en cet instant elle croira tout ce que je lui dirai, fera tout ce que je demanderai. Le pouvoir de la culpabilité. Je me sens abjecte d'en abuser, bien que mon sixième sens de droguée soit censé me rendre imperméable à la honte. Du moins tant que l'effet dure.

Elle accepte de me retrouver dans un café. Je me gare devant un petit établissement ouvert vingt-quatre heures sur vingt-quatre, et vais me réfugier dans les toilettes jusqu'à ce que je la voie entrer, seule. Difficile de ne pas la remarquer. Plus grande que Jacqueline, elle est d'une beauté stupéfiante – même si son apparence est aussi négligée que la mienne. Elle a dû s'habiller en hâte : sweat-shirt orné du logo de sa fac, pantalon de survêtement, bottines en peau de mouton. Ses cheveux noirs pendent de part et d'autre de son visage. On dirait qu'elle ne les a pas lavés depuis un certain temps, mais je suis mal placée pour juger.

Quand enfin je ressors de ma cachette, je vois mes propres pensées reflétées sur son visage. Je ne corresponds pas à ce à quoi elle s'attendait – quoi que ça ait pu être. À cette heure tardive, le café n'est pas assez fréquenté : il n'y a que quelques hipsters cachés derrière la pomme scintillant au dos de leur écran d'ordinateur et un unique barman derrière le comptoir. Il ne paraît pas s'apercevoir ni s'agacer qu'on ne consomme rien, tant mieux. Un café à un dollar, c'est à peu près tout ce que je pourrais m'offrir, et je doute que ce soit la spécialité de la maison.

— Lainey, dit-elle, comme si elle s'entraînait à prononcer le nom.

— Ouais.

J'espère qu'elle ne va pas se lancer dans le baratin habituel, *oh mon Dieu, vous n'imaginez pas à quel point je suis désolée de tout ce qui vous est arrivé...* Mais ses yeux cernés et fatigués sont pénétrants. Elle m'adresse un hochement de tête tendu et nous nous asseyons.

— Qu'est-ce que Jacqueline vous a raconté exactement ?

— Pas grand-chose, dis-je sans me mouiller.

Tôt ou tard, elle saura que non seulement Jacqueline ne m'a rien dit, mais qu'elle ne m'a sûrement pas donné le numéro ou l'adresse de sa sœur.

— Que vous alliez la chercher à l'école...

— Trois fois par semaine, précise Jacinta. Quand mes cours finissent assez tôt.

Elle tord le bas effiloché de son sweat-shirt.

— Les deux autres jours, c'est Jacqueline elle-même qui s'en charge. S'en chargeait.

Elle s'éclaircit la gorge puis ajoute, sans que je comprenne pourquoi :

— Je fais ça depuis le lycée. J'ai toujours adoré garder Olivia. Je vivais pratiquement chez Jackie et Tom.

Même échevelée comme aujourd'hui, elle est superbe avec ses grands yeux de biche. Jacqueline possède la discipline nécessaire pour entretenir son physique, tandis que Jacinta est une beauté naturelle. Je me demande s'il y a eu une rivalité entre les sœurs. « Jackie » est-elle suffisamment confiante pour laisser cette ingénue camper chez elle en permanence ?

Une horrible idée, comme un mauvais goût dans la bouche. Pourquoi ne suis-je capable de penser ou de ressentir que des choses moches ? Mon ravisseur m'a-t-il pervertie ? Ou suis-je née comme ça ? À moins que toutes les drogues prises par Val durant sa grossesse ne m'aient bousillé le cerveau ?

Jacinta se méprend sur mon silence.

— Je vivais sur le campus, dit-elle, montrant son sweat-shirt d'un air d'excuse. J'ai interrompu mes études. Quand…

Elle déglutit, mais je n'ai pas besoin qu'elle finisse sa phrase. Que suis-je censée répondre ? *Tellement désolée. Mais je suis sûre que, quoi qu'il arrive, votre avenir sera aussi radieux que promis* ?

Que ça me plaise ou non, Jacinta, avec sa peau sans défaut, sa jolie petite voiture et son diplôme universitaire, m'évoque une fois encore tout ce que je n'ai jamais eu la chance d'être. Olivia aurait pu être comme elle dans quelques années.

Sauf que, maintenant, ce n'est plus possible.

— Qu'est-ce que Jackie vous a dit d'autre ? demande-t-elle.

Elle a beau donner l'impression que je l'ai tirée de son lit, son regard est bizarrement aigu et alerte. Il envoie un frisson le long de ma colonne vertébrale, et soudain je ne sais plus très bien laquelle de nous deux est censée manipuler l'autre, lui soutirer des informations sous couvert de se serrer les coudes face à la tragédie. Eh bien, elle va au-devant d'une belle surprise. Elle suit peut-être des études de psychologie ou de je ne sais quoi, mais moi j'ai vécu certaines expériences qu'elle n'a jamais imaginées même dans ses pires cauchemars. Elle ne me fait pas peur.

— Je voulais vous demander certaines choses, dis-je.

— Vous pouvez interroger Jackie.

— C'est à vous que je voulais poser des questions. Voilà pourquoi je souhaitais vous rencontrer en personne. Pour parler. À quelqu'un d'autre qui… connaissait Olivia.

Elle pousse un petit soupir. Son regard s'adoucit, sa posture se relâche. Le changement est à peine perceptible, mais je le remarque. J'ai exactement la même réaction quand les infirmières à l'hôpital m'annoncent que j'ai réussi mon test antidrogue. Quand je sais que je suis tirée d'affaire.

— Vous souvenez-vous de quelque chose de bizarre ? Qui se serait produit avant la disparition d'Olivia ?

Les yeux marron de Jacinta sont de nouveau sur le qui-vive.

— De bizarre ?

— D'inhabituel. Pas seulement quand vous alliez la chercher. Est-ce que quelqu'un vous a approchée ?

— De quelle façon ?

Ses sourcils noirs se froncent.

— Quelqu'un qui vous aurait abordée. Un homme. Qui aurait essayé de vous draguer. Qui aurait agi de manière étrange.

Elle lâche un rire amer.

— Vous savez combien de fois par semaine des types m'abordent en se comportant de manière bizarre ?

— J'imagine.

Je me force à sourire, mais elle n'est pas dupe. Son regard demeure méfiant.

— Avez-vous raconté à quelqu'un que vous alliez chercher Olivia ? Ou dit quoi que ce soit à son propos ?

— Où voulez-vous en venir exactement ?

— Je ne vous accuse de rien. Je veux seulement savoir. Tout ce dont vous pourriez vous souvenir…

— Vous êtes en train de dire que je l'ai mené à elle d'une manière ou d'une autre.

— Non !

C'est pourtant précisément ce que je laisse entendre.

Je commence à me sentir déstabilisée, submergée par mes émotions.

— Non, je…

— Écoutez, j'ai déjà tout dit à la police.

Elle attrape son sac et le serre contre sa poitrine, en un geste défensif.

— Si vous avez besoin de savoir, pourquoi n'interrogez-vous pas cet inspecteur ? Comment s'appelle-t-il, déjà ? Ortiz.

La mention de Sean me fait tressaillir, et elle s'en rend compte. Son visage reprend une expression de calme froid. Elle recule sa chaise dans l'intention de se lever.

— Attendez !

— Je n'ai plus rien à vous dire.

Je la suis dehors, sur le parking. J'avais deviné juste : la Mini acidulée est là et bipe quand Jacinta sort ses clés de la poche de son sweat-shirt.

— Jacinta…

— Écoutez, Lainey.

Elle appuie sur mon nom comme si c'était une mauvaise blague.

— Vous pensez être la seule à culpabiliser ? Je ressens quoi, à votre avis ? Vous pensez pouvoir m'appeler comme ça et faire comme si tout était ma faute ?

— Ce n'est pas…

— Vous croyez être la seule à vouloir la retrouver ? À vouloir que les flics fassent leur putain de boulot ?

— Sans doute pas, dis-je, réussissant à soutenir son regard furieux. Si les flics avaient un peu mieux fait leur putain de boulot, comme vous dites, Olivia n'aurait peut-être jamais disparu.

Sa réaction est si vive qu'elle me prend par surprise. Elle arrondit les épaules et semble se recroqueviller sur elle-même comme si je lui avais donné un coup de poing dans l'estomac. Toute colère déserte son visage, ne laissant que l'épuisement et la même expression de vulnérabilité que j'ai l'habitude de voir dans le miroir.

— Merde, dit-elle d'une voix tremblante. Merde, je suis désolée.

Des larmes perlent sur ses paupières inférieures, et elle se couvre le visage de ses mains. Je me sens idiote. Que suis-je censée faire, la consoler ? Donc je reste là à la regarder sangloter, me sentant à la fois légitimée et coupable de l'être.

— Je suis désolée que ça vous soit arrivé, dit-elle, quand elle est de nouveau capable de parler.

Elle renifle et s'essuie le nez du dos de la main.

— Vraiment. Et soyez sûre que je n'aurais jamais, jamais laissé ce genre de choses arriver à Olivia.

La méchanceté dans sa voix douce et mélodieuse est frappante.

— Alors, laissez-moi tranquille maintenant, d'accord ?

Sans me donner le temps de répondre, elle grimpe dans sa Mini, met plus de temps que nécessaire à introduire la clé dans le contact – j'ai l'impression que ses mains tremblent autant que les miennes – et quitte le parking dans un crissement de pneus. Hébétée, je contemple ses phares qui s'éloignent dans la rue. Ses paroles résonnent dans ma tête, encore et encore, et se parent de nouvelles ombres et de sous-entendus.

Puis je retourne à ma propre voiture, je monte dedans, je verrouille les portières. Et je hurle.

20

Quand je finis par tourner la clé dans le contact – Dieu merci, le moteur décide de fonctionner – je tremble encore. La voiture zigzague sur le parking et me voilà dans la rue.

L'étape suivante consiste à déterminer où je vais. Pas à l'hôtel, pas tout de suite – je ne supporte pas l'idée de m'enfermer seule dans cette chambre stérile, à attendre que quelque chose se produise, que quelqu'un daigne prendre de mes nouvelles ou me transmettre les dernières informations, que Sean se souvienne de mon existence. Si bien que je roule sans but jusqu'au moment où mes mains s'affermissent et où mes pensées retrouvent une cohérence.

Je roule dans une rue presque déserte, en direction de l'hôtel, quand je me rends compte que je suis suivie.

Scrutant le rétroviseur, je dois plisser les yeux pour m'assurer que je n'ai pas rêvé. Il y a une voiture derrière moi, dont les phares sont si faibles qu'on pourrait les prendre pour les simples reflets des lumières des réverbères. Mais quand je vérifie une fois encore, le véhicule est toujours là.

Ma première pensée est qu'il s'agit de Jacinta, mais non. Même si je ne reconnais pas le modèle par la taille ou la forme des phares, je sais que ce n'est pas une Mini. On dirait plutôt un SUV. Et il se rapproche.

Mes mains commencent à transpirer sur le volant. Instinctivement, j'appuie sur l'accélérateur et je prends de la vitesse, dépassant largement la limite autorisée. Dans mon état de fébrilité, un seul écart, un seul tournant mal négocié, et ce pourrait être ma dernière équipée. Pourtant, malgré ma vitesse, l'autre voiture ne paraît pas être distancée. J'entends – ou je crois entendre, parce qu'à ce stade il n'est pas impossible que j'imagine des choses – son moteur monter en puissance à mesure qu'elle me rattrape.

Prenant un risque énorme, je quitte la route des yeux pour consulter le rétroviseur. La voiture se trouve dans mon angle mort. J'ai l'impression qu'elle me fait des appels de phares.

Une fois, deux fois. *Arrête-toi.*

Je ne suis même pas sûre que tout ne se passe pas dans ma tête. Si ça se trouve, je suis en pleine hallucination. Une seule chose est sûre : je n'ai pas l'intention de m'arrêter.

Écrasant la pédale d'accélérateur, j'agrippe le volant et je me force à braquer les yeux sur la route vide devant moi. Il n'y a plus de réverbères ; seules des marques réfléchissantes émergent de l'obscurité sur mon passage.

Mon poursuivant accélère lui aussi. Dans un grondement, sa voiture arrive à ma hauteur, et je ne me fais pas d'illusions : ma Neon préhistorique ne tiendra pas la distance face à un SUV flambant neuf. La voiture – noire ou bleu foncé, c'est tout ce que je distingue – pourrait facilement me doubler, bloquer la route et empêcher ma fuite, mais pour une raison ou pour une autre elle ne le fait pas.

J'essaie de me souvenir à quelle distance je suis du croisement qui mène directement au monolithe illuminé qu'est l'hôtel.

L'autre véhicule repasse derrière. Sans me laisser le temps de pousser un soupir de soulagement, il percute violemment mon pare-chocs. Ma tête est projetée en arrière puis en avant, et mon front cogne contre le volant. L'espace d'un instant infini de terreur, je vois trente-six chandelles, pendant que la Neon fonce tout droit à cent cinquante kilomètres-heure.

Je suis peut-être en train de devenir folle mais, ça, je suis sûre de ne pas l'avoir inventé. Accrochée à mon volant, je le tourne autant que je peux et évite la sortie de route à la dernière seconde. Mes pneus lâchent un crissement lamentable tandis que ça claque dans les boyaux mécaniques du moteur.

Derrière moi, le SUV me colle toujours. Je jure que ses phares ont l'air contents d'eux.

Comprenant qu'il ne me reste qu'une chose à faire, j'appuie sur le frein et je me range contre le trottoir. Je vois le reflet de mon unique feu arrière sur le pare-brise d'un noir d'encre du SUV qui ralentit et stoppe derrière moi.

Alors que le moteur de la Neon tourne encore, je plante les ongles dans le plastique usé du volant. Mon pied tressaute nerveusement, prêt à écraser l'accélérateur. Mon regard est scotché au rétroviseur, au reflet du SUV. Le miroir s'est cassé il y a plus d'un an, mais j'ai jugé inutile de le remplacer malgré les fêlures en toile d'araignée, et maintenant je m'agonis d'injures. Je n'étais vraiment pas foutue de trouver les cent dollars nécessaires ? Qu'est-ce que j'ai acheté à la place ? Sans doute du maquillage ou de la dope.

Assise là à observer dans le rétro l'image fragmentée de la voiture, j'attends.

D'une seconde à l'autre, il va sortir. Forcément.

Dès que la portière du conducteur s'ouvre, je réagis. Mon pied enfonce la pédale d'accélérateur et je m'éloigne du trottoir dans un hurlement de pneus. Je n'ai plus qu'une idée en tête, avance, avance, avance, la bifurcation est en vue, tout près. Je sais que mon poursuivant est déjà sur mes talons, que d'une seconde à l'autre son pare-chocs luisant et agressif heurtera l'arrière de ma Neon pour m'envoyer dans le décor.

Mais je ne regarde pas dans le rétro. Je me contente de conduire.

Je prends le tournant cinq fois plus vite que la vitesse autorisée, et manque m'envoler de mon siège. La Neon entre en dérapage sur le vaste parking presque vide qui me sépare de l'hôtel. Je tourne le volant et m'arrête à cheval sur deux places. Mon cœur tambourine quand je me retourne.

Il n'y a pas de voiture. À croire qu'il n'y en a jamais eu. Je ne vois strictement rien derrière les deux lampes à l'entrée du parking.

J'ai les épaules raides après avoir serré si fort le volant. Je dois forcer mes doigts à se détendre et à le lâcher. Grimaçant, je tâte la bosse en haut de mon front.

Elle est bien réelle.

Ne devrais-je pas faire quelque chose ? Appeler quelqu'un ?

Pour dire quoi ? Oh, il y avait une voiture. Je crois qu'elle était noire, ou peut-être bleue ou gris foncé. Je ne suis pas sûre. Avez-vous noté le numéro d'immatriculation ? Ah non, elle était derrière moi.

Je sors et fais le tour de ma Neon. Comme si le pare-chocs avant cabossé ne suffisait pas, l'arrière n'est pas en meilleur état, mais ça ne surprendra personne. Si je préviens les flics, ils me demanderont si je conduisais sous l'empire d'une substance prohibée, et je ne veux pas répondre à cette question.

Tremblante, je marche jusqu'à l'hôtel. La réceptionniste me lance un regard bizarre, bien qu'à ce stade ça puisse aussi bien être ma paranoïa ou la descente. Au moment où je glisse ma clé électronique dans la fente, je remarque la fine bande de lumière autour du cadre de la porte mal isolée.

La main sur la poignée, je me fige. J'ai la certitude absolue d'avoir laissé la chambre dans le noir.

Pas ici aussi. Pas dans ma chambre d'hôtel. Où vais-je aller ? Comment l'expliquer à Sean ? Cette pensée m'effraie encore plus que la perspective de ne plus avoir d'endroit où me réfugier.

J'entends un craquement derrière la porte, les ressorts du lit, et des pas légers qui se rapprochent. J'ai seulement le temps de faire deux pas en arrière quand le battant s'ouvre.

Aussitôt, je reconnais la silhouette aux épaules larges qui se découpe dans la faible lumière de la pièce. C'est Sean.

21

Je commence à protester, mais il me fait signe d'entrer et j'obéis.

— Je viens de parler à Jacqueline. Elle ne vous en veut pas, même si son mari est furieux. En fait, je préfère ne pas vous répéter ce qu'il m'a dit, parce que personne n'y gagnerait.

— Et vous ?

— Quoi, moi ?

— Vous êtes en colère contre moi ?

Il soupire.

— Lainey…

— S'il vous plaît, non. Quoi que vous vous apprêtiez à dire, ne le dites pas.

— Vous croyiez que j'allais dire quoi ?

— Plein de choses. Les trucs habituels. Laissez-moi m'expliquer d'abord.

— Qu'y a-t-il à expliquer ?

— C'est Jacinta…. Jacinta… la sœur…

Je bute sur les mots, et je vois bien qu'il est à bout de patience.

— La tante d'Olivia. Elle nous cache des choses. Je ne sais pas quoi, mais…

Il secoue la tête.

— Laissez-moi m'occuper de Jacinta, d'accord ?

— Et ça veut dire quoi ? Est-ce que…

J'allais demander : « Est-ce que vous savez quelque chose ? » mais il ne m'en laisse pas le temps.

— Ça veut dire que c'est mon boulot de le découvrir. Et c'est beaucoup plus facile de faire parler les gens quand quelqu'un ne tente pas de s'en mêler derrière mon dos.

J'ai besoin de m'asseoir, et le lit est le seul endroit disponible. Sauf que, maintenant, Sean me domine de toute sa hauteur et que ça ne me plaît pas.

— Je sais que vous prenez les choses à cœur. Je ne voulais pas vous le dire, mais vos tentatives d'agir en justicière, ou appelez ça comme vous voulez, risquent de nuire à Olivia au lieu de l'aider. Vous comprenez ?

J'ai l'impression d'avoir reçu un coup. Fermant les yeux, je sens le matelas grincer et pencher quand il prend place à côté de moi. Pas tout près : il y a soixante respectables centimètres entre nous.

— Je ne voulais pas tout gâcher, dis-je. Je suis désolée.

— La première fois que je vous ai amenée ici, vous m'avez dit que vous n'étiez pas quelqu'un de méchant, vous vous en souvenez ?

J'ai dit ça, moi ?

— Je ne vous en veux pas si vous n'y croyez plus.

— Je pense que la personne qui n'y croit pas, c'est vous. Le problème est là.

La douleur lovée dans ma poitrine m'étouffe. Comment parvient-il à voir à travers toutes mes couches protectrices, toutes mes défenses, à travers mon crâne et jusque dans les méandres de mon cerveau, à voir des choses que je ne perçois pas moi-même ? Comment peut-il me connaître mieux que je ne me connais moi-même ?

— Ma vie s'est terminée dans cette cave, Sean. Mais pour une raison inexplicable, mon corps a oublié de mourir. Et je tourne en rond, un corps sans âme, attendant que quelqu'un vienne me débrancher.

Il ne parle pas, mais tend la main et la pose sur la mienne. J'aurais préféré qu'il s'abstienne, parce que son contact me fait fondre à l'intérieur.

— Si vraiment vous n'aviez pas d'âme, vous ne vous soucieriez pas d'Olivia. Vous n'auriez pas choisi de m'aider.

Est-ce vrai ? Ai-je véritablement agi pour Olivia, ou poussée par un espoir égoïste et profondément enraciné – l'espoir de trouver des réponses et la raison pour laquelle je suis encore en vie ? Ou était-ce seulement pour Sean ? Parce que j'aurais fait tout ce qu'il m'aurait demandé.

— Vous valez mieux que vous ne le pensez. Vous êtes courageuse. Vous êtes forte. Vous avez bon cœur.

— Pour ce que ça m'apporte…

— On ne peut pas vivre si on n'a pas de cœur.

— Certains y parviennent.

Mon sourire est tranchant comme un rasoir. Il sait à qui je songe.

— Ceux-là ne vivent pas. Ils croient le faire, mais ils sont morts à l'intérieur. Et chaque fois qu'ils réussissent à vous faire penser de cette façon, ils gagnent. Ne les laissez pas faire.

J'ai le regard braqué sur le sol.

— J'attends peut-être de devenir comme eux. Je me sens vide. Tout le temps. Je…

Je suis à deux doigts de lui parler des médicaments, mais je me retiens.

— Ce n'est pas vrai. Vous méritez des bonnes choses. Des belles choses.

Il repousse une boucle rebelle qui ne cesse de retomber dans mes yeux.

— Toutes les belles choses du monde.

Nous nous embrassons. Pour sa défense, c'est moi qui prends l'initiative. Je me penche vers lui, et j'ai la sensation de sauter d'une falaise quand j'effleure ses lèvres, mais, dès qu'il pose les mains sur ma taille et me rend mon baiser, je ne tombe plus : je déploie mes ailes et je m'envole.

Je n'ai qu'une conscience vague de mes mains qui lui retirent sa veste, de mes doigts tremblants qui déboutonnent sa chemise. Je retire mon blouson et l'abandonne par terre. Plus besoin des cachets dissimulés dans les poches – une minute plus tôt, j'étais en pleine descente, et me voilà de nouveau très haut. Je plane. C'est peut-être la seule chose qui me maintienne la tête hors de l'eau en cet instant, qui m'empêche de replonger dans la réalité. La seule raison pour laquelle mes mains et mes lèvres peuvent continuer à faire ce qu'elles font sans se poser de questions.

Je le fais basculer avec moi sur le matelas, lui ôte sa chemise et laisse mes paumes parcourir sa peau chaude, les muscles de sa poitrine et ses abdominaux. Mes lèvres suivent le tracé de ses clavicules et je le sens frissonner.

— Laine.

Un murmure chaud à mon oreille. Je dois me mordre la lèvre pour retenir un gémissement, tant mon désir de lui est fort.

— Laine, s'il vous plaît.

Tout ce que tu veux. Je suis à toi. J'ai toujours été à toi.

Mais ses mots suivants me brûlent.

— Pas... pas comme ça. Pas ici. Laine, arrêtez.

Il s'écarte, et je retombe brutalement dans mon corps. C'est comme si quelqu'un avait actionné un interrupteur, éteint le bourdonnement entêtant, et il ne me reste plus que la honte, l'amertume et ce qui ressemble à un cratère fumant et insondable en plein milieu de ma poitrine.

Sean s'agenouille devant moi, l'air anxieux.

— Nous ne devrions pas faire ça.

— J'en ai envie, dis-je obstinément, luttant contre les larmes qui montent dans ma gorge.

— Vous êtes bouleversée. La journée a été rude.

— Vous êtes en train de dire que je ne suis pas en capacité de décider ce que je veux ? C'est ça ?

— Je n'ai jamais dit une chose pareille.

— Alors, si vous ne voulez pas de moi, il suffit de le dire. Allez-y. Pas besoin de prendre des gants.

Il s'affale sur le matelas et se frotte les yeux du bord des paumes.

— Mon Dieu, c'est ce que vous pensez ? Que je ne veux pas de vous ? Vous croyez que c'est la seule raison possible ?

— Quelle autre raison pourrait-il y avoir ?

Submergée par l'embarras, je tire sur le bas de mon tee-shirt. Le souvenir de ses mains brûle encore sur ma peau.

— Il y en a tout un tas. Pour commencer, je suis un représentant de l'autorité. J'ai plus de dix ans de plus que vous. Ça ne vous gêne pas ?

— Non. Je suis amoureuse de vous depuis la première fois où je vous ai vu, et j'avais treize ans.

Ce sont sans doute les paroles les plus sincères qui aient jamais franchi mes lèvres. Le fait de le voir tressaillir comme si je l'avais giflé – comme si mon seul moment de vérité était une insulte – me cause une douleur inimaginable.

— Ce serait une erreur. Pour un nombre incalculable de raisons, dit-il.

— Je m'en fous. J'ai envie de vous. Vous êtes le seul homme que j'aie jamais désiré.

Je tends les mains vers sa ceinture.

Il ne m'arrête pas.

Plus rien ne nous retient. Nous sautons de la falaise pour nous jeter dans le vide, et je ne sais si nous nous envolons ou si nous plongeons vers la mort.

Et peu m'importe en cet instant.

Je ne parviens pas à le regarder dans les yeux après. J'ai peur de ce que j'y lirai. Je redoute l'inévitable discussion sur le fait que nous n'aurions pas dû, que ça ne doit jamais se reproduire, etc. Et j'ai peur qu'il se lève, se rhabille et s'en aille.

L'idée qu'il me quitte m'est insupportable. Si bien que je me pelotonne contre lui et me repais de sa chaleur. Il s'étire et passe un bras sur moi.

— Je ne t'ai jamais posé la question, dis-je dans un murmure. Tu as quelqu'un ?

Pendant quelques secondes, il ne bouge pas, et je me demande si j'ai vraiment osé prononcer ces mots à voix haute. Puis il roule sur le côté pour me faire face. Il a un corps puissant, sa présence remplit le grand lit, la pièce entière. Il me donne l'impression que nous sommes dans une maison de poupée, où rien n'est réel à part nous.

— Personne, dit-il. Pas comme ça, en tout cas.

Je pense à la voix féminine qui a répondu sur son téléphone lorsque je l'ai appelé, et mes pensées doivent se lire sur mon visage puisqu'il m'attire contre lui.

— J'ai eu des liaisons, mais ça n'a jamais marché.

S'agissait-il alors d'une aventure d'une nuit ? Avec une femme qui n'avait aucune idée des limites à ne pas franchir ? Et nous, que sommes-nous ?

Mais avant qu'aucune de mes questions ne puisse sortir et gâcher l'instant, il me demande :

— Et toi ?

— Tu rigoles ?

— Allez. Il y a forcément eu quelqu'un. Un type qui a compté ?

Merde. Je me rappelle le bureau encombré au commissariat, mes réponses aux questions de l'autre inspecteur, qui les enregistrait sur son téléphone. Sean sait tout ça, forcément – il a dû se repasser cette lamentable conversation des dizaines de fois.

Je finis par répondre platement :

— Non.

Il me serre plus fort, mais je ne suis pas sûre d'en supporter davantage. Au lieu de me réconforter, la chaleur de son corps m'asphyxie soudain, son poids m'écrase. Il appuie si fort sur mes côtes qu'elles paraissent plier, comme des bréchets sur le point de se rompre. Je gigote pour échapper à son étreinte. Il paraît surpris, mais ne me retient pas. Je vais m'enfermer dans la salle de bains et j'ouvre le robinet à fond, avant de prendre un tranquillisant dans ma réserve. Il devrait m'offrir un sommeil sans rêves pendant quelques heures. Je l'avale et m'assieds dos à la baignoire, les jambes repliées contre ma poitrine, attendant que le cachet commence à faire effet.

Posant le front sur mes genoux, je ferme les yeux. Le contact froid et dur de la porcelaine contre mon dos est mon seul lien avec la réalité, l'irritation persistante entre mes jambes la seule indication de ce qui s'est réellement passé. Ce n'était pas comme dans mes rêves. N'est-ce pas toujours le cas ?

Je referme le robinet et jette un coup d'œil par la porte. Je vois sa forme sous la fine couverture de l'hôtel, qui ne le couvre qu'à partir de la taille. Je vois son dos large et sombre sur le drap vert pâle, et mon cœur s'accélère. Ça s'est réellement produit.

Il semble dormir quand je me glisse sous la couverture. En tout cas, il n'essaie pas de me prendre dans ses bras ; il bouge à peine.

Je croyais ne jamais pouvoir m'endormir à côté de lui, mais le médicament est le plus fort. Mes yeux se ferment, mon cerveau ralentit, s'amollit avant de se dissoudre dans le noir.

À un moment de la nuit, j'émerge, désorientée et confuse dans cet environnement inconnu. Il est 3 h 15 au réveil électronique de l'hôtel, dont l'éclat rouge est la seule source lumineuse de la chambre. Je suis blottie sous le drap raide, emmaillotée comme un bébé. Sean est toujours là, assoupi à côté de moi. Son visage paraît plus lisse, plus doux dans le sommeil.

C'est alors qu'une autre lumière s'allume, et je comprends que c'est elle qui m'a réveillée. Sur la console branlante, j'aperçois le tas sombre formé par la veste de Sean, et à côté son portable qui vibre avec un flash.

Retenant mon souffle, je me redresse le plus discrètement possible, mais je ne peux empêcher le matelas de grincer quand je pose les pieds par terre. Il me faut une éternité pour m'extirper du drap et de la couverture, et pendant ce temps-là le portable vibre et s'illumine deux fois. Chaque fois, je me fige et observe Sean, m'attendant à le voir remuer à chaque seconde. Mais il ne cille même pas. Il ne s'est probablement pas reposé depuis plusieurs jours, du moins pas plus d'une heure ou deux d'affilée. Quand le portable se tait, j'entends sa respiration profonde et régulière et j'imagine ce que ça ferait de m'endormir tous les jours à son côté.

Enfin, je marche jusqu'à la console, la moquette collante étouffant le bruit de mes pas. Avant d'attraper l'appareil, je jette un dernier coup d'œil à Sean, mais il dort toujours profondément.

La lueur pourtant faible du téléphone m'oblige à cligner des yeux quand j'appuie sur le bouton

« Power » et regarde l'écran d'accueil. Il y a là une série de textos venant du même numéro, sans nom.

Appelez-moi. Tout de suite. On doit parler. Appelez-moi !

Et ce encore et encore, frénétiquement.
Le dernier dit simplement :

Appelez-moi ou c'est moi qui l'appellerai, elle.

22

Au matin, il est parti. En guise de souvenirs, il ne reste que son odeur, mêlée à celle, javellisée, des draps d'hôtel, ainsi que le numéro de téléphone que j'ai copié dans mon portable.

J'essaie de me persuader que Sean ne m'a pas vue faire, qu'il dormait à poings fermés. Mais quelque chose me dit que ce n'est pas le cas.

Il ne m'appelle pas une fois, et je ne peux me résoudre à l'appeler moi non plus.

Je ne quitte pratiquement pas la chambre. Ni même le lit. Sauf le temps d'une virée à la pharmacie, où grâce à mon dernier renouvellement d'ordonnance je reconstitue un stock de somnifères que j'entame allègrement – un mois de prescription dilapidé en une semaine. Dès que l'effet se dissipe, j'en gobe un autre et retombe dans les limbes.

Le résultat est garanti. On ne se sent pas reposé, plutôt comme au sortir du coma, mais au moins ça signifie qu'on peut se rendormir aussitôt. Et c'est un coma sans rêves.

Je sais qu'il faut pourtant que je quitte cette chambre. Je dois retourner dans mon appartement. Je dois retrouver du boulot, ou supplier Dom de me rendre l'ancien.

Je vais peut-être devoir lui faire une gâterie pour ça. Une fille m'a dit qu'il avait trois piercings. Je me demande quelle quantité d'OxyContin il me faudrait pour le supporter.

En attendant, c'est plutôt une bonne chose que je n'y aie pas touché depuis une semaine. J'ai mon contrôle médical et le rendez-vous chez la psy lundi, et je ne peux pas me permettre de rater mon test urinaire. Quoique, la perspective d'être enfermée entre des murs capitonnés ne me paraît pas si désagréable.

Le jour dit, je ne peux même pas prendre un Adderall et dois me contenter de l'immonde café de la cafetière de ma chambre pour rassembler des forces pour toute la journée. J'envisage d'aller acheter une boisson énergisante au distributeur du rez-de-chaussée, mais je dois économiser mon argent. Pathétique, non ?

J'avale le café en tentant d'ignorer son goût. En espérant qu'il me tiendra sur pied pendant l'examen médical puis mon heure de discussion avec le Dr Rowland.

J'ai à peine démarré ma voiture que je commence à en douter.

L'hôpital est un bâtiment trapu qui disparaît presque dans le paysage plat et gris, surtout un jour de pluie comme aujourd'hui – et comme trois cents jours par an, à Seattle. Si je ne fais pas attention, je pourrais facilement louper la bretelle de sortie et finir dans quelque zone industrielle déserte.

De l'extérieur, l'édifice semble aveugle – en fait, les fenêtres donnent toutes de l'autre côté, sur une cour aussi grise que tout le reste. Les arbres en pots disposés dans tout le périmètre meurent les uns après les autres. Pas assez de lumière, ou trop de vibrations négatives. Les fenêtres des étages inférieurs sont munies de barreaux, bien que la cour intérieure soit conçue pour que les patients puissent voir la lumière du jour, mais pas s'échapper.

Je monte au premier, où une infirmière à la mine sinistre me tend mon gobelet en plastique et me montre les toilettes. Elle me suit d'un regard si acéré qu'il pourrait percer un trou dans mon dos – mais elle le fait avec tout le monde.

Avant, elle me regardait pisser : c'était bien le genre d'une droguée d'apporter une fiole avec l'urine de quelqu'un d'autre. Maintenant, ils ne se donnent même plus la peine de vérifier.

J'aimerais pouvoir dire que ça ne m'a jamais traversé l'esprit, mais tout au fond de moi quelque chose me retient de décevoir le Dr Rowland. Peut-être un vestige d'instinct enfantin, puisqu'elle est ce qui se rapproche le plus de la figure maternelle que je n'ai jamais eue. Que je l'admette ou non, j'attends ces rendez-vous avec le Dr Rowland, si bien que j'essaie de rester clean la semaine précédente. J'ai réussi… du moins jusqu'ici.

En revanche, je déteste cette partie du rituel bimensuel : le gobelet, la cabine des toilettes à la porte éraflée, l'odeur d'urine et de détergent mêlée. L'humiliation de devoir remplir le questionnaire sanitaire, qui me demande si j'ai pris de la drogue par voie intraveineuse ou eu des rapports sexuels non protégés dans les X dernières semaines. Les petits yeux porcins de l'infirmière qui m'observent sous l'arcade sourcilière basse, avec cet air de dire *Ne te plains pas, tu l'as bien cherché.*

Parfois, j'ai envie de piquer une crise en face d'elle. De lui balancer le foutu gobelet et le questionnaire à la tête. De lui dire que je n'ai rien cherché du tout, que ce n'est pas moi qui me suis séquestrée toute seule, qui me suis brisée moi-même. Elle ne le sait sans doute pas et n'en a rien à foutre.

Je monte ensuite au deuxième. Ici, il n'y a plus de grandes pancartes rouges disant PAS D'ALCOOL NI DE SUBSTANCES ILLICITES, pas de planning de délivrance de méthadone. Il y a des reproductions de tableaux aux murs, des plantes en pots, même si elles sont mal en point et jaunies aux extrémités.

Je frappe à la porte du cabinet et j'entre. Le Dr Rowland se lève pour m'accueillir et me serre la main d'une poigne ferme, comme si elle n'avait pas peur que je lui refile une maladie mortelle de pute junkie rien qu'en la regardant. D'un geste, elle me montre le fauteuil face à son bureau.

Le Dr Elise Rowland est une petite femme ronde à la peau café au lait léger, dont la volumineuse chevelure bouclée est toujours ramenée en un chignon en haut du crâne. Elle porte une blouse blanche par-dessus ses vêtements comme le veut l'endroit, mais elle a un penchant pour les broches – elle en arbore toujours une nouvelle, généralement en forme d'insecte. Grosse araignée en rubis, papillon dans toutes les couleurs de l'arc-en-ciel, coccinelle, abeille. Aujourd'hui, elle a fait une fantaisie : un minuscule merle bleu serti de strass.

— Lainey, dit-elle en prenant place et en ouvrant mon dossier, où sont imprimés les résultats de mon test urinaire.

J'examine son visage, guettant un froncement de sourcils ou une légère grimace, ou quoi que ce soit qui révélerait qu'elle n'est pas satisfaite de ce qu'elle lit. Mais son expression demeure impénétrable. Elle lève les yeux en refermant le dossier.

— Comment allez-vous ?

— Ça va.

Ma réponse habituelle. Le mensonge habituel, qu'elle laisse d'ordinaire passer. Sauf qu'aujourd'hui elle pousse un soupir, et je comprends que je ne m'en sortirai pas si facilement.

— Mon but a toujours été de vous aider, dit-elle. Depuis le début. Et vous le savez. J'espérais que vous me feriez un peu confiance, depuis le temps.

Je me redresse, en alerte, tentant de deviner ce qu'elle pourrait savoir, et comment. Merde ! Combien de temps le corps met-il à éliminer l'Adderall ?

— Je suis au courant de ce qui se passe, Lainey.

Il n'y a aucune menace dans sa voix, pas de jugement non plus, rien. C'est ça qui m'inquiète le plus. Mon enfant intérieur, ou ce qu'il en reste, cherche avec angoisse une note de déception, mais n'en trouve même pas.

Dieu merci, elle ne me fait pas languir plus longtemps.

— J'ai reçu un coup de fil de l'inspecteur Ortiz, dit-elle.

Mon ventre se noue à la seule mention de son nom, et je crains de n'avoir pas réussi à cacher ma réaction assez vite.

Mais heureusement pour moi, elle se méprend sur sa signification.

— Je sais que vous avez été impliquée dans l'affaire Olivia Shaw.

L'air sort de mes poumons en une bouffée de soulagement.

— C'est vrai, dis-je, veillant à ne pas laisser glisser mon masque d'indifférence. Mais j'ai été mise hors de cause. En tant que suspecte, je veux dire.

Son regard pénétrant ne lâche pas le mien.

— Et qu'avez-vous ressenti ?

— Que vouliez-vous que je ressente ?

— Est-ce que ça vous a heurtée ?

À votre avis ?

— Est-ce que ça vous a donné envie de faire certaines choses ?

— Ça devrait figurer dans mes examens.

Elle ignore ma remarque.

— Je veux savoir ce que vous avez ressenti. Pas ce que vous avez fait.

Je hausse les épaules.

— Vous n'avez pas du tout été affectée ?

— Ça n'a rien à voir avec moi. C'est la fille de quelqu'un d'autre maintenant.

Le Dr Rowland est une des rares personnes à qui il m'en coûte de mentir, mais dire la vérité est au-dessus de mes forces.

— Ce qui lui est arrivé ressemble à ce qui vous est arrivé, reprend-elle d'un ton doux. Vous ne pouvez pas l'ignorer complètement.

— On ne sait pas ce qui lui est arrivé, dis-je. Personne ne le sait. Certains pensent qu'elle a fait une fugue.

— Et vous, qu'en pensez-vous ?

— Je n'en ai aucune idée.

— Est-ce que ça a fait remonter des souvenirs ? Des cauchemars ?

Une fois encore, je hausse les épaules.

— Le Stilnox marche bien. D'ailleurs, j'ai besoin d'une nouvelle ordonnance. Je n'en ai plus. Je crois que j'ai aussi besoin de somnifères. Parfois, je me réveille au beau milieu de la nuit et je n'arrive pas à me rendormir, si bien que je dois en prendre un deuxième.

Je sors mon petit discours d'une traite sans reprendre mon souffle.

— Nous nous en occuperons un peu plus tard. Quand l'inspecteur Ortiz m'a appelée, il m'a demandé toutes les informations vous concernant, mais j'ai refusé, bien sûr, question de confidentialité. Il n'avait pas de mandat et aucune raison valable de vous soupçonner.

Ma gratitude se teinte d'une pointe de culpabilité pour toutes les dissimulations, tous les mensonges petits et gros que j'ai proférés au fil des années, tous les bobards qu'elle a laissés passer. Pour tous ses efforts qui n'ont pas porté de fruits.

— Merci, dis-je d'une voix enrouée. Ils n'avaient aucune raison de me soupçonner. Je ne savais même pas qu'elle… que c'était la même fille. Jusqu'à ce que Sean – jusqu'à ce que l'inspecteur Ortiz me l'apprenne.

Le sang me monte au visage mais, si elle s'en aperçoit, elle n'en montre rien.

— Donc, vous ne ressentez rien pour elle ? Pour Olivia Shaw. Rien du tout ?

— Rien du tout.

C'est si facile de mentir. Est-ce que je n'en ai pas marre ?

Elle attend patiemment. Je baisse les yeux. Puis j'explose :

— Allez-y ! Demandez-moi si j'ai envisagé qu'il puisse s'agir du même homme ! Oui, putain, bien sûr. Mais ce n'était pas à moi de le retrouver. Vous devriez adresser vos plaintes aux flics de Seattle qui avaient mieux à faire.

Je m'attends à ce qu'elle me réprimande à sa manière – un reproche sans jugement. Mais elle se contente de me fixer dans les yeux.

— Je sais. C'était une terrible injustice. Ils auraient dû tout mettre en œuvre pour retrouver cet homme. L'arrêter. Mais pour des raisons que nous connaissons toutes les deux, ils ne l'ont pas fait.

— J'ai essayé d'aider, dis-je entre mes dents.

Mes yeux me picotent. J'ai besoin de mes cachets, désespérément.

— J'ai vraiment essayé. J'ai répété mon témoignage, mais je leur avais déjà tout dit la première fois, et ça n'a rien changé.

Elle patiente le temps que je me ressaisisse. Je ne tends pas la main vers la boîte de Kleenex sur sa table. Je refuse ce cliché. À la place, j'essuie mes larmes du dos de la main.

— Je voudrais me souvenir, dis-je. Je veux essayer de me souvenir. Vous ne pouvez pas m'aider ? M'hypnotiser ou je ne sais quoi ?

Elle penche la tête de côté, l'air compatissant.

— Ce n'est pas une question de refoulement, j'en ai peur. Vous vous souvenez précisément de tout. Mais…

— Mais ça ne suffit pas, finis-je pour elle. Il n'y a rien que vous puissiez faire ?

— Nous avons déjà essayé l'hypnose, répond-elle tristement. Ça ne nous a rien dévoilé de nouveau. Vous présentiez un profil assez typique… Je suis désolée. Je ne veux pas minimiser ce que vous avez enduré.

Je marmonne que ce n'est pas grave.

— Il n'y avait vraiment rien de particulier ?

Elle pousse un soupir.

— Mis à part le dégoût étonnamment violent que vous inspirait votre… votre grossesse, non.

— Étonnamment ? Vous trouvez vraiment ça étonnant ?

— De nombreuses jeunes femmes se sont retrouvées dans votre situation. Beaucoup considèrent l'enfant comme le seul point positif. Certaines disent même que c'est ce qui les a sauvées.

Je grince des dents. Je commence à m'apercevoir que je le fais exprès.

— Vous pensiez que vous ne seriez pas une bonne mère ?

— Pourquoi vous me posez la question ? Je croyais que vous étiez censée m'aider.

— Donc, la réponse est non.

Jamais je ne me résoudrais à lui avouer la vérité : je n'ai tout simplement jamais su, on ne m'a pas laissé l'occasion de le découvrir. On l'a emmenée tout de suite, sans même me laisser la regarder une seconde. Je pense que j'aurais peut-être pu l'aimer, j'aurais peut-être même pu lui pardonner si on m'avait autorisée ne serait-ce qu'à la voir – mais j'étais dans les vapes, sous l'effet de l'anesthésie. Ils sont entrés comme des voleurs et sont repartis avant mon réveil. À ce moment-là, il était trop tard pour protester et trop douloureux de contester, et personne d'un peu sensé n'aurait pu nier que c'était mieux pour elle, cette petite fille sans nom. Surtout pas moi. Tout ce que je pouvais faire, c'était tenter de l'oublier, de me la sortir de la tête de la seule manière que je connaissais.

— C'est vous qui l'avez dit. Question suivante ?

— Pourquoi croyez-vous qu'il en soit ainsi ?

Je n'ai pas de réponse, en tout cas pas de réponse sincère.

— Ce que je crois, moi, c'est que c'est lié à votre expérience avec votre propre mère. Avant et après le kidnapping.

Ma mère. Ma mère qui, les bons jours, m'achetait des jouets dans les magasins à un dollar et qui, les mauvais, mettait les appareils électroniques au clou. Ma mère, que je n'ai vue qu'une fois à l'hôpital après avoir été retrouvée – parce que, ensuite, elle s'est fait coffrer pour une nouvelle histoire de drogue. Quelle surprise.

Me remémorant notre dernière rencontre, je grimace malgré moi.

— Ma mère était une épave, dis-je.

Telle mère, telle fille, me renvoie l'écho sarcastique dans ma tête.

— Que vous rappelez-vous d'elle ? D'avant ?

— Ce que je viens de vous dire.

Le Dr Rowland secoue la tête.

— Ça aussi, ça m'a frappée. Un enfant, n'importe lequel – et vous étiez encore une enfant à l'époque, Lainey, quoi que vous ou quiconque disiez – réclame toujours sa mère. Toujours, quoi qu'il advienne, et si épouvantable que soit cette mère.

Je veux lui dire que l'enfant que j'étais est morte en hurlant à l'agonie sur le sol d'une cave. Mais quelque chose dans ses mots m'oblige à l'écouter sans l'interrompre.

— Mais vous, vous ne l'avez jamais réclamée. Pas une fois. Pas même dans votre sommeil ou quand vous étiez seule. Vous n'avez jamais rien demandé la concernant. Comme si vous n'aviez pas de mère du tout.

Ce qui n'était pas loin de la vérité, et le Dr Rowland le sait.

— Je ne suis pas un monstre, dis-je, soutenant son regard. Sous prétexte que ma mère l'était. Ou parce que je n'ai pas de sentiments maternels pour l'enfant de mon violeur.

— Je n'ai jamais dit que vous étiez un monstre.

— Vous pensez que je ne suis pas normale. Vous venez de le dire.

— Chacun a sa façon de gérer les traumas. L'esprit est malin. Il fait tout ce qu'il peut pour enfermer les choses négatives dans un endroit où elles ne peuvent pas nous faire de mal, afin qu'on puisse continuer à fonctionner.

— Si vous pensez que je compartimente…

La colère m'obstrue la gorge. Je serre les poings.

— Ce n'est pas ce que j'ai dit.

Je la fusille d'un regard haineux, mais elle le soutient stoïquement. Au fond de moi, je m'en veux de toutes les méchancetés que je lui ai dites, de toutes les fois où je me suis énervée alors qu'elle essayait de m'aider. À l'instant même, je me sens minable.

Mais je ne peux pas m'empêcher d'être agressive.

— Je crois que la séance touche à sa fin, dis-je.

— Nous pouvons la prolonger si vous avez besoin de parler davantage.

Je fais mine de ne pas avoir entendu.

— Et le Stilnox ?

— On peut peut-être réduire la dose. Vous devriez essayer de dormir naturellement.

— Je ne veux pas dormir naturellement.

— Et moi, je répugne à prescrire de nouveau des somnifères à quelqu'un qui a votre historique.

— Mais…

— Pourquoi ne pas tenter des compléments alimentaires naturels ? Je vais vous faire une ordonnance pour de la mélatonine…

Je repousse mon fauteuil et me lève.

— On a fini.

— Lainey.

— Je vous revois dans deux mois, dis-je avec un sourire faux.

Je sais qu'elle a le pouvoir de me faire interner, mais je lis sur son visage qu'elle ne le fera pas.

Parce qu'elle croit en moi, qu'elle croit que je suis capable de m'en sortir, de vivre une vie normale et de trouver ma place dans la société.

Ce qui est idiot de sa part.

Je sors comme une tornade, sans dire au revoir.

23

Gardant un œil sur l'aiguille de la jauge d'essence qui penche dangereusement vers la gauche, je prends la bretelle de sortie et tourne dans la direction opposée à celle de l'hôtel.

Tandis que la lumière du jour faiblit et passe du gris pâle à l'anthracite, les rues que je parcours deviennent de plus en plus sales. Des graffitis couvrent les murs, des ordures jonchent les trottoirs. Ce n'est pourtant pas aussi immonde que dans mon souvenir. Au cours de la dernière décennie, la « boboïsation » du quartier, comme disent les présentateurs à la télé, a fait l'objet de beaucoup de publicité. Entre les HLM et les immeubles négligés et délabrés, de brillants projets immobiliers ont poussé tels des champignons de brique et de verre. Achetez maintenant ; c'est le quartier qui monte. Un investissement d'avenir pour de jeunes cadres avisés.

À l'époque, c'était seulement un investissement pour une jeune droguée avisée. Ma mère, Valerie Santos, entrait parfaitement dans la catégorie.

Dès que je commence à reconnaître les lieux, l'angoisse se réveille et vibre au bout de mes doigts comme des parasites. L'épicerie du coin où je volais des barres chocolatées quand j'avais huit ou neuf ans est toujours là, toujours miteuse, avec le même panonceau – du moins il semble – écrit au feutre dans la vitrine et annonçant CIGARETTES VIN BIÈRE LOTERIE. Valerie m'y envoyait acheter du beurre de cacahuètes, du lait et du pain sous plastique, à la consistance cotonneuse, quand elle n'avait pas le courage d'aller faire des courses. Le type derrière le comptoir avait fini par me connaître et me vendait des cigarettes « uniquement pour Val, jeune fille ». Je me souviens que j'étais super fière de moi, et je piquais une ou deux clopes, sachant que Val ne remarquerait pas que le paquet était ouvert. Rien de tout ça ne me paraissait anormal. Les autres gamins que je connaissais vivaient de la même façon.

En faisant le tour du pâté de maisons, redoutant l'instant où la vieille bicoque apparaîtra, je commence à me poser des questions. Mes doigts dansent une chorégraphie nerveuse sur le volant. Je n'ai absolument aucun souvenir du jour où j'ai été enlevée, je l'ai répété à tout le monde des millions de fois. Mais maintenant, après tout ce qui s'est passé, des pensées que désapprouverait le Dr Rowland s'infiltrent dans ma tête. Les mots de la psy sont gravés en moi et, grâce à Internet, je suis bien renseignée sur l'amnésie sélective consécutive à un traumatisme. De quoi exactement mon esprit essaie-t-il de me protéger ? Qu'est-ce qui pourrait être si épouvantable que j'aie choisi de l'effacer – tandis que je me rappelle précisément les trois années suivantes, chaque semaine, chaque jour, chaque minute.

La réponse me titille, aux confins de mon cerveau : j'ai pu aller avec lui de mon plein gré. Il ne fallait pas grand-chose pour tenter la fillette que j'étais à l'époque. Il n'aurait pas eu besoin de me promettre la lune : n'importe quoi m'aurait paru préférable à la vie avec Val. J'aurais pu le suivre pour une tablette de chocolat, un paquet de chewing-gums.

Mon pied appuie de lui-même sur la pédale de frein. Heureusement, la rue est à moitié vide. Ma tête part en avant ; ce n'est pas le coup du lapin, mais j'aurais tout de même dû mettre ma ceinture. Je m'arrête, pose le front sur le volant et me concentre sur ma respiration, attendant que survienne la crise de panique. Je ne peux pas raisonner de cette façon, dirait le Dr Rowland. Tu n'es pas responsable de ce qu'il t'a fait. Ou de quoi que ce soit. Tu étais innocente.

Elle n'a visiblement jamais rencontré un gamin de mon quartier.

Une fois sûre d'échapper à l'hyperventilation, je sors de la voiture et me dirige vers l'épicerie. Hésitante, j'ouvre la porte. Le carillon qui sonne au-dessus de ma tête, discordant comme du verre brisé, réveille ma mémoire.

Ce n'est plus le même type derrière le comptoir. Forcément. Est-ce que je m'attendais vraiment à tout retrouver intact, comme une capsule temporelle ? Il me lance un regard de travers pendant que je parcours l'unique allée. Pour le rassurer, j'achète un paquet de cigarettes, même s'il m'en reste encore.

Il encaisse ma poignée de pièces et me dévisage brièvement.

— Eh, *chica*, me lance-t-il alors que j'avance déjà vers la porte, me préparant à entendre une fois encore le carillon. Est-ce que je vous connais ?

— Non. Je ne suis pas du quartier.

— Si, si, je suis sûr de vous avoir déjà vue.

Mon attention est attirée par le présentoir de presse sous le comptoir. Un titre en grandes lettres noires me saute au visage. LE DRAME DE L'ADOPTION D'OLIVIA SHAW : LA RÉPONSE À L'ÉPOUVANTABLE DISPARITION ?

Une bouffée d'air envahit mes poumons, brûlante. Le carillon émet un tintement sinistre quand je claque la porte et m'enfuis.

Bravo, Lainey. Bravo.

Comme je dois économiser mes pilules, je me contente d'une clope, ce qui est loin de suffire. Elle ne réussit qu'à faire trembler mes mains davantage et à affoler mon rythme cardiaque.

Ayant appris ma leçon, je remonte la capuche de mon sweat-shirt. Avec mon baggy et mon blouson d'homme trop grand, les cheveux et une partie du visage cachés, on ne peut même pas savoir si je suis une fille, ce qui joue en ma faveur dans ce secteur. Sean a gardé mon couteau, et je suis sans défense.

L'idée que je puisse être blessée ou tuée parce qu'il m'a confisqué mon couteau me remplit d'une amertume vindicative. Ce serait bien fait pour lui, me dis-je en scrutant les coins sombres à la recherche d'agresseurs inconnus.

Le trajet jusqu'à mon ancienne maison prend moins de temps que je ne croyais. Elle émerge soudain de la pénombre, me prenant par surprise.

Ce n'est pas un choc à proprement parler, mais pas non plus un joyeux retour au bercail. Je ne sais pas à quoi je m'attendais – à ce qu'elle ait été vendue, peut-être, et soit habitée par une famille heureuse, avec deux enfants et demi et un petit chien jappeur, un toboggan en plastique coloré et un portique à balançoire dans les herbes hautes du minuscule jardin de devant. Pas de chance. Elle est abandonnée. Ce n'est pas la seule maison murée de la rue, mais c'est celle qui présente l'état de décrépitude le plus avancé. Certains bardeaux blancs de la façade et des murs sont tombés, les autres ont pris une couleur gris-jaune. Les fenêtres obstruées par du contreplaqué me rappellent mon pauvre appartement où je ne pourrai jamais retourner.

La clôture en fil de fer qui autrefois m'arrivait à la taille est complètement rouillée et trouée par endroits. Je n'ai même pas besoin de l'enjamber pour entrer dans le jardin. Je me fraie un passage dans les mauvaises herbes, que je repousse et écrase sous mes bottines. Elles me fouettent les mains et le visage, et je les frappe deux fois plus fort en retour.

Les souvenirs remontent alors que je fais le tour de la maison. Je sais qu'il y a une porte à l'arrière, et je me dirige vers elle.

La vitre de l'imposte est craquelée et recouverte de poussière et de toiles d'araignées qui la rendent presque opaque. Deux planches ont été clouées en croix sur la porte, mais l'une a été arrachée et l'autre est si pourrie qu'elle s'effrite sous mes doigts. Quand je tourne la poignée, le battant s'ouvre avec une facilité déconcertante, sans même un grincement de rouille. Je n'ai aucun mal à passer sous la planche pour me glisser dans la maison.

Il ferait un noir total sans le trou béant dans le plafond, mais le soir tombe, si bien que je dois m'éclairer avec mon téléphone. Évidemment, dès que je l'allume, l'écran m'indique que la batterie est faible ; de toute façon, je n'ai pas l'intention de m'éterniser ici.

Je suis dans la cuisine, une pièce étroite, tout en longueur, avec une arche donnant sur la pièce principale. Il n'y a pas de couloir : la porte d'entrée ouvre sur le séjour. Quand j'étais enfant, déjà, l'isolation laissait à désirer et la maison était traversée de courants d'air glacials. Là, de longues bandes de lumière du soir strient le sol sale.

Un fin mur de plâtre sépare le séjour de ma chambre, une pièce aveugle de la taille d'un placard. Les portes ont disparu et les encadrements ressemblent à des bouches ouvertes, sombres et menaçantes. Du verre brisé et des seringues usagées crissent doucement sous mes bottines – j'y suis tellement habituée que ça ne me dégoûte même plus. L'odeur est celle qu'on s'attend à trouver dans une maison abandonnée, celle de restes humains.

Je ne sais pas pourquoi je suis venue. Qu'est-ce que je cherchais ? Pensais-je que la mémoire me reviendrait par magie, une ampoule qui s'allumerait dans ma tête comme dans une bande dessinée ? Ce serait tellement commode.

Or la mémoire me revient en effet, mais pas comme une ampoule – plutôt comme un goutte-à-goutte.

Des souvenirs épars et inutiles pour la plupart. Je me souviens de la couleur de vomi du canapé, de la télé posée en biais dos à la porte. Du rouge profond des murs de Valerie. Les miens étaient d'un rose mièvre – une rare tentative de décoration de sa part, remontant à ma prime enfance. Comme quoi, Valerie n'en avait pas toujours eu rien à foutre de rien. Au début, j'avais même eu un de ces lits à baldaquin pour enfants. Il était devenu trop petit quand j'avais eu sept ou huit ans mais, comme nous n'avions pas d'argent pour le remplacer, j'avais ensuite dormi sur un matelas par terre.

J'éprouve un besoin malsain de revoir la chambre. Même s'il n'y a rien à voir, toute trace de meuble ou d'équipement ayant disparu depuis longtemps. Mais je fais un pas vers le rectangle noir sur la droite, où se trouvait la porte, puis un autre, après quoi mes jambes m'entraînent de leur propre volonté.

En plein accès de claustrophobie, j'ai l'impression que les murs se referment sur moi. Levant mon téléphone, je vois la peinture tachée d'humidité et le moisi qui forme des motifs floraux descendant du plafond, mais on devine encore la couleur d'origine en dessous.

Je pivote sur moi-même et braque le faisceau lumineux sur chacun des angles. La pièce est vide, et quelque chose me paraît curieux – au début, je ne sais pas exactement quoi, puis je comprends. Il n'y a pas d'ordures ici. Pas comme dans le reste de la maison. Il y a de la poussière, des toiles d'araignées et des éclats de peinture par terre, mais pas de verre brisé ni d'enveloppes de préservatifs.

Quand je me retourne pour sortir, la lumière du portable saisit quelque chose dans le noir, le coin d'un objet. Faisant volte-face, je manque lâcher mon téléphone.

Ce sont des cailloux. Une petite pile de cailloux et de morceaux de briques disposés en carré. Au milieu j'aperçois un truc métallique rouillé, de la peinture bleu vif parmi des taches noires de corrosion.

Du bout de ma bottine, je le retourne et titube en arrière jusqu'à ce que mon dos bute contre le mur. Cette fois, le portable s'échappe de ma main et tombe par terre dans un halo de lumière diffuse. Immobile, je suis incapable de détourner le regard de l'objet.

C'est une poupée, une poupée d'enfant sur un lit miniature. Ses yeux de verre brillent légèrement dans la pénombre.

J'ignore combien de temps il me faut pour sortir de ma stupeur. Je me glisse par terre et rampe vers mon téléphone. Quand je le saisis, mes mains tremblent tellement que des ombres terrifiantes dansent sur les murs, des ombres qui paraissent vivantes.

Retenant mon souffle, j'examine le mausolée – c'est bien de ça qu'il s'agit, il n'y a pas d'autre mot. Un lit, une poupée, quatre murs. Il y a même des bouts de chandelles. C'est le genre de poupée qu'on trouve dans les bacs chez Emmaüs mais, en me penchant plus près, je me rends compte que ses membres, de couleur chair à l'origine, ont été peints en marron. Les cheveux ont été recouverts d'une substance noire qui s'écaille. Et ses yeux gris pâle sont étonnamment clairs comparés à la peau sombre.

Une peau trop foncée pour être celle d'Olivia. Mais les yeux – ce ne sont pas mes yeux. Un frisson descend le long de ma colonne vertébrale comme des aiguilles sous ma peau. Je ne peux me résoudre à la toucher.

Il y a une assiette de dînette en plastique maculée de taches noires, et trois mégots de cigarettes à côté. J'en attrape un entre le pouce et l'index, et le soulève, l'éclairant avec mon portable.

Il est frais. Le filtre, taché d'humidité et refroidi depuis longtemps, est pourtant encore d'un orange vif. Le bout, écrasé, porte une légère empreinte de dents. Je l'observe, mais les faits refusent de s'ordonner dans ma tête jusqu'à ce que je repère le fin liseré. Ma marque de cigarettes.

Je lâche le mégot comme s'il avait brusquement pris feu et m'essuie les mains sur mon jean. Ma tête se met à tourner quand je me relève.

Je devrais appeler Sean. Cette pensée émerge dans mon esprit telle une vieille habitude, et je me raccroche lâchement à l'idée que j'ai enfin quelque chose pour lui, quelque chose de tangible. Je fais défiler ma liste de contacts, compose son numéro et presse le portable contre mon oreille. Sans la lumière de l'écran, l'obscurité est presque totale, et je cligne des paupières tandis que la communication met un temps infini à s'établir.

Pour tomber directement sur la messagerie.

Je coupe la communication en jurant, regrettant aussitôt de ne pas avoir laissé de message. Je veux prendre une photo, mais l'appareil m'informe que je n'ai plus assez de batterie pour me servir de cette fonction. Obligée de rappeler Sean, j'effleure l'écran du pouce, mais cette fois l'appel n'aboutit même pas.

C'est alors que je perçois un son, tellement ténu que je ne l'aurais pas remarqué si je n'avais pas retenu mon souffle. Un grattement léger qui s'arrête presque à l'instant où j'en prends conscience. Levant mon portable, je dirige la lumière vers l'encadrement vide de la porte.

Seul le silence me répond.

Une partie de moi veut croire qu'il s'agit seulement de la maison et de son processus normal de délabrement : des planches pourries qui craquent, des poutres vermoulues qui grincent, du plâtre qui s'effrite, du contreplaqué déformé qui tombe en morceaux. Ou alors, ce sont mes nerfs, et comment leur en vouloir ? Mais c'est cette même partie de moi qui, pour autant que je sache, a suivi un parfait inconnu sans lutter. Le nouveau moi, celui qui est sorti de l'enfer il y a dix ans, ne commet plus ce genre d'erreur.

En me rapprochant de la porte, j'entends les lattes du parquet qui craquent à chacun de mes pas, et ce n'est pas un effet de mon imagination. L'autre personne le perçoit aussi. Ma respiration ressemble à un grand vent dans le silence, et mes tentatives pour la contrôler échouent lamentablement.

J'avance dans un espace vide et noir. Le trou dans le plafond ne fournit plus aucune lumière – il fait nuit dehors, et cette rue n'a jamais été éclairée. Sans mon portable, l'obscurité est si impénétrable qu'elle pourrait aussi bien être une entité solide.

Un besoin irrépressible de hurler me gratte au fond de la gorge. De hurler, de briser le silence et d'entendre l'écho de ma voix se réverbérer sur les murs et le plafond – pour me prouver et pour prouver à celui ou celle qui est là que j'existe, que je suis réelle. En même temps, la fillette en moi prie en silence pour se réveiller comme on se réveille d'un cauchemar. Pour se retrouver dans l'appartement, à l'hôtel ou n'importe où.

Je rallume le téléphone, mais l'écran s'obscurcit, l'icône rouge de la batterie clignote comme un cœur qui bat, et soudain je sais ce que je dois faire. Par pitié, que la batterie dure encore un moment ! J'appuie désespérément sur l'écran pour trouver mes contacts et appelle le numéro que j'ai copié depuis le portable de Sean.

L'écran s'éteint, et mon cœur manque s'arrêter, puis il s'éclaire de nouveau. *Appel en cours.*

Un instant plus tard – un instant qui remplit toute l'éternité – une sonnerie métallique stridente se déclenche dans le noir, à quelques mètres seulement.

J'entends le bruit d'une inspiration tandis que les ombres bougent. Mon portable clignote une dernière fois puis l'écran s'éteint.

Je suis dans le noir.

Mon instinct me crie de m'enfuir. Par pur désespoir, ou peut-être parce que je sais que je n'ai pas d'autre solution, je lui obéis. Après toutes ces années, je connais encore la maison presque par cœur et, par réflexe, je traverse la pièce pour rejoindre la cuisine, où se trouvent la porte de derrière et mon salut.

Au moment où je passe dans l'encadrement de la porte, quelque chose me frôle, un tissu doux qui balaie mon visage, mon épaule, mon bras. Un cri s'échappe de mes mâchoires serrées, je trébuche et m'étale par terre. Le bruissement est si proche que je m'attends à ce qu'il me recouvre tel un grand oiseau prédateur. Roulant sur moi-même, je donne des coups de pied dans les ténèbres, aussi fort que je peux.

Mes plantes de pied touchent quelque chose. J'entends une respiration sifflante entre des dents serrées, et le bruit d'un choc sourd quand la présence heurte le mur. J'ai beau plisser les yeux, je ne vois remuer que des ombres. Sans attendre que mon assaillant se reprenne, je me remets debout tant bien que mal et me rue vers la porte.

Elle s'ouvre sans résistance. Alors que je passe par-dessous la planche restante, je m'attends presque à ce qu'on m'attrape les jambes par-derrière pour me faire rentrer de force dans l'obscurité humide de la maison.

Mais il n'y a personne. Quand je regarde par-dessus mon épaule, je ne vois que la porte entrebâillée sur le vide. Mon instinct animal, aiguisé pendant tant de jours, de semaines et de mois, prend le dessus. Tel le lapin terrorisé que je suis, je pars en courant.

24

Je cours jusqu'à avoir les jambes et les poumons en feu, et qu'importe si je vais dans la mauvaise direction et m'éloigne de ma voiture. Une nouvelle émotion monte du fond de mon ventre, menaçant de m'étouffer, et même quand je m'arrête et me plie en deux, les mains posées en haut des cuisses, je ne parviens pas à reprendre mon souffle. Mes oreilles bourdonnent à une haute fréquence, le monde commence à tourner et mes pensées refusent de se remettre en ordre.

J'examine mon téléphone éteint comme s'il détenait toutes les réponses, mais je n'ai même plus assez de batterie pour appeler le numéro d'urgence. Dès que j'arrive à respirer à peu près normalement, je fais demi-tour.

La vue de ma voiture, garée le long du trottoir là où je l'ai laissée, suffit à me faire pleurer de soulagement. Une fois à l'intérieur, j'entrouvre la fenêtre, pianote des doigts sur le volant puis déchire l'emballage du paquet de cigarettes, que je me félicite d'avoir acheté. J'en allume une et je prends une bouffée, mais elle ne réussit qu'à me faire trembler davantage, si bien que je la jette sur le trottoir humide et remonte la vitre. Pour la première fois, je me rends compte que je n'ai nulle part où aller et personne à qui demander de l'aide. J'envisage d'aller chez les Shaw mais, après ma dernière visite, ils me claqueront la porte au nez et ils auront raison. Je préférerais coucher sur un banc plutôt que de retourner chez Natalia, après cette pseudo-interview qu'elle a donnée. Et je comprends aussi que je ne peux pas retourner à l'hôtel. En tout cas, pas y rester. L'endroit n'est plus sûr.

Il ne l'a jamais été. Sean m'a trahie – maintenant, j'en ai la certitude.

Je croyais vraiment que je serais plus en colère. Ou peut-être effondrée. Que j'aurais envie de hurler, de casser des choses ou de me gaver de médicaments jusqu'à tout oublier. Mais à un moment, au cours des quinze dernières minutes, j'ai fini par admettre l'évidence : je suis seule. Aucun être humain n'est digne de confiance. Mais n'est-ce pas la confirmation de ce que je sais depuis longtemps ? La conclusion s'impose alors naturellement : si quelque chose peut encore être fait pour Olivia, je vais devoir le faire moi-même.

Ma première initiative est de m'arrêter à une station-service pour remplir le réservoir, priant en silence pour que ma carte de crédit ne soit pas rejetée. Quand le mot « Accepté » s'affiche sur l'écran, je pousse un soupir.

Le local de la station est illuminé et désert. Mon regard passe sur les présentoirs de chips et de bonbons, le frigo plein de boissons énergisantes.

— Tout va bien, madame ?

Levant les yeux, je remarque seulement alors la présence d'un être humain derrière le comptoir. Son cou maigre dépasse du polo bleu vif de son uniforme, et son front est tacheté de petits boutons rouges. Il est sûrement encore lycéen.

— Ouais, tout va bien.

Et voilà – dans deux minutes, il va me draguer ou pire. Nerveusement, je cherche des yeux les issues de secours. Des caméras, installées dans les coins, surveillent chaque centimètre carré.

— Vous êtes sûre d'être en état de conduire ?

Merde, mais qu'est-ce qu'il me veut ?

— Ça va, dis-je d'un ton brusque.

Puis j'aperçois mon reflet dans le miroir sans tain près du comptoir. J'ai les cheveux en bataille, des mèches échappées de ma queue-de-cheval qui pointent comme des antennes, et une traînée de terre sur le front. Des toiles d'araignées et des brindilles se sont accrochées à mon tee-shirt et à mon blouson, déchiré à l'épaule. Je n'ai pourtant aucun souvenir de l'avoir abîmé dans la maison.

— Vous voulez que j'appelle… quelqu'un ?

Enfin, je pige qu'il ne me veut pas de mal. J'expire un bon coup.

— En fait, si je pouvais acheter un chargeur… Pour ce modèle, dis-je en brandissant mon portable.

Il paraît dubitatif, mais se tourne pour examiner les articles variés exposés à côté de la caisse : préservatifs à l'unité, aspirine, piles, casques audio.

— Tenez, dit-il en posant un chargeur universel sur le comptoir.

Il attend pendant que je regarde l'objet avec circonspection.

— Cadeau de la maison, ajoute-t-il avec un rire tremblant. Je veux dire, de ma part.

Je ne me rappelle pas l'avoir remercié, mais j'espère que je l'ai fait.

Arrêt suivant : un fast-food, tout au bout d'un centre commercial. Les vitrines des autres enseignes sont soit obscures, soit recouvertes d'un rideau métallique et cadenassées, soit simplement murées. Le fast-food est l'unique lumière dans la nuit. À travers les vitres, je vois quelques tables occupées, bien qu'il n'y ait que deux voitures garées sur le parking en plus de la mienne. J'entre et achète un Diet Coke, parce que c'est ce qu'il y a de moins cher au menu et que je ne veux pas me faire emmerder par le personnel. Puis je trouve une table près d'une prise de courant et branche le chargeur. Dès que mon portable se rallume, j'ignore les appels manqués, les textos, les messages vocaux et ouvre le navigateur. Je ne peux pas penser à Sean pour l'instant. Je ne peux pas l'écouter me mentir encore, faire semblant de tenir à moi, prétendre qu'il s'agit d'autre chose.

Malgré la faiblesse du Wi-Fi, en quelques minutes je suis sur une page qui trace n'importe quel numéro de téléphone, de portable ou de ligne fixe, et donne une adresse dans les vingt-quatre heures – pour la modique somme de 19,99 dollars. Je ne peux pas m'empêcher de me demander si, contre toute logique, mon téléphone à carte prépayée est répertorié dans une base de données quelconque, et si mes coordonnées sont à la disposition de quiconque a la volonté de les trouver et une carte de crédit valide. Je pianote encore un moment sur l'écran, et c'est fait. Il ne me reste plus qu'à patienter.

Pour décrire le manque, les gens disent qu'ils ressentent des démangeaisons dans les veines, et je ne crois pas l'avoir réellement éprouvé avant cet instant. Ma tête bourdonne. Les symptômes habituels de l'anxiété semblent décuplés. D'abord, mes mains deviennent moites. Puis je me mets à frissonner alors même que je transpire. Je retire mon blouson ; mon tee-shirt a des auréoles de sueur sous les bras. Le vertige s'installe dans l'espace juste derrière mon front. En général, la nausée vient après, bien que je ne me souvienne même plus de la dernière fois où j'ai mangé. Dans les poches de mon blouson, il me reste encore quelques pilules cachées dans la doublure, mais je ne prendrai rien. Je veux être parfaitement réveillée pour ce qui m'attend. Il le faut.

Au bout de deux heures, la recherche du numéro n'a toujours pas donné de résultat – s'il y a un résultat, me dis-je, en relevant ma boîte mail pour la énième fois. Le fast-food se vide. Les filles derrière le comptoir commencent à me lancer des regards éloquents.

Je finis par me coucher dans ma voiture, garée au bout du parking. Il est impossible de trouver une position confortable sur un siège inclinable qui ne s'est pas incliné depuis environ dix ans. Je sens mes genoux, mes coudes et mes os iliaques, que des angles et pas de chair, et j'ai beau me tourner dans tous les sens, une jambe ou un pied s'ankylose toujours avant que je réussisse à m'endormir. Grinçant des dents, j'avale mon dernier tranquillisant, tentant de ne pas songer au reste de mon stock dans la chambre d'hôtel, de ne pas imaginer la femme de ménage tombant dessus et l'empochant. Ou, pire, Sean le découvrant quand il viendra inévitablement, entrera avec sa clé et fouillera la pièce de fond en comble pour deviner où je suis passée.

Mais demain, ça n'aura plus d'importance, me dis-je. Peut-être devrais-je rester éveillée, regarder le lever du soleil, qui pourrait fort bien être mon dernier, mais j'ai à peine le temps d'aller au bout de cette pensée que l'épuisement et l'effet du médicament s'abattent sur moi.

Demain, je le trouverai. Je trouverai Olivia et je nous libérerai toutes les deux, même si je dois y laisser ma peau, enfin.

25

Le matin est gris et étourdissant. Ma tête m'élance et j'ai l'impression d'avoir un cendrier dans la bouche. J'allume mon téléphone juste le temps de relever mes e-mails. L'adresse associée au numéro de portable est arrivée, et je grommelle intérieurement en voyant où c'est : une petite ville à environ cent cinquante kilomètres de Seattle. Tellement proche. Assez pour en ramener une maigre fillette de treize ans dans le coffre d'une voiture, la laisser sur le bord de la route et être de retour pour le dîner. Puis reprendre sa vie comme si rien ne s'était passé.

Eh bien, cette fois, ça ne marchera pas.

Le pépiement de l'appareil, une fois, deux fois, trois fois, signalant les appels et messages en absence, me tire de mes pensées. Le nom et le numéro de Sean, encore et encore. Je n'ai qu'à toucher l'écran pour entendre sa voix.

Il me criera dessus, probablement, ou, pire, me fera son numéro de fausse bienveillance. J'imagine l'empathie dans la profondeur de ses yeux marron, comme pour dire : *Regarde-moi, je te comprends vraiment, je sais ce que tu traverses, maintenant tu vas faire exactement ce que je dis.* Je ne peux pas et je ne veux pas. Je cesse de gober aveuglément ce que tout le monde me raconte. Ça ne m'a jamais menée nulle part, et ça n'aidera pas Olivia.

Avant d'entreprendre le trajet de deux heures, je retourne dans le fast-food et m'oblige à manger un morceau, incapable de chasser le sentiment d'étrangeté de la situation. Mon dernier repas pourrait fort bien être ce sandwich écrasé et gras et ces galettes de pommes de terre. Point final.

J'achète un maxi-café, trop chaud pour être bu tout de suite, et je le pose dans le porte-gobelet, regrettant de ne pas avoir quelque chose de plus efficace pour rester concentrée. Mes mains glissent sur le volant alors que je sors du parking.

Je devrais peut-être appeler quelqu'un, pour qu'on sache où je vais, mais qui ? Sugar, peut-être ? Ouais, je suis sûre qu'il verserait quelques larmes sur la perte de sa meilleure cliente. Cette pensée me fait ricaner pendant que je prends une gorgée de café, tirant un certain plaisir de la brûlure sur mon palais. Je ne cesse d'y passer la langue, jusqu'à ce que la peau pèle et que j'aie la sensation d'avoir la bouche remplie d'aiguilles.

Pourtant, tandis que je quitte les limites de la ville, une sorte de calme m'envahit. Ma respiration se fait plus régulière, mes muscles se détendent et mes dernières hésitations laissent place à une implacable résolution. Tout à fait ce que j'avais ressenti lors de ma deuxième tentative de suicide, la fois où j'étais si sûre de réussir, sans personne pour m'arrêter, et avec la méthode la plus fiable à ma disposition. La première fois, j'avais fait une OD, mais ma coloc, rencontrée par Internet, était rentrée plus tôt de son job dans une épicerie et avait appelé une ambulance. Quand j'étais revenue, deux semaines plus tard, d'un séjour forcé en psychiatrie, les serrures avaient été changées. La deuxième fois, j'étais seule, mais j'avais accroché ma ceinture à un lustre qui n'avait pas supporté mon poids et je m'étais retrouvée par terre, suffocante, les mains sur ma gorge douloureuse, au milieu d'éclats de plâtre et de peinture, avec un genou en sang et une cheville foulée, humiliée et impuissante. Pour ne rien arranger, ça m'avait coûté mon dépôt de garantie sur cet appartement pourri. Mais au moins personne ne l'avait su, puisque je ne l'avais raconté à personne.

Bon, d'accord. J'en ai parlé à Sean. Et puis, merde. De toute façon, ça n'aura bientôt plus d'importance.

Bien que le réservoir soit encore à moitié plein, je m'arrête dans une station-service juste avant d'arriver à Huntington, État de Washington, ma destination. Uniquement pour pouvoir acheter une cannette de boisson énergisante et lancer un regard à la caméra de surveillance au-dessus du comptoir. Voilà. Une dernière preuve que je suis passée ici, au cas – très probable – où les choses tourneraient mal.

La ville de Huntington – oui, comme la maladie du même nom – est un de ces trous perdus sur la carte, sans charme, sans attraction touristique, même du genre loufoque – ce n'est pas ici qu'on trouvera le plus grand cône de glace en plastique d'Amérique du Nord, par exemple. Le lieu est plat comme un pancake, entouré d'usines, de concessions automobiles et de forêts clairsemées, jaunies et mal en point, étouffées sous la renouée du Japon.

C'est seulement en quadrillant les rues étroites du centre-ville que je me demande ce que je vais faire. Je n'ai pas d'arme, rien pour me défendre – ou pour attaquer. Mais si je ne l'affronte pas, alors à quoi bon être là ?

Avant toute chose, je dois localiser l'adresse. Le seul GPS dont je dispose est celui de mon portable, que je ne veux pas allumer tout de suite. Pas tant que je n'y suis pas obligée. Mais alors que je descends une rue parallèle à la grand-rue miteuse, mal nommée « boulevard », un détail attire mon attention. D'abord c'est à la périphérie de ma vision, comme un faible signal, mais au deuxième coup d'œil l'information passe dans mes nerfs, secoue mes muscles, et j'appuie sur le frein. Le conducteur de la voiture qui me suit klaxonne furieusement et, dans mon rétroviseur, je le vois me faire un doigt d'honneur. Sans prendre la peine de lui rendre la pareille, je donne un brusque coup de volant et m'arrête le long du trottoir.

C'est le nom sur une enseigne, écrit en lettres capitales bordeaux et jaune : Lyons garage automobile et pièces détachées. Le logo est une tête de lion rugissant stylisée, dans les mêmes couleurs. Une image vite faite sur Photoshop, mais d'une qualité suffisante pour un tel bled.

Je vérifie l'adresse que j'ai griffonnée sur le ticket de caisse du fast-food : P. Lyons, 334, Woodland Drive, Huntington, WA.

Je sors, claque la portière et évalue d'un regard ma pauvre vieille Neon. Le pare-chocs garde toujours la trace de sa rencontre avec le SUV noir, seule preuve qu'elle s'est réellement produite. Au pire, je prétendrai devoir faire réparer la carrosserie.

Quand j'entre dans le garage Lyons, un carillon sonne au-dessus de la porte, et l'employé lève les yeux. Jeune, les yeux bleus, il a cette beauté typique du petit Blanc américain, de gros biceps et un tatouage tribal que l'on devine sous la manche de son tee-shirt bleu marine – pour se donner cet air de mauvais garçon qui fait craquer les filles des petites villes. Un appliqué de la tête de lion est cousu juste au-dessus de sa poitrine musclée.

— Je peux vous aider ?

— Je… je voudrais parler au propriétaire, s'il vous plaît.

J'ignore ce que j'ai dit de mal, mais son expression se transforme si vite que j'ai l'impression que l'atelier lui-même s'assombrit. Ses dents nacrées disparaissent, un nuage qui éclipse le soleil.

— Il n'est pas là.

— Je peux attendre.

— Je ne crois pas que ce soit une bonne idée.

Le regard appuyé de ses yeux enfoncés me glace, et j'essaie de ne pas songer à ce qu'il signifie.

— Il faut vraiment que je lui parle.

— Ça ne va pas être possible, ma petite. Je vous conseille plutôt de retourner là d'où vous venez. Personne ne vous parlera, ici.

— Qu'est-ce…

— Vous êtes journaliste, hein ? Pour le *Herald* ? Un tabloïd quelconque ? Pete m'a prévenu que vous risquiez de vous pointer, et je sais exactement quoi répondre aux gens comme vous. Vous pouvez laisser tomber. Barrez-vous si vous êtes maligne.

— Je ne suis pas journaliste !

Mais il contourne déjà son comptoir. Redoutant la tournure des événements, je fais volte-face et sors, sous le pathétique petit carillon.

L'endroit que je cherche n'est pas très loin. Suivant la rue principale sur quelques centaines de mètres, je repère la plaque, Woodland Drive. Le numéro 334 se trouve presque tout au bout : un petit pavillon qui se fond si bien entre les autres maisons que je manque passer sans le remarquer. Il y a une boîte aux lettres devant, avec le numéro peint dessus.

Mon esprit tourne en rond comme un fou. Toute la rue a un charme légèrement suranné, avec des barrières en bois, des drapeaux américains et des plates-bandes soignées où des pousses vertes sortent de terre. Les porches sont protégés par des moustiquaires, et des barbecues rouillent sous des bâches. Dans certains jardins, il y a une balançoire ou un toboggan en plastique de couleur vive. Quand j'étais petite, je rêvais de vivre dans ce genre d'endroit, naïve et idéaliste que j'étais. Je me disais que, si c'était joli de l'extérieur, ce devait être d'une perfection de conte de fées à l'intérieur.

En approchant, j'observe chaque détail, les arbres, les planches de la palissade, l'inclinaison du toit, fouillant frénétiquement les coins les plus reculés de ma mémoire. À tout instant, je m'attends à percevoir un signe de reconnaissance, à voir un souvenir renaître au fond de mon subconscient, mais ma confusion ne fait que croître.

La maison, à la peinture vert forêt et au toit de tuile, est bien entretenue. Je dois revérifier sur le ticket froissé. 334. Pas d'erreur.

Je comprends, avant de pouvoir pleinement l'admettre. Je ne sais pas où je suis, mais ce n'est pas ce que je croyais. Impossible.

C'est alors qu'ils sortent en courant dans le jardin, criant et s'interpellant joyeusement en se disputant un ballon coloré, avant que l'un d'eux l'attrape et vise le panier de basket fixé au-dessus de la porte du garage. Il rate son tir d'un mètre, et l'autre le hue.

Mon cœur cogne et j'enfonce mes ongles dans le volant. Deux garçons, aux cheveux blond cendré coupés court. Ils ne doivent pas être beaucoup plus vieux qu'Olivia. Ils sont bien habillés, de blousons neufs adaptés à la température encore fraîche et de baskets propres qui ne le demeureront sans doute pas très longtemps.

Je ferme les yeux en serrant fort les paupières mais, quand je les rouvre, les garçons n'ont pas disparu. Ma confusion tourne à la frustration, comme si je devais saisir quelque chose qui ne cesse de m'échapper. L'autre tire à son tour. Le ballon danse sur le bord du cercle, avant de rentrer dedans, sous les cris joyeux des deux gamins.

J'en suis encore à me demander ce que je vois quand la porte de la maison s'ouvre. Une silhouette apparaît dans l'encadrement. J'aurais cru que mon instinct serait d'appuyer sur l'accélérateur, et pourtant je reste là, paralysée par le doute. L'homme descend le sentier pavé jusqu'au portail et l'ouvre dans un grincement de gonds à deux tons. Il me dévisage sous son arcade sourcilière proéminente, apparemment partagé entre hésitation et méfiance. Il porte un blouson bleu marine orné de la tête de lion sur le côté gauche, et je vois qu'il est en forme physique malgré un petit ventre que la veste ne parvient pas à dissimuler. Il a les cheveux poivre et sel – disons très salés –, mais fournis et épais. Il paraît ne pas s'être rasé depuis plusieurs jours, et sa barbe est beaucoup plus noire que sa chevelure.

Mon souffle s'exhale en un long soupir, qui me laisse étourdie. Il toque à la vitre de ma voiture.

— Eh, dit-il, la voix étouffée par le verre, mais pourtant puissante. Eh !

Il tape encore, de manière plus insistante. Finalement, je recouvre mes esprits et baisse la vitre de un centimètre.

— Je pensais bien que vous finiriez par venir, dit-il.

Il n'y a aucune méchanceté dans ses mots ou son ton mais, redoutant encore de le regarder en face, je garde les yeux braqués sur le tableau de bord.

— Lainey. C'est bien Lainey, maintenant, pas vrai ?

Je hoche la tête, crispée.

— Vous ne voulez pas entrer ? Nous avons beaucoup de choses à nous dire.

26

Je marche comme dans un brouillard, incapable de me débarrasser de l'impression que je suis coincée dans un univers parallèle, où tout paraît réel, mais tombera en poussière sous mes doigts dès que j'y toucherai. On n'imagine pas maison plus différente de celle des Shaw : des petites pièces au plafond bas, des lambris de bois qui recouvrent presque tout, du vieux mobilier des années 1970 dans les tons orange, jaune et marron – mais le tout bien rangé et d'une propreté méticuleuse. Il n'y a pas la moindre trace de saleté, ce qui est une prouesse avec deux jeunes adolescents. Ils m'ont lancé des regards bizarres quand je suis entrée, mais l'homme leur a demandé de continuer à tirer des paniers un moment, ajoutant qu'il les appellerait pour le déjeuner. Je m'étonne qu'ils ne soient pas en classe, mais je n'ose pas poser la question.

Peter Lyons prépare du café, ce café instantané qui a un goût de poussière et une odeur de cendre de cigarette. Je n'ai pas le souvenir qu'il m'ait demandé si j'en voulais.

— Nous pouvons parler en adultes, est-il en train de dire.

J'observe ses lèvres qui remuent, me demandant si je ne viens pas de commettre une erreur monumentale.

— Je ne l'ai appris que la semaine dernière et j'ai encore du mal à assimiler.

— Appris quoi ?

Il fronce les sourcils. Comme Sean, il a deux rides léonines entre les sourcils, quoique encore plus prononcées.

— Ce n'est pas pour ça que vous êtes là ? Je me disais que vous finiriez par nous retrouver. Soit par la presse, soit par vos propres moyens.

Il frémit de manière à peine perceptible.

— On ne les a pas encore vus par ici, mais j'imagine que c'est une question de jours.

— Oui. Ils m'ont traquée et…

— J'ai vu ça. Sur ce tabloïd. Non pas que je lise ce genre de torchon. Je…

Je comprends. Au moins, il ne me sortira pas les déclarations habituelles, *tellement désolé pour ce qui vous est arrivé*, etc. Il n'a pas l'air d'être du genre à parler pour ne rien dire.

— Écoutez, je tiens seulement à ce que vous sachiez que je n'étais au courant de rien. Elle ne m'en a jamais parlé. Sinon, je ne crois pas que je l'aurais laissée faire ce qu'elle a fait. Je ne crois pas que j'aurais pu. Je…

Il se frotte les yeux. Il a des ongles soigneusement coupés, mais des traces noires révélatrices le long des bords. Des taches d'huile de moteur se sont incrustées dans ses paumes et les articulations de ses doigts, comme des tatouages que même une brosse aux poils d'acier ne réussirait pas à effacer.

— Mon Dieu, rien que d'y penser... Et je me fiche de ce que les gens diront de moi si la presse en parle. Mais je ne veux pas qu'ils s'en prennent aux garçons, vous comprenez ? Ils n'y sont pour rien.

Il me considère comme s'il attendait une réaction, une assurance. Je ne peux lui offrir qu'un regard vide en réponse. Mes pensées tournent au ralenti.

— Je sais que ça doit être accablant. Mais ce sont vos demi-frères, techniquement.

Il secoue la tête.

— Pas techniquement. Ce sont vos demi-frères.

— Quel âge ont-ils ?

— Gary a dix ans et demi, et Pete Junior vient d'avoir douze ans. Je les ai laissés manquer l'école aujourd'hui. Ça ne se voit peut-être pas, mais ils sont pas mal chamboulés, à cause de leur mère et tout.

Il hausse les épaules d'un air bizarrement contrit.

— Mais qu'est-ce que vous racontez ? finis-je par m'exclamer.

En voyant le choc se peindre sur ses traits, je saisis enfin.

— Vous ne savez vraiment pas... oh, mon Dieu !

Il se couvre le visage de ses mains, avant de se reprendre.

— Je ne pensais pas être celui qui vous le dirait. Valerie. Elle s'appelle Sarah, maintenant... Enfin, votre mère. Elle s'est remariée... Merde, c'est vrai, elle a menti là-dessus aussi. Je l'ai découvert. J'ai fait des recherches, après que tout est sorti.

— Elle n'a jamais été mariée, dis-je. Pour autant que je le sache.

— Non, c'est vrai, dit-il, hochant la tête comme s'il avait encore du mal à y croire.

Et c'est là que tout s'éclaire.

— Est-ce que… est-ce qu'elle est là ?

Il fait un signe de dénégation.

— On s'est disputés. Après la visite de la police, elle a dû tout me révéler. Même si elle n'était pas partie de sa propre initiative, je crois que je l'aurais fichue dehors.

Je ne peux pas lui en vouloir.

— Elle ne répond pas au téléphone. Pas depuis plusieurs jours. Je lui ai laissé je ne sais pas combien de messages.

— Ouais. C'est grâce à ce numéro que j'ai trouvé votre adresse. C'est le sien, n'est-ce pas ?

Il hoche la tête, l'expression d'incrédulité figée sur ses traits.

— Ne me demandez pas pourquoi, mais je continue de payer la facture.

Nous nous taisons pendant un moment – pendant exactement quarante-cinq secondes, d'après le tic-tac sonore de l'horloge au-dessus de la table de la cuisine. Elle est ornée d'un motif de feuilles, et des pampilles pendent de la suspension au plafond. Je me demande qui a décoré la maison. Sûrement pas Valerie. Je ne la vois pas faire ça. Peter Lyons a peut-être hérité le pavillon de ses parents et tout laissé en l'état ?

— Quand vous avez été retrouvée, elle est allée à Seattle, dit-il. C'était peu de temps après la naissance de Gary. Je ne me souviens pas quelle histoire elle m'a racontée. Elle n'est partie qu'une journée. Puis elle est revenue et a repris sa vie normale, comme si rien ne s'était passé. Sauf que…

Il secoue la tête.

— Vous ne buvez pas votre café ?

Je lance un regard nauséeux à la tasse devant moi. Il poursuit :

— Comme je l'ai appris il y a deux semaines, au cours de cette journée, elle a signé les papiers pour vous placer sous la responsabilité de l'État.

Ça, je m'en étais rendu compte.

— Si seulement j'avais su. Mais… Est-elle seulement allée vous voir à l'hôpital ?

— Une fois. J'imagine qu'elle voulait tourner la page.

Il me toise d'un air hésitant, limite soupçonneux. J'essuie mes paumes sur mon pantalon puis je croise les mains sur la table, comme une bonne fille. Tous les non-dits tourbillonnent lentement dans l'air qui nous sépare, lourd comme du plomb. Ni lui ni moi ne parlons pendant deux minutes. Deux minutes et vingt-six secondes, d'après l'horloge.

— Je peux les rencontrer ?

J'ai prononcé ma question d'une voix rauque.

Il cille, comme s'il ne savait pas de quoi je parlais, et avant même qu'il formule sa réponse – pesant soigneusement chaque mot, qu'il profère de ce ton doux qu'utilise un infirmier psychiatrique juste avant d'enfoncer l'aiguille – j'en connais la teneur.

— Je ne pense pas que ce soit une très bonne idée.

Je hoche la tête comme si je comprenais.

— Je ne veux pas tout leur expliquer. Pas encore. Ce sont des enfants, et tout ça est assez dur, assez traumatisant.

Il bute sur les mots, évitant mon regard, et je sais que le problème ne vient pas des gamins. Les enfants, contrairement à ce que pensent la plupart des gens, savent et comprennent bien plus qu'on ne l'imagine, ils sont capables d'encaisser beaucoup et de rebondir. Du moins pendant un certain temps, comme quand on ingère un poison à action lente. Mais il ne s'agit pas des deux garçons, dont les noms m'échappent déjà, rejoignant la foule de tous ces gens qui, à un moment ou à un autre, ont failli faire partie de ma vie, avant de s'éloigner ou avant que je les rejette. Il s'agit de lui. Et de moi. C'est moi qu'il ne veut pas que ses fils voient.

Mécaniquement je me lève, très consciente de mon corps qui, tout menu qu'il soit, paraît maladroit dans l'espace encombré.

— Savez-vous où elle est ? En ce moment ?

Je vois à son expression qu'il l'ignore. Ce qu'il confirme en secouant la tête.

Vous a-t-elle dit pourquoi ? Je le dévisage, pleine d'espoir, mais il arbore une mine perplexe et je me rends compte que je n'ai pas formulé ma question à voix haute. Ce que je fais.

— C'est moi qui lui ai dit que je ne voulais plus la revoir, répond-il, hésitant.

Il n'a pas compris le sens de ma question : Pourquoi m'a-t-elle abandonnée, pourquoi m'a-t-elle rayée de sa vie ?

Et je n'obtiendrai pas de réponses de lui.

Quand je retourne à ma voiture, descendant le sentier pavé qui traverse le jardin, les garçons ne sont nulle part en vue. Je jette un bref regard par-dessus mon épaule, juste le temps de voir un rideau bouger et une petite tête blond cendré plonger sous le rebord de la fenêtre. J'essaie de me débarrasser de l'idée que c'est la première et dernière fois que je les verrai tous les deux – *mes demi-frères,* cette pensée bourdonne à l'arrière de mon crâne, enveloppée de brouillard et de stupéfaction – et je ne peux m'empêcher de me demander ce qu'il leur dira à mon propos. Si seulement il leur parle de moi.

Avec un peu de chance, ils échapperont au plus gros de la tempête médiatique. Elle ne s'appelle plus Valerie, mais Sarah, Sarah Lyons, femme au foyer d'un garagiste qui – allez savoir ? – l'accompagnait peut-être à l'église le dimanche avec les garçons, papotait avec ses voisins en buvant un verre de vin ou *seulement une citronnade pour moi, s'il vous plaît, c'est mauvais pour mon ulcère à l'estomac.* Il n'y a rien pour attirer les vautours devant chez eux. Ils n'ont rien à voir avec cette histoire, ou si peu.

Je ne peux pas encore envisager la perspective que Valerie soit mêlée à la disparition d'Olivia. Elle est là, dans mon esprit, mais je ne peux me résoudre à l'examiner de trop près, par peur de ce que je ferais alors – donner un brusque coup de volant, peut-être, et précipiter la voiture dans un fossé. Ou oublier ma sobriété toute neuve et avaler mon stock entier de pilules avec trois mignonnettes de vodka du minibar de l'hôtel.

Quand je me gare sur le parking, des heures plus tard, le soleil se couche ; des rayons d'un orange poussiéreux traversent la voiture et se réfléchissent sur les rétroviseurs. Je suis tombée dans une espèce de torpeur, pas seulement mentale mais aussi physique : j'ai des fourmis dans les jambes après être restée assise si longtemps et j'ai mal aux bras à force d'avoir serré le volant. Je m'attendais à moitié à trouver des véhicules de police ou des inspecteurs de scène de crime grouillant partout, mais l'hôtel est tranquille, serein ; la laideur environnante s'évanouit presque sous l'immensité du ciel caramel au crépuscule.

C'est comme si je n'étais pas partie. Personne ne me prête attention quand je gagne ma chambre au bout du couloir. Elle a été nettoyée pendant mon absence. L'odeur d'eau de Javel flotte dans l'air sous celle, plus puissante, du désodorisant. Mon lit est fait avec des draps propres. Lorsque j'enfonce le visage dans l'oreiller, je n'y retrouve pas trace de l'odeur musquée que Sean et moi y avons laissée. C'est sans doute mieux ainsi. La poubelle sous la table de nuit est vide. Je me demande si la femme de chambre a remarqué le préservatif dedans. Elle a probablement vu bien pire et n'a pas dû s'attarder dessus.

Saisie d'une autre pensée, je me redresse, inquiète. Je ne prendrai rien, je me le promets, mais, alors que je traverse la chambre et que j'ouvre la porte de la minuscule salle de bains, mon cœur s'accélère d'impatience, ou peut-être de peur. Cependant, tout est là où je l'ai laissé, dans le flacon de vitamines.

Je reste immobile un instant, hésitante, puis je repose le flacon et me fais couler un bain. L'émail est décoloré mais propre ; j'ajoute le « lait de douche et de bain » parfum fraise offert par l'hôtel, et de la mousse commence à se former au fond de la petite baignoire.

Tandis que je me déshabille, mon portable tombe de la poche arrière de mon jean et claque sur le carrelage. Avec un coup au cœur, je me précipite pour le ramasser. Heureusement, il a survécu ; les craquelures de l'écran sont peut-être un peu plus profondes et plus étendues, et un petit bout de verre en forme de flèche s'est détaché du bord. Mais quand j'appuie sur le bouton « Power », le téléphone se rallume docilement.

En cet instant, je réussis à oublier pourquoi je l'avais éteint, et l'avalanche d'appels manqués me prend par surprise. La plupart viennent de Sean, dont j'ai toujours du mal à regarder le numéro, deux du portable de Jacqueline Shaw et d'autres de correspondants inconnus.

Tout en bas de la liste, je note une rafale d'appels passés par le même numéro, dans un intervalle d'une demi-heure ce matin. Son numéro à elle. Le souffle court, je la rappelle avant d'avoir pu changer d'avis.

Mais quand je porte l'appareil à mon oreille, à la place d'une sonnerie j'entends un bip monotone, suivi d'une voix électronique m'indiquant que le numéro n'est plus en service. La baignoire est presque pleine à ras bord et je ferme le robinet. Je dois réécouter trois ou quatre fois le message pour être sûre, avant de raccrocher.

L'écran s'assombrit, mais moins d'une seconde plus tard il se rallume ; le téléphone vibre et bourdonne dans ma paume. Inspirant profondément, j'appuie sur « Répondre », mais ce n'est pas le numéro que je viens d'appeler. Oubliant d'expirer, je contemple l'écran, n'osant ni raccrocher ni parler.

— Je sais que tu es là.

Sa voix est si sonore qu'il pourrait aussi bien être sur haut-parleur.

— Parle-moi. Où étais-tu passée ? À moins que tu ne préfères que j'envoie une voiture de patrouille, si ça te rassure davantage.

— Ne me menace pas.

Ce ne sont pas les premiers mots que j'imaginais lui dire, mais ce ne sont pas les pires non plus.

— Tu ne peux pas m'arrêter. Je n'ai rien fait de mal.

Il jure à mi-voix.

— Je m'inquiétais pour toi. À la réception de l'hôtel, on m'a dit qu'on ne t'avait pas revue depuis hier après-midi. Qu'est-ce que tu fabriques ? Où as-tu dormi ? Mais je me demande si j'ai vraiment envie de savoir.

— Parce que tu les paies en plus pour me surveiller ?

— J'étais prêt à envoyer une patrouille de recherche.

Tu aurais dû y penser avant de décider de me mentir. Du moins, c'est ce que j'ai envie de dire. Mais à la place, je lâche :

— Je suis allée les voir. La nouvelle famille de ma mère.

— Je sais.

Je perçois une certaine sécheresse dans sa voix, sous le ton onctueux et rassurant qu'il prend quand il veut me manipuler.

— Crois-moi, je sais.

— Tu me fais suivre ?

— Non. Peter Lyons m'a appelé après ton départ. Il faut qu'on en parle. Je vais passer.

— Non, pas question. Je m'en vais d'ici.

— Ne sois pas ridicule. Tu n'as nulle part où aller.

Je ne peux protester puisqu'il a raison. Ma situation est encore pire qu'il ne l'imagine.

— Où est-elle ? Où est Valerie ? Et ne me dis pas que tu ne sais pas.

Puis il se passe quelque chose d'inattendu. Un silence. Un silence lourd et tendu qui dure à peine le temps d'une respiration, mais que je sens néanmoins.

— Est-ce qu'elle t'a contactée ? Aujourd'hui ? Hier ?

— Je croyais que tu avais les relevés téléphoniques de tout le monde à ta disposition. Où est-elle ? Tu ne vas pas continuer à me la cacher. Je la trouverai et elle répondra à mes questions.

— Laine, je ne sais pas où elle est. Je te le jure.

Je déglutis, méfiante, tentant de discerner la trace d'une nouvelle manipulation, de sa malhonnêteté.

— Pas depuis hier soir.

— Qu'est-ce que ça veut dire ?

— Elle était chez moi. Mais en mon absence, elle a pris ses affaires et elle est partie.

27

Où va-t-on quand on est une ancienne droguée avec des choses à cacher et plein de gens à éviter ? Même dans une ville comme Seattle, les refuges possibles ne sont pas nombreux.

Il y a deux ans, juste avant de commencer à travailler à la boîte, je me suis retrouvée sans toit pendant une semaine et sans amis pour m'héberger – du moins aucun en qui j'avais suffisamment confiance pour le laisser me regarder dormir toutes les nuits. Faute de trouver une place dans un des centres pour sans-abri, qui sont toujours complets et remplis de personnes avec qui on préférerait ne pas partager une chambre, j'ai atterri avec le peu de fric qui me restait dans un motel près de l'aéroport. La direction s'est révélée beaucoup moins exigeante que les propriétaires des appartements que je visitais, et qui ne voyaient pas en moi une locataire fiable. Le petit bonhomme hirsute à la réception m'a même dit que, pour un modeste supplément, je serais dispensée de présenter une pièce d'identité. Comme si j'avais des doutes sur le genre de l'établissement.

Le deuxième jour, l'enseigne au néon du Silver Bullet, avec son logo clignotant de forme phallique, devenait plus qu'une gêne, visible même derrière les stores fermés. Je ne pouvais toujours pas trouver de logement sans une énorme caution, et l'argent ne s'accumulait pas à proprement parler, vu les quarante dollars par jour qui filaient dans la poche du gérant de l'hôtel. Une fille, installée à deux portes de la mienne, m'a révélé qu'elle était allée bosser à la boîte pour le week-end – et avait ramené du boulot avec elle après la fermeture, vu que la chambre était réglée d'avance. Elle m'a fait entrer comme serveuse ; ils avaient besoin d'extras à la dernière minute. C'est là que j'ai rencontré Natalia, qui m'a appris les bases du métier de barmaid. En quelques semaines, j'avais rassemblé l'argent de la caution.

Malgré tout ce qui s'est passé, j'ai réussi à dormir jusqu'à midi et, quand j'arrive, la boîte est déjà ouverte. La vue de l'enseigne me retourne l'estomac, parce que je ne retrouverai pas mon ancien boulot. À la lumière du jour, ses néons paraissent encore plus minables. Tout ici semble en permanence recouvert de poussière, les lourds rideaux bordeaux couvrant les fenêtres, les photos sous plastique de pin-up du début des années 1990, la publicité aguicheuse pour le *lap dance* (les prix n'ont pas changé depuis trente ans – apparemment les boîtes de strip-tease sont les seuls commerces imperméables à l'inflation). Je m'en détourne et traverse le parking presque désert qui la sépare du motel.

C'est l'un des trois ou quatre établissements identiques disséminés sur des parcelles bétonnées de cette zone trop proche de l'aéroport pour qu'on y construise des immeubles bourgeois hors de prix et trop proche des quartiers résidentiels pour y installer des usines et des raffineries. Des motels, des centres commerciaux et quelques bâtiments à moitié abandonnés sont posés là comme des Lego, trapus et solitaires. La porte marquée « Bureau » est entrouverte, et une vieille chanson pop sort en grésillant d'une radio. La femme derrière le comptoir ne daigne pas lever les yeux avant que je me plante devant elle et lui demande si une Sarah Lyons a pris une chambre ici. Ma mère n'utilise sans doute pas son vrai nom, mais je suppose que ça vaut le coup d'essayer. De toute évidence, je suppose mal puisque, sans même faire mine de consulter son registre gondolé par l'humidité, la femme répond qu'il n'y a personne de ce nom ici.

Avec un soupir, je glisse un billet sur le comptoir. Elle repose son sandwich sous plastique sans mordre dedans.

— Qu'est-ce que vous lui voulez ? demande-t-elle en empochant l'argent.

— C'est ma mère, dis-je, ce qui la fait ricaner.

Pestant intérieurement, je la décris, du moins aussi bien que je me la rappelle. La femme me lance un regard de pitié.

— Et elle a une marque.

Ça, je m'en souviens bien.

— Là, dis-je, traçant une courte ligne brisée à travers ma tempe.

L'expression de la réceptionniste se modifie. On n'entend plus que la vieille chanson de Christina Aguilera sortant de la radio.

J'insiste :

— Où est-elle ? C'est important.

— Écoutez, ma belle…, commence-t-elle.

Mais je ne l'écoute plus. Je me précipite dehors, laissant la porte claquer derrière moi, et me mets à crier :

— Valerie ?

Putain, où es-tu, Valerie ? Viens ici, que je puisse t'arracher les yeux, espèce de salope. Je me rue sur les portes des chambres et frappe à chacune sur mon passage.

— Valerie, je sais que tu es là. Montre-toi !

Ça commence à s'agiter derrière les battants de contreplaqué : j'entends des pas, des exclamations étouffées, d'impressionnants chapelets de jurons. Quelques portes s'ouvrent, des visages apparaissent. Mais pas le sien. Je tourne au coin du bâtiment en U, juste à temps pour voir une porte claquer. Une voiture est garée devant. Dès que je l'aperçois, un grand froid me tombe dessus.

Elle paraît déplacée ici. Trop belle, même si elle n'a pas été lavée depuis longtemps et qu'une épaisse couche de terre et de la poussière noire de Seattle s'accroche à sa peinture auparavant brillante. Un gros SUV noir, aux vitres teintées, au pare-chocs avant bosselé.

Colère et nausée se mélangent en moi. Rejoignant la porte en quelques enjambées, je lève le poing dans le but de frapper puis, instinctivement, saisis la poignée. Elle tourne sans résistance.

La pièce est plongée dans le noir et j'hésite sur le seuil, m'attendant à tout.

— Ferme la porte, dit sa voix.

Je la reconnais aussitôt, cette voix qui a répondu sur le portable de Sean. Sauf qu'elle a de nouveau ce caractère éraillé propre aux fumeurs, comme après une semaine de bringue. Comme au bon vieux temps.

Je tâtonne le long du mur et j'appuie sur l'interrupteur. Ce n'est qu'une fois que la lumière du plafonnier éclaire chaque recoin de la petite chambre que j'entre en refermant derrière moi. Après réflexion, je tourne le verrou. Nous devons parler en privé.

— C'est toi qui l'as fait ? dis-je. C'est toi qui l'as enlevée ?

Valerie secoue la tête.

— Ne mens pas, s'il te plaît. Pourquoi tu aurais fait une chose pareille ? Tu n'as jamais voulu d'elle. Tu n'as jamais voulu de moi, d'ailleurs.

— Je n'ai rien fait. S'il te plaît, Ella, dans cette histoire, je suis autant une victime que toi.

— Tu te fiches de moi ?

Elle a un sourire désabusé. La lumière du plafonnier ne réussit pas à masquer la cicatrice sur sa tempe, même si elle est plus atténuée qu'elle ne le devrait eu égard à son ancien mode de vie. Je suppose que la dernière décennie lui a été douce. Elle a un peu grossi, mais ça lui va bien. Elle a toujours les cheveux dégradés, aux racines plus sombres que les longueurs décolorées. Je remarque avec une certaine joie que la cicatrice sur sa tempe fait légèrement tomber le coin de son œil, gâchant la symétrie de son visage. De sorte qu'elle ressemble à ce qu'elle est.

— Qu'est-ce que tu as raconté à ton mari là-dessus ?

— Que je me suis fait agresser.

Son sourire désabusé s'élargit.

— Écoute-moi, s'il te plaît.

— Je ne parlais pas de ton visage.

— Et on ne va pas en parler. Dis-moi juste une chose.

— Ce n'est pas toi qui poses les questions, dis-je, me hérissant.

— Une seule chose, Ella. Une fois pour toutes. De quoi te souviens-tu ?

Ella

Elle se réveille en sentant une présence dans sa chambre, mais n'a pas le temps d'avoir peur.

C'est l'odeur, à la fois familière et nouvelle, qui déclenche une réaction en chaîne dans sa mémoire : une odeur de cigarette et d'haleine fétide, désormais masquée par d'autres. Savon, shampoing, eau de toilette. Et par-dessus, un parfum de fleurs, trop intense et synthétique. Ouvrant enfin les yeux, elle voit le gros bouquet d'œillets et, derrière, un visage, affichant un sourire légèrement tremblant. Valerie. *Maman.*

— Salut, bébé. Comment ça va ?

Elle s'agite, remplit d'eau trouble un bocal, y flanque les fleurs dont elle a coupé le bout des tiges avec des ciseaux sortis de son sac. Elle les laisse près du bocal sur l'appui de fenêtre. Et pendant tout ce temps, elle ne cesse de parler, trop et trop vite pour qu'Ella réussisse à la suivre.

C'est le genre de bouquet qu'on achète dans les couloirs du métro ou dans une station-service, des œillets teints en violet, aux pétales déjà flétris sur les bords, auxquels se mêlent les mouchetures blanches de gypsophiles et les pointes vertes de fougères, le tout emballé dans du papier crissant couvert de cœurs rouges.

— Écoute, bébé, inutile de te le cacher, je vais en prison. Tu ne me verras pas pendant un bout de temps. Tu sais ce que ça veut dire ?

La voix de sa mère n'est plus qu'un murmure âpre.

— Tu vas devenir pupille de l'État. Mais tu ne pourras pas la garder pour autant.

Il faut à Ella un instant pour comprendre, parce qu'elle ignorait jusqu'ici qu'il s'agissait d'une fille. Elle regarde les expressions se succéder sur le visage de sa mère.

— Et ce sont des gens bien, Ella. Des gens très bien. Elle sera mieux avec eux.

Ella ferme les yeux, espérant sans y croire que la femme sera partie quand elle les rouvrira, comme si elle faisait partie d'un rêve né de son esprit enfiévré. Mais même avec les paupières closes, elle sent sa présence et entend un froissement tandis qu'elle danse d'un pied sur l'autre.

— Allez. Ne reste pas comme ça sans rien dire. Parle, bon Dieu.

À contrecœur, Ella rouvre les yeux pour croiser le regard exigeant de sa mère. Elle ne dit rien ; sa tête est aussi vide qu'un bocal de verre transparent.

— Tu sais quoi ? Tant pis, reprend sa mère d'une voix plus basse. Ton consentement n'est pas requis de toute façon. Tu es mineure et tu n'as pas ton mot à dire. Je suis venue ici pour te prévenir, pas pour te demander la permission. Et parce que je voulais te voir avant de partir. Je ne sais pas quand je sortirai. Mais apparemment, tu t'en fiches.

Ella se demande vaguement ce qu'elle a pu faire pour provoquer cet accès de colère. Elle sait que, quand quelqu'un est fâché, c'est à cause de quelque chose qu'elle a dit ou fait, ou parce qu'elle a esquissé le mauvais mouvement au mauvais moment. La solution consiste donc à rester immobile et silencieuse, et c'est exactement ce qu'elle fait.

La femme se passe la main dans les cheveux, qui n'ont pas la même couleur que dans les souvenirs d'Ella. Ils étaient châtain clair et sont maintenant blonds et cassants, avec une fine frange sur les yeux.

— Bon sang, Ella, je ne sais pas quoi te dire. Il n'y a pas d'autre solution. Je n'y peux rien. Je ne peux rien y faire. Je signe les papiers, un point c'est tout. Dieu sait que tu auras d'autres sujets de préoccupation.

Elle se penche en avant, noyant Ella dans cette odeur de parfum et de cigarette à la fois si familière et pourtant différente. La laine rêche de son écharpe effleure le visage d'Ella quand elle s'approche encore et pose un baiser collant à la lisière de ses cheveux. Ella prend une profonde inspiration, emplissant ses poumons de cette senteur, puis tourne la tête vers la fenêtre, où les ciseaux bon marché, à la poignée en plastique, sont posés à côté des œillets.

Il lui suffit de tendre la main.

28

— C'est impossible, dit Valerie, levant les mains en signe d'exaspération. Tu as une idée de ce que j'ai déjà subi à cause de cette histoire ? Pourquoi l'aurais-je enlevée, bon sang ? Elle avait des parents merveilleux.

— Elle *a* des parents merveilleux. Et franchement, à tout prendre, je préférerais que ce soit toi qui l'aies. Et pourtant tu étais trop droguée pour signaler ma disparition à temps…

— Et j'en suis désolée, dit-elle, en pilote automatique, comme si elle avait répété ces mots un peu trop souvent cette dernière semaine. Crois-moi, si je pouvais changer le passé, je le ferais.

Je l'imagine se présentant devant chez Sean avec cet air de chien battu, le suppliant de l'aider. Pour autant, je ne saisis toujours pas pourquoi il a accepté de le faire. Personne ne peut être crédule au point d'être abusé par cette mascarade.

— Tu te rends compte que c'est probablement la même personne, n'est-ce pas ?

J'éprouve un plaisir pervers à la voir accuser le coup.

— Ah ? Et donc, tu penses que c'est en partie ma faute ?

Elle parle sans force ni conviction, prononçant les mots qu'elle croit que l'on attend d'elle. À entendre son ton plat, résigné, je suis tout de suite sur mes gardes.

— Ou plutôt, que ce ne serait pas arrivé si j'avais…

— Si tu ne nous avais pas confiées toutes les deux aux bons soins de l'État. Oui.

Elle balaie ma remarque d'un geste de la main.

— Non, mais tu t'entends ? C'est des conneries.

— Tu es prête à dire n'importe quoi, hein ? Tout pour ne pas assumer la responsabilité de ce que tu as fait. Tu crois que je ne sais pas ? Sean m'a tout raconté.

Le mensonge est sorti naturellement, et je m'aperçois que j'ai touché un point sensible en voyant s'effacer le peu de couleur sur son visage. J'attends sans dire un mot. Mon cœur bat si fort que je crains qu'elle ne l'entende et ne comprenne que je bluffe. Mais les ombres quittent son visage, et ses joues brillent de sillons de larmes. L'image de la bonne mère s'est transformée en masque grotesque.

— Donc, ça ne peut pas être la même personne, hein ? s'écrie-t-elle. Dans ton cas, c'était peut-être ma faute, mais pas là. C'est impossible. Elle a été enlevée, tandis que toi…

Elle trébuche sur la dernière syllabe et se tait.

— Je n'ai rien à voir là-dedans, finit-elle.

Je fais un petit pas en avant.

— Valerie.

— Tu mesures à quel point c'est dur ?

Quand elle lève la tête, je vois qu'elle a les yeux injectés de sang.

— D'essayer de s'en sortir avec une gamine en bas âge. De trouver un boulot quand on n'a pas de quoi payer une baby-sitter. On ne peut pas garder un homme.

— Ah bon ? Tu ne crois pas que c'était plutôt à cause de la came ?

Elle fait un pas en arrière.

— Tu as foutu ma vie en l'air, Ella !

— Moi, j'ai foutu ta vie en l'air ? Tu plaisantes ?

— Non. Sans toi, j'avais une chance de m'en sortir, dit-elle, le visage grimaçant. J'étais quelqu'un de différent à l'époque. Je me suis seulement dit qu'il était grand temps que tu gagnes ta croûte.

Les mots flottent dans l'air entre nous alors que je m'efforce de les assimiler. Mais mon esprit n'y parvient pas, se heurtant à la muraille insurmontable que j'ai construite, une muraille derrière laquelle j'ai dû enfermer tout ce qui s'était passé dans la cave, tout ce qui s'était passé après. Une muraille qui m'a permis de rester plus ou moins saine d'esprit. Jusqu'à maintenant.

— Tu dois comprendre, reprend-elle en sanglotant à moitié. J'avais un problème. Un gros problème. Je n'étais pas moi-même quand j'ai fait ça. C'était l'effet de la drogue. Essaie de comprendre.

Et j'essaie de comprendre. Vraiment. Jamais je n'ai autant essayé, dans toute ma misérable vie. Mais je n'y arrive pas.

— Qu'est-ce que tu as fait, Valerie ? Quoi ?

Je suis censée savoir, mais je ne réussis plus à faire semblant. Elle cesse de sangloter d'un coup et baisse le menton.

— Le jus de fruits, dit-elle d'une toute petite voix.

— Quoi ?

— La brique de jus de fruits. Je t'en donnais une tous les matins. Ce jour-là, c'était du jus de raisin, je m'en souviens. C'était le moins cher.

Mon regard reste braqué sur elle, mais le monde autour de moi commence à se dissoudre. Je vois le soleil aveuglant entrer par les fenêtres nues de la cuisine dans la maison. Ma bouche se remplit d'un goût de raisin chimique, qui me paraît le meilleur du monde parce que je n'en connais pas d'autre.

— J'ai écrasé un comprimé et je l'ai introduit par le trou de la paille. J'espérais que le jus serait assez sucré pour que tu ne remarques rien.

Un léger grondement se déclenche au fond de ma tête. Il grossit. Se rapproche.

— Jamais je n'aurais cru que ça se passerait ainsi ! Il devait te ramener. Tu ne te serais même pas rappelé quoi que ce soit.

Je suis enracinée dans le sol, incapable de bouger. Le grondement devient assourdissant.

— Je… on m'aurait envoyée en prison à vie. Ça n'aurait fait de bien à personne si j'avais été emprisonnée pendant toute ta vie. Je…

Je me sens comme en apesanteur. Et soudain je me jette sur elle, toutes griffes dehors, en hurlant des mots que je ne comprends même pas : *Je vais te tuer espèce de salope je vais te tuer…*

Elle lève les mains pour se protéger la figure, si bien que mes ongles se plantent dans la chair tendre de son avant-bras, lui arrachant un cri. Elle trébuche et se cogne contre une lampe qui se brise. Des morceaux de verre et de céramique se répandent par terre. Profitant de ma distraction, elle se redresse et se rue sur moi avec une force stupéfiante. Ses mains s'enroulent autour de ma gorge et ses pouces s'enfoncent dans mon cou, jusqu'à ce que je perde l'équilibre. Une seconde plus tard, elle est à califourchon sur moi – je n'ai que le temps d'apercevoir son visage complètement déformé, ses yeux furieux injectés de sang, preuve de cet instinct de conservation primitif qui l'a menée jusqu'ici. Puis elle me saisit par la racine des cheveux et me fracasse la tempe contre le sol, une fois, deux fois.

J'ai l'impression que mon crâne explose, et je ne perçois plus rien que le tintement dans mes oreilles alors que je m'efforce de retrouver ma respiration, recroquevillée par terre. J'ai vaguement conscience de ses pas pressés pendant qu'elle fait le tour de la chambre et attrape quelque chose sur la table de nuit. Au moment où elle m'enjambe sans cérémonie, comme si j'étais déjà un cadavre, j'essaie d'agripper sa cheville, mais je vois double et mes doigts se referment sur du vide.

L'espace d'un instant, sa silhouette bloque la lumière du plafonnier. Je ne distingue pas ses traits, seulement ses mèches de cheveux qui forment un halo autour de sa tête. Je me demande si elle envisage sérieusement de me tuer – elle le pourrait si elle le voulait. Elle aurait pu le faire à l'époque – en pressant un oreiller sur ma tête, le problème aurait été réglé. Ou en me tranchant la gorge avec cette paire de ciseaux, qu'elle aurait pu ensuite glisser dans ma main. On aurait cru à un suicide, et son secret aurait été enterré à jamais, tout comme moi, et Olivia.

Mais avant que j'aie pu aller au bout de ma pensée, elle s'est enfuie. J'entends la porte qui claque. Je sens les vibrations dans le sol quand le puissant moteur du SUV se met en marche puis que des pneus crissent sur le béton du parking.

Il me faut encore quelques minutes pour réussir à me relever. Ma gorge me fait mal, et j'ai une bosse près de l'implantation des cheveux. La peau est à vif quand je la touche, mais je survivrai.

Son sac a disparu de la table de nuit, son manteau du crochet sur la porte. Un chargeur de portable est enroulé comme un ver de terre noir près du lit. Je titube vers la salle de bains, prenant appui sur le mur pour ne pas tomber – oh, merde, les empreintes. Je devrais songer à ses empreintes, et aux miennes, à ne pas détruire les preuves. Parce que soudain tout est une preuve, et cela signifie que je vais devoir appeler. Quelqu'un. Tout de suite.

J'ouvre le robinet pour boire l'eau au goût de cuivre du motel puis me laver le visage. Elle a eu le temps de récupérer ses affaires sur le lavabo, où il n'y a plus ni savon, ni lotion, ni brosse à cheveux.

Je suis soulagée de retrouver mon portable intact, dans la poche arrière de mon jean. Mes mains tremblent tellement que je ne pourrais pas composer de numéro même si je savais qui appeler, si bien qu'à la place je fouille les poches de mon blouson, mais n'y trouve qu'un paquet de cigarettes vide. Au moment où je m'apprête à le jeter dans la corbeille près du lit, je remarque un papier plié à l'intérieur.

Je le sors, le déplie. Contemple l'écriture soignée, les jolies boucles d'encre formant des lettres et des chiffres.

Appelez-moi si vous avez besoin de quoi que ce soit. N'hésitez pas. Et souvenez-vous, je suis toujours de votre côté.

Jacqueline S.

Suit un numéro de téléphone.

Je ne sais pas comment le papier est arrivé là. Quand l'a-t-elle glissé ?

L'autre possibilité est d'appeler Sean. Ce que je refuse de faire.

Je compose donc le numéro de Jacqueline Shaw.

29

Vingt minutes plus tard, Jacqueline fait irruption dans la chambre. Elle paraît tellement déplacée ici, avec son pantalon bien repassé, son pull en cachemire et ses petits talons qui claquent doucement sur le sol. Ses traits sont creusés par l'inquiétude.

Elle se précipite vers moi et s'agenouille pour être à ma hauteur. Ses mains menues et chaudes repoussent les cheveux de mon front et les coiffent en arrière. Puis elle m'oblige à lever le visage vers elle et scrute mes yeux.

— Lainey, que s'est-il passé ? Vous allez bien ?

Je tente de hocher la tête, mais elle me tient toujours le menton. Et je ne veux pas rompre le contact.

— C'est elle. Ma… c'est Valerie.

— Qu'est-ce qu'elle vous a fait, cette garce ?

Je tressaille, tant le mot est surprenant et laid dans sa bouche.

— OK, murmure-t-elle. OK. Ne me dites rien si c'est trop douloureux. Sauf si vous voulez m'en parler, d'accord ?

— Je… je peux vous le dire. C'est elle qui l'a fait.

— Quoi ? Chérie, qu'est-ce qu'elle a fait ?

Et je le lui dis, d'une petite voix d'enfant, menaçant d'un instant à l'autre de se transformer en sanglot. Je lui parle du jus de raisin.

Pendant un très long moment, elle reste silencieuse, les yeux écarquillés, sous le choc. Au-dessus de nos têtes, l'horloge de la chambre du motel égrène les secondes. Il n'y a que Jacqueline et moi, le tic-tac et les mots.

Jacqueline m'attire vers elle avec une force étonnante pour une femme aussi petite et délicate. Elle me serre contre sa poitrine et me caresse les cheveux.

— Ma pauvre chérie, dit-elle en me berçant. Ma pauvre, pauvre chérie.

Petit à petit, mes larmes se mettent à couler ; c'est d'abord un brouillard qui trouble ma vue, puis une rivière, un torrent, un déluge. Jacqueline m'étreint toujours. Mes pleurs et ma morve mouillent ses épaules recouvertes de cachemire, et elle s'en moque. Elle continue de me caresser le dos et de murmurer des mots de réconfort jusqu'à ce que mes yeux épuisés ne puissent plus produire le moindre liquide.

— Je suis contente que vous m'ayez appelée, dit-elle doucement.

Elle se redresse, sort une lingette de sa poche et la presse contre mes paupières gonflées. C'est une de ces lingettes démaquillantes, humide, fraîche et discrètement parfumée.

— Je ne pensais pas que vous le feriez, ajoute-t-elle.

— Je n'avais personne d'autre.

Ma voix ressemble à une cloche fêlée.

— Eh bien, vous m'avez, moi. Toujours. Ne l'oubliez pas.

Je renifle, incapable de trouver les mots pour exprimer ma gratitude.

— L'inspecteur Ortiz est-il déjà au courant ?

Je frémis à la mention de ce nom et crains de me remettre à pleurer, mais apparemment mes yeux n'en sont plus capables.

— Non, réussis-je à répondre.

Elle pousse un soupir patient.

— Je sais que vous ne pouvez pas y penser maintenant, mais vous devez lui dire. Vous devez l'appeler.

Cette perspective me donne envie de hurler.

— Même s'il vous a blessée, chérie, vous devez l'appeler. C'est très important.

Je lève la tête et cligne des paupières sur mes yeux douloureux.

— Que… comment…

Ses traits s'adoucissent.

— Je l'ai vu. C'est écrit sur votre visage. Vous êtes amoureuse de lui, n'est-ce pas ? Et depuis longtemps.

Soudain, je me réjouis de ne plus avoir de larmes.

— Il… il n'est pas fait pour moi.

— Sauf que vous ne pouvez pas dire ça à votre cœur. Ni à la petite fille que vous avez été, pas vrai ?

Non, bien sûr.

— J'aimerais pouvoir claquer des doigts et vous donner tout ce dont vous avez besoin, si ça peut vous rendre heureuse et comblée. Mais même s'il ne se passe rien avec lui, il y en aura d'autres, faites-moi confiance. Vous êtes une jeune femme courageuse qui mérite de bonnes choses. Qui mérite d'être aimée, et qui le sera. Très, très fort.

Je suis incapable de parler. Je ne peux que respirer. Et encore, à peine.

— Mais pour l'instant, il faut l'informer de ce qui s'est passé. Le plus vite possible. Cela pourrait l'aider à aider Olivia. Et cela pourrait l'aider à vous aider vous aussi.

Je ne suis pas une jeune femme courageuse qui mérite le bonheur et l'amour. Loin de là. Et si elle savait, si elle savait ne serait-ce que la moitié de la vérité, elle ne serait pas assise là, à me tapoter la tête et à me laisser mouiller son pull à mille dollars.

Ça, du moins, j'en suis sûre.

Et je sais aussi qu'elle a raison. Je dois téléphoner à Sean.

— Voulez-vous que je l'appelle pour vous ? propose-t-elle.

Je hoche la tête.

— OK, je m'en charge. Mais d'abord, je vous ramène chez vous, d'accord ?

Sans discuter, je la suis sur le parking gris jusqu'à sa BMW d'un blanc immaculé, pendant qu'elle compose le numéro d'urgence de Sean. Je m'installe sur le siège du passager, claque la portière et me recroqueville, serrant mes genoux contre ma poitrine.

Je n'entends que l'écho étouffé de sa voix dehors.

Et quand elle monte à son tour dans la voiture, pâle comme un fantôme, et serre le volant entre ses doigts exsangues, je ne pose pas de questions.

Quand nous arrivons à l'hôtel – mon hôtel, pour autant que je puisse le qualifier ainsi –, deux véhicules de police sont garés près de l'entrée. J'ai la boule au ventre, mais Jacqueline agrippe ma main, et je passe devant eux sans vaciller.

Sur une impulsion aussi bien intentionnée qu'innocente, elle m'a donné un de ses anxiolytiques, de la bonne came, bien supérieure au générique que j'obtiens sur ordonnance ou que les saloperies de provenance douteuse que me fournit Sugar. Je suis enveloppée dans un doux cocon de brouillard mental, comme si j'avais de la soie et du velours dans les veines. C'est la seule chose qui m'empêche de flipper alors que je me démanche le cou, cherchant Sean. Mais quand nous pénétrons dans la chambre, il n'est pas là. C'est probablement mieux ainsi.

Le lit est le seul endroit où s'asseoir, et Jacqueline m'y dépose, m'adossant aux oreillers comme si j'étais une poupée. Elle me demande si j'ai besoin de quelque chose, puis, ignorant mon silence, commence à s'affairer. Elle va prendre une bouteille d'eau dans le minibar et allume la machine à café, qui se met aussitôt à crachoter, avant de diffuser son odeur écœurante de café filtre. Ensuite, elle trouve une trousse de secours – allez savoir où puisqu'il n'y en a pas dans la chambre – et s'attaque à la peau éraflée sur ma tempe. Au moment où elle me fait pencher la tête, le col de mon sweat, que j'avais serré autant que possible autour de mon cou, bâille, révélant les bleus sur ma gorge, qui doivent avoir pris une jolie teinte prune. À son crédit, elle ne se laisse pas démonter et s'enquiert d'un ton sérieux, sans émotion inutile :

— C'est elle qui vous a fait ça ?

Je hoche la tête.

— La garce, marmonne-t-elle.

— Vous saviez ?

Ma voix est rendue plus rauque par les contusions.

— Pardon ? demande-t-elle en me mettant de la pommade sur la tempe.

— Vous saviez ? Pour elle ? Est-ce que Sean vous en a parlé ?

— Non, il ne m'a rien dit du tout.

— Mais… je croyais…

Elle lâche un rire amer qui ne lui ressemble pas.

— Ils ne nous disent pas tout en ce qui concerne l'enquête. Jamais. Parce que, si nous avons été mis hors de cause, nous sommes techniquement encore des suspects. Exactement comme vous, ajoute-t-elle, secouant la tête d'un air d'incrédulité.

— Je ne suis pas une…

— C'est ce qu'ils veulent vous faire croire. Ça n'a rien de personnel, mais c'est comme ça que ça fonctionne. Ils ne peuvent rien négliger.

— Mais vous n'y croyez pas, dis-je d'un ton prudent.

Sinon, pourquoi serait-elle là ? Pourquoi ferait-elle tout ça ?

— Non, bien sûr que non. Lainey…

— Et vous ? Votre mari et vous n'avez rien à voir là-dedans, n'est-ce pas ?

Elle croise mon regard et pousse un soupir. Ses yeux se ferment une seconde ; elle a les paupières aussi fines que du papier et parcourues de minuscules veines bleues. Je m'empresse de me corriger :

— Je suis désolée, je sais bien que non. Je veux juste vous l'entendre dire.

Elle recommence à me tapoter la tempe, mais son mouvement n'a plus rien de mécanique.

— Ne soyez pas désolée. Je lis les journaux, et ce qui paraît sur Internet. Je sais que des gens échafaudent des théories folles, mais il n'y a pas une once de vérité dedans, je vous assure. Lainey, écoutez-moi…

Derrière elle, la porte s'ouvre. Je sais que c'est lui avant même qu'il entre. Ses pas, étouffés par la moquette, s'arrêtent tout près de nous.

Jacqueline sursaute légèrement puis reprend contenance et se retourne. Elle a les lèvres serrées et le front plissé. Pas de sourire, cette fois, pas de « inspecteur Ortiz » poli.

— Vous ne devriez pas être là, dit-elle.

Il l'ignore purement et simplement.

— Je dois parler à Lainey.

— Vous ne croyez pas que vous en avez assez fait ?

— C'est à propos de sa mère. Et ça ne peut pas attendre.

Je suis assise là, j'ai envie de hurler, mais je me sens si vide que je pourrais aussi bien ne pas exister du tout.

— Vous ne devriez pas plutôt être en train de la chercher ?

Il soupire, les narines frémissantes – une réaction que j'ai appris à reconnaître. Je me sens nouée soudain.

— Inutile. Elle a été retrouvée.

Jacqueline ouvre la bouche, mais il ne lui laisse pas le temps de parler.

— Je suis désolé, je ne voulais pas faire ça ici. Mais, Lainey, nous avons repéré sa voiture au bord de l'autoroute à la sortie de la ville. Elle était à l'intérieur, mais c'était trop tard. Elle avait une arme. Elle s'est suicidée.

30

Jacqueline est dehors, en train de s'entretenir avec un autre policier. Une fois encore, nous sommes seuls, Sean et moi.

— Comment vas-tu ? demande-t-il.

C'est la première fois que je l'entends dire une chose idiote.

— Tu savais ?

— À propos de la nouvelle famille de ta mère ? Bien sûr.

— Tu sais très bien de quoi je parle.

Il ne répond pas tout de suite, et les soupçons les plus atroces commencent à s'insinuer dans mon esprit.

— Si j'avais eu des certitudes, je n'aurais pas attendu. Je l'aurais arrêtée immédiatement, finit-il par dire. Je me rendais compte qu'elle savait quelque chose. C'est la raison pour laquelle je suis entré dans son jeu et je l'ai reçue chez moi. J'aurais fini par la faire parler. Mais tu t'es lancée à sa recherche, et elle a paniqué.

— Ah, vraiment ? Donc maintenant, c'est ma faute ?

— Je n'ai jamais dit ça. J'allais gagner sa confiance, ou la forcer à se trahir ou…

— Gagner sa confiance ? Et tu la sautais, aussi ? Putain.

Je me couvre le visage de mes mains. Je regrette presque de ne pas être clean en cet instant.

— Non. Je…

— Est-ce que tu peux te taire, s'il te plaît ?

— Je t'ai blessée. Je suis désolé pour ça, mais pour rien d'autre.

— Tu m'as regardée comme personne ne l'avait fait avant, dis-je entre mes mains. Tu m'as regardée et tu m'as vue, moi. Pas Ella. Pas la victime ou la fille brisée incapable d'aller à l'épicerie sans faire une crise de nerfs. Pas une espèce de bombe à retardement ambulante, toujours prête à se foutre en l'air. Le vrai moi.

— C'est encore comme ça que je te vois.

Il a la présence d'esprit de ne pas me toucher. Je ne sais pas ce qui se passerait s'il le faisait.

— Pendant toute ma vie, j'ai été définie par les autres, par ce qu'ils voulaient ou ne voulaient pas que je sois. Je me suis dit que je pouvais être moi-même, pour changer. Je pouvais désirer quelque chose et le prendre. Au moins une fois. Ce n'était rien de plus que ça, d'accord ? Je ne suis pas amoureuse de toi. Je ne vais pas me suicider à cause de toi, si c'est la question que tu te poses. Maintenant, va faire ton boulot et retrouver Olivia. Je ne peux rien faire de plus. C'est fini pour moi.

— Ce n'est pas si simple. Tu ne peux pas décider de tout arrêter comme ça.

— Mais merde, qu'est-ce que tu veux de plus ? J'ai répondu à toutes tes questions. J'ai fouillé tous les recoins les plus sombres de mon âme à la recherche du moindre souvenir refoulé. J'étais persuadée que c'était ma faute parce que je n'arrivais pas à me rappeler, et je découvre qu'en fait tout le monde me ment depuis des années. Pour mon bien.

Je m'étrangle en lançant un éclat de rire hystérique et me rends compte que j'ai les joues humides. Déroutée, j'essuie mes larmes du dos de la main.

— Donc, tu sais quoi ? C'est terminé pour moi. Je retourne à mon appartement et à ma vie, tant que j'en ai encore une. Ce n'est peut-être pas l'idée que tu te fais d'une bonne vie, mais au moins c'est la mienne.

Il m'observe pendant quelques longues minutes, sans que je réussisse à lire son expression – il m'est redevenu impénétrable. À moins qu'il ne l'ait toujours été. J'ai peut-être imaginé le contraire parce que j'avais envie de le croire. Je suppose que je ne saurai jamais.

— C'est ce que tu veux ? Retourner dans ce taudis, retrouver ton prétendu boulot dans une boîte de strip-tease ?

— Je suis barmaid.

— Eh bien, à ce rythme, tu ne le resteras pas longtemps. Continue de t'abrutir de médicaments jusqu'à ce que ça te bouffe la vie, ou jusqu'à ce que tu fasses une overdose. Ce sera l'un ou l'autre, n'est-ce pas ?

Le silence sonne creux dans ma tête.

— Quoi ?

— Tu me prends vraiment pour un idiot ?

Mon regard file vers la porte de la salle de bains. Je brûle de m'y précipiter pour aller inspecter ma cachette, mais je devine ce que j'y trouverai.

— Des policiers sont venus ici. Je ne voulais pas que tu aies encore plus de problèmes que tu n'en as déjà, alors, oui, j'ai fouillé la chambre de fond en comble avant de les faire entrer. Quoique, à la réflexion, j'aurais peut-être dû les laisser mettre la main sur ton stock. Très impressionnant. Je pense qu'il y en avait assez pour possession en vue de trafic, non ?

— Qu'est-ce que tu as fait ? dis-je dans un murmure.

— J'ai tout vidé dans les toilettes. À l'ancienne. Raison pour laquelle tu es ici maintenant sans les menottes. Il n'y a pas de quoi.

— Ces médicaments m'ont été prescrits.

Il m'ignore et reprend :

— Je te propose toujours mon aide. Je peux te faire entrer dans un centre où l'on ne se contentera pas de t'enfermer, mais où l'on t'aidera vraiment. Un endroit où tu pourras te débarrasser de ces trucs pour de bon…

— Je ne veux pas de ton aide.

— … pour que tu ne finisses pas comme ta mère.

J'ai envie de le frapper. J'ai envie de l'anéantir. La seule chose qui soit plus forte que ma haine pour lui en cet instant est mon amour pour lui, mais c'est impossible à révéler. Ça doit rester caché comme un secret honteux. Comme moi. Comme ma vie entière.

Va, donc, pour la haine.

— Barre-toi.

— Tu vas te détruire.

— Je pense qu'il est un peu tard pour s'en préoccuper, dis-je, soutenant son regard avec mépris.

— Si c'est ce que tu crois.

Il hausse les épaules et boutonne sa veste.

— Si tu penses que tu n'as rien à perdre parce que tu es déjà détruite, je ne peux pas t'aider.

— Alors, qu'est-ce que tu attends ? Pars.

Et c'est ce qu'il fait, claquant la porte si violemment derrière lui que l'encadrement vibre. M'asseyant sur le lit, je remonte le drap sur ma poitrine, l'entortillant autour de mes mains.

J'attends que quelqu'un fasse irruption dans la chambre, des flics peut-être, ou bien Jacqueline, venant s'occuper de moi, croyant pouvoir me comprendre, rendant les choses plus difficiles encore avec sa bienveillance et sa sympathie déplacées. Mais les minutes défilent et rien ne se produit. Je traverse la pièce sur la pointe des pieds, j'ouvre la porte et je passe la tête dehors, mais le couloir est vide.

Je suis toute seule.

31

Il y a des moments où je suis assise, immobile, une expression impassible et inoffensive sur le visage, comme une bonne petite patiente lobotomisée, alors même que je hurle intérieurement. J'ai eu largement le temps de perfectionner la posture jusqu'à en faire une forme d'art.

Mais ici, dans cette chambre d'hôtel, je pourrais crier tout mon soûl si je voulais. Je pourrais donner des coups de pied et casser des choses – ce n'est pas moi qui ramasserais les morceaux, ce n'est pas moi qui paierais les frais. Pourtant je reste assise là sur le lit, un drap froissé sur mes genoux, parcourue de tremblements. À l'intérieur de ma tête, je hurle pendant ce qui me paraît des heures.

À un moment de la matinée, je me lève et me mets à faire les cent pas jusqu'à ce que la vie revienne dans mes bras et mes jambes, et, avec elle, la conscience, la douleur, et toutes ces choses dont j'ai toujours réussi à m'abstraire, tout ce qui restait à l'extérieur de mon confortable cocon chimique.

Je vais inspecter la salle de bains, juste pour être sûre, et balance mes produits de maquillage au fur et à mesure. Tout est parti. Merde, je n'ai même plus d'aspirine.

Les murs de la pièce se referment sur moi, menaçant de m'écraser. Je ne peux pas demeurer ici une minute de plus. Impossible. Sous peine de devenir folle.

Je fouille chacune de mes poches, mon sac, mais ne trouve que quelques dollars et une carte bancaire donnant accès à un compte vide.

Mes mains tremblent quand j'attrape mon portable. Il me faut un temps fou pour faire apparaître le numéro de Sugar et l'appeler.

Il répond à la troisième sonnerie.

— Princesse.

— Salut.

Je suis mortifiée de l'admettre, mais je me liquéfie littéralement de soulagement en entendant sa voix. Le portable manque glisser de mes mains moites.

— Que puis-je faire pour toi ?

— Je… je dois te demander une immense faveur.

J'essaie de prendre une voix toute douce, mais apparemment j'ai oublié le mode d'emploi.

— Est-ce que tu peux m'avancer un peu d'Oxy ? Je serai payée la semaine prochaine. Tu sais que je suis fiable et tu sais où j'habite, alors…

Comme il reste silencieux, mes espoirs s'effondrent. La terreur me saisit. Je transpire à grosses gouttes, et je me réjouis qu'il ne puisse s'en rendre compte au téléphone.

— Eh, tu es une de mes clientes préférées. Bien sûr que je peux. Comment dire non à une Laine Moreno en détresse ?

— Merci.

L'air quitte mes poumons d'un coup.

— Tu peux passer ? Genre, bientôt ?

Genre, il y a un quart d'heure.

— Écoute, je ne fais plus les hôtels. Trop risqué. Ramène-toi, et je te dépannerai.

Les hôtels constituent son fonds de commerce, donc il ment, et je sais très bien pourquoi, mais ça ne me retient pas. Il me faut trois bons quarts d'heure pour aller chez Sugar ; je devrais avoir juste assez d'essence.

— OK.

— Tu viens seule, hein ? Pas de copains, pas de relations bien intentionnées.

— Compris. Tu me connais. Tu crois que je te cramerais ?

— Ah, ah, hyper drôle. Grouille-toi, princesse, je n'ai pas toute la journée.

Je me change dans un brouillard. Un treillis extra-large, un tee-shirt, un sweat-shirt qui commence à puer, mais je n'ai rien d'autre. Je lace mes bottines et fourre mon portable dans la droite.

Dehors, c'est la première vraie journée de printemps et le soleil cogne dans un ciel sans nuages. Pour une fois, Seattle a décidé d'arrêter la pluie. Il a un drôle d'à-propos.

J'étouffe sous mon sweat, et je transpire du dos. Me protégeant les yeux du soleil, je m'essuie le front avec le bord de ma manche. Les deux clients de l'hôtel que je croise me lancent des regards de travers et s'écartent, pas ostensiblement, mais je le remarque néanmoins. Des âmes trop sensibles.

Voilà ce que je suis devenue. Une intouchable. Mais même cette idée ne me fait plus rien.

Sugar vit dans un appartement en haut d'un immeuble délabré. Je monte l'escalier en crachant mes poumons, au point que j'ai peur de m'évanouir. Quand enfin j'arrive devant la porte, j'ai la poitrine en feu et les oreilles qui tintent.

Je frappe au battant avec mes deux poings. Il prend son temps. Au bout d'un moment, je crains presque que ce connard ne m'ait oubliée et ne soit parti faire des affaires plus lucratives. Je passe mon énervement sur la porte, lui balance un coup de pied, secoue la poignée, mais au bout de deux minutes j'entends des pas traînants à l'intérieur de l'appartement. Je crie :

— C'est moi !

— Je m'en doute. Qu'est-ce que tu fous ? Tu essaies de réveiller tout le quartier ?

— Il est presque midi, Sugar. Les gens normaux sont au boulot.

— Ah bon ?

Il ricane de l'autre côté de la porte.

— Depuis quand es-tu la porte-parole officielle des gens normaux ?

— Allez, ouvre !

Ma voix trahit une note de désespoir. Et je suis sûre qu'il l'a perçue, parce qu'il passe encore deux ou trois minutes désespérantes à traînasser, fouiller et soupirer. Enfin, les serrures cliquent les unes après les autres, la chaîne glisse avec un couinement. Sugar prend son intimité très au sérieux. Même pour un dealer.

La porte s'entrouvre, il jette un coup d'œil dehors. On dirait qu'il vient juste de se réveiller. Pour tout vêtement, il porte un caleçon décoloré qui a peut-être été blanc autrefois – une vision dont je me serais passée –, et son inséparable casquette de base-ball.

— Entre, dit-il en s'effaçant.

Je me faufile dans l'embrasure, en m'efforçant de ne pas le frôler au passage. Il ne me facilite pas la tâche.

Je suis déjà venue ici une fois. C'est pire que dans mon souvenir, à moins que je ne place la barre plus haut maintenant que je séjourne dans un bel hôtel. Enfin, si on peut dire. Le loft a conservé la trace des cloisons là où les murs ont été abattus, et pue le vieux tabac et le shit comme un cendrier géant. Le principal meuble est un canapé-lit ouvert, sur lequel s'empilent un tas de draps en fouillis. Des fringues et des emballages de plats à emporter jonchent le sol. L'ensemble est encore plus dégueulasse que mon ancien appartement.

Et voici un type qui prétend gagner cinq mille dollars par semaine. À se demander ce qu'il en fait.

— Allez, balance, dit-il en tapant dans ses mains puis en étirant les bras au-dessus de sa tête, m'offrant le spectacle de ses aisselles poilues. C'est quoi, cette triste histoire ?

— Il n'y a pas de triste histoire. J'ai un problème, c'est tout. Je pensais que tu pourrais m'aider, d'autant que tu aurais à y gagner.

— Arrête tes conneries, Lainey.

Il met les mains sur ses hanches ; son tatouage décoloré apparaît sous les poils clairsemés de son torse.

— J'ai parlé à Dom l'autre soir. Ils ne t'ont pas vue là-bas depuis des semaines, mais il m'a dit de te dire, si jamais je te croisais, que tu étais virée.

Pourquoi n'ai-je pas pensé à ça ? Je serre les poings à l'intérieur de mes manches. Je dois trouver quelque chose, un mensonge quelconque pour le convaincre de m'aider, mais pour une fois rien ne vient.

— Écoute, j'ai pigé, reprend-il. Tu es fauchée, tu as besoin de ta came, tu es dans la merde. Tu veux que je te rende service.

— Un truc comme ça.

Son sourire s'élargit.

— Tu crois vraiment que tu le vaux, chérie ?

En guise de réponse, je retire mon sweat. En dessous, je ne porte qu'un tee-shirt, sans soutien-gorge. Je me rends compte que rien ne cache mes cicatrices. Son regard nerveux se dirige vers mes poignets.

— Eh bien, tu as envie de me baiser depuis la première fois que tu m'as vue, non ? Et tu crois que je n'ai pas de principes, mais j'en ai, et tu n'auras pas d'autre chance. Alors ? C'est à prendre ou à laisser.

Il déglutit, sa langue pointe entre ses lèvres pâles et effleure rapidement le contour de celle d'en haut avant de disparaître, telle une anguille.

— Allez, dit-il, feignant un soupir de résignation.

J'ai les jambes en coton en avançant vers le canapé-lit. Il s'assied en faisant grincer le mécanisme et tapote le drap. Je suis.

Mais au lieu de m'ouvrir les bras, il les tend vers la table de chevet.

— On va se faire une petite fête, tous les deux, dit-il en sortant plusieurs pilules que je ne reconnais pas et qu'il écrase sur le plateau de la table avec le fond d'un verre vide. Vu que c'est une grande occasion et tout.

Il prend une ligne, sans doute pour me prouver qu'il ne cherche pas à m'empoisonner, puis m'invite à faire de même. Je ne sais toujours pas ce que c'est, mais c'est bon. Le nœud bien serré à l'intérieur de ma poitrine commence à se défaire, et ma tête devient agréablement légère. Je ferme les yeux et savoure le premier effet du rush. Le canapé couine et penche quand Sugar se lève.

— Tu veux quelque chose à boire ?

Il doit interpréter mon silence comme un oui, parce que j'entends un tintement. Quand je rouvre les yeux, il se tient devant moi, me tendant un verre.

— Ah, je vois que ça te plaît.

Il sourit et choque son verre contre le mien. C'est un alcool fort, que j'avale d'un trait.

— Eh, vas-y mollo, dit-il.

Mais il me faut toute l'aide possible pour supporter ça, bien que ce « ça » devienne de plus en plus nébuleux et indéfinissable à chaque minute qui passe. Ce qui m'apparaissait comme une épreuve douloureuse et angoissante n'est plus qu'un petit point lumineux sur mon radar mental.

Je m'incline pour me faire une autre ligne, mais ensuite je ne réussis pas à me redresser, si bien que je me laisse choir, la tête sur ses draps sales. Il se couche près de moi.

— Donc, ça n'a pas marché, si je comprends bien ?

Sa voix me parvient comme syncopée.

— Qu'est-ce qui n'a pas marché ?

— L'histoire avec ton nouveau mec. Sinon, je doute qu'il apprécierait que tu sois là, complètement défoncée.

Il me lance un regard.

— À moins qu'il ne soit pas au courant ?

Le nœud se resserre dans mon ventre, et je comprends qu'il n'a jamais disparu. J'avais seulement cessé d'en être consciente.

— Il n'y a jamais eu de nouveau mec. Je te l'ai dit.

Il ricane.

— Du calme, je te taquine, c'est tout. Je sais tout, et c'est OK pour moi. Je ne juge pas. Je suis la dernière personne à pouvoir juger qui que ce soit, hein ?

— De quoi tu parles ?

Quand il prononce le nom d'Olivia Shaw, je me sens sombrer, et la drogue ne fait qu'aggraver les choses. Je crains de vomir ; l'alcool me brûle déjà la gorge.

— Comment est-ce que…

— Je regarde les infos, et je sais me servir de Google.

Il se redresse et secoue la tête.

— Et là, tu as vraiment l'air d'avoir besoin d'un remontant.

Hébétée, je le vois faire apparaître un petit sachet de coke ; il plonge le bout d'un ongle dedans, renifle. Le tend vers moi.

Je refuse de la tête.

— Allez, tu es sur le point de t'effondrer.

La coke est la dernière chose dont j'ai besoin. Je le lui dis. Haussant les épaules, il sort une autre de ses mystérieuses pilules, qu'il écrase en une fine poudre.

À partir de là, je nage dans un état second ; le temps s'écoule dans un brouillard seulement percé de brefs flashs de lucidité. Quand je reviens à moi, il fait plus sombre dans la pièce. Un film d'horreur scintille en rouge et noir sur l'écran plat, avec torrents de sang en technicolor et cris soigneusement calibrés. Rien à voir avec la réalité, me dis-je. L'horreur de la vraie vie est silencieuse.

— Quoi ?

Sugar se penche, me baignant dans son haleine parfumée au Jack Daniel's. J'avais oublié sa présence.

— J'ai rien dit. Dégage.

Il me donne une petite tape sur les fesses et je m'aperçois que je suis en slip. Sur le coup, je suis partagée entre confusion et panique, mais ça passe quand il me tend son verre pour que je prenne une gorgée. Comme un amoureux.

Quand je refais surface la fois suivante, la télé est éteinte ; on ne voit que nos ombres qui dansent comme des fantômes sur l'écran noir. Sugar est en train de me baiser par-derrière, je sens le mouvement régulier de la chair humide. Comme je ne le vois pas, ce n'est pas si terrible. Je n'éprouve pas grand-chose, mais ce n'est pas désagréable d'être pénétrée. Je ne me rends même pas compte qu'il a joui avant qu'il se laisse tomber à côté de moi et me saisisse la nuque, m'obligeant à tourner la tête pour m'embrasser sur la bouche. Il a un goût de sueur et d'alcool, mais je ne me dérobe pas.

— Je pensais bien que tu serais un bon coup, dit-il, haletant, en essuyant la sueur de ses yeux avec un coin du drap. Mais putain, pas à ce point-là. Il faudra qu'on le refasse une autre fois.

— Il n'y aura pas d'autre fois, dis-je.

C'est drôle de ne pas sentir mes lèvres bouger.

— C'est la dernière fois. Demain, je commence une nouvelle vie.

— Ouah, tu me brises le cœur.

— Raison de plus pour en profiter tant que ça dure.

Il émet un rire aigu, qui me fait penser à un crissement d'ongles sur du verre. J'ai soudain la chair de poule, alors qu'on étouffe ici et que ma sueur n'a pas encore refroidi. Je grimpe sur lui, à califourchon sur ses cuisses maigres, et tente de guider son sexe encore flasque en moi. Il me fait rouler sur les draps humides, à plat ventre.

— Pour cette nouvelle vie, tu es sûre ? demande-t-il. Tu n'as pas besoin d'un endroit où loger en attendant ? Parce que je suis disponible, et à ce tarif tu n'auras même pas de loyer à payer.

Il m'écarte les jambes avec son genou, mais sa pauvre érection ne pourra pas durer plus de quelques va-et-vient.

— Ce n'est pas franchement chic, je sais, et une touche féminine ne serait pas superflue.

Il rit de sa propre blague.

— Et c'est sécurisé, avec tous ces verrous. Pas aussi facile à cambrioler que ton ancien appartement. J'envisageais de faire installer un système de sécurité, et…

Il glisse hors de moi, et le bout de son sexe retombe sur ma cuisse.

J'ai l'impression d'avoir été plongée la tête la première dans de l'eau glacée. D'instinct, je referme les jambes juste au moment où il trouve sa cible, et me redresse.

— Que… qu'est-ce que tu viens de dire ?

— Ton ancien appartement a été visité, non ? C'est pour ça que tu as dû partir.

J'aperçois son visage perplexe avant qu'il ne m'oblige à me rallonger. Soudain, je suis très consciente de la puanteur de ses draps.

— Je ne t'ai pas raconté ça, dis-je.

Ou du moins j'essaie, mais ma langue ne m'obéit plus.

La presse n'en a pas parlé. Ce n'était pas non plus sur Internet. N'est-ce pas ?

— Quelqu'un à la boîte me l'a dit. Relax, chérie. Tout va bien. Tu en veux encore…

J'en veux encore, et il m'en donne. Il a raison, tout va de nouveau bien, et les contours de mon corps commencent à se dissoudre doucement. Cette dernière ligne frappe fort – et plus je tente de lui résister, plus elle m'entraîne vers le fond, comme des sables mouvants. Quand je relève la tête, Sugar n'est plus là, mais j'entends la douche couler. Je n'ai pourtant fermé les yeux qu'une seconde, non ?

Je ne peux pas y penser maintenant. Je ne peux penser à rien.

Je ne veux que du vide, de l'obscurité et du silence.

Je ne veux rien du tout.

32

À mon réveil, je ne ressens qu'un élancement douloureux dans la tête. J'ai la gorge sèche ; le simple fait de respirer exige de moi un effort, inspirer, expirer, inspirer encore.

L'obscurité m'enveloppe, douce comme du velours. À mesure que mes yeux s'y habituent, je commence à distinguer ce qui m'entoure. La panique me saisit lorsque je comprends que je suis couchée dans un lit d'hôpital. Le bip régulier que je perçois vaguement est celui d'un moniteur cardiaque.

Au moment où j'essaie de me redresser sur un coude, j'entends un cliquetis. Le bruit sinistre se répercute dans mes os tel un mauvais présage. Le tiraillement dans mon poignet n'est que trop familier, une vive morsure dans la chair tendre de ma cicatrice, et je sais déjà ce que je verrai quand je tournerai le regard vers ma main droite. Les menottes étincellent faiblement, attachant mon poignet à la barre métallique sur le côté du lit. Je tire dessus, *clic, clic*.

Quelqu'un bouge à la périphérie de ma vision. Je lève les yeux, affolée, puis le soulagement me submerge quand je reconnais Sean à l'autre extrémité de la chambre.

Il peut intervenir, plaide une petite voix au fond de mon cerveau. Il peut me retirer les menottes, il suffit que je le lui demande gentiment. Il ne refusera pas. Il connaît mon histoire, il sait ce que ça me fait. Il comprend. Il me les ôtera. Je le supplierai s'il le faut.

Les souvenirs affluent. L'appartement de Sugar, le sachet de coke, les pilules réduites en poudre, dont j'ai sniffé trois, quatre ou Dieu sait combien de lignes.

J'ai un goût amer dans la bouche. Et je me souviens du reste.

La honte et le dégoût de moi-même gonflent dans ma poitrine, menaçant de faire exploser ma cage thoracique, de briser mes côtes comme des brindilles, et finissent par sortir en affreuses larmes, en sanglots qui me secouent jusqu'au plus profond de mon être. Je ferme les yeux très fort pour ne pas voir l'expression sur le visage de Sean.

Je ne sais pas combien de temps je pleure ainsi. C'est fou que je réussisse à produire des larmes, tant mon corps est sec. Et pendant tout ce temps, je suis douloureusement consciente de sa présence à côté de moi, silencieuse et immobile. De toute mon âme, je souhaiterais qu'il fasse un mouvement vers moi et me touche, me tienne la main, écarte mes cheveux de mon front.

Mais comment lui en vouloir de refuser tout contact ?

— Je suis désolée, dis-je d'une voix étranglée. Je suis désolée. Je ne voulais pas que ça se passe comme ça.

Je déteste mes mots avant même d'avoir fini de les prononcer. Ils sonnent tellement creux.

— Je vais aller me faire soigner. Je ferai ce que tu voudras. Je...

— Laine, dit doucement Sean.

Il n'y a pas de colère dans sa voix, pas de dégoût, ni de haine. Ce qui rend la situation encore pire... si tant est qu'elle puisse l'être.

— Enlève-moi ce truc.

Les menottes claquent contre la barre métallique.

— S'il te plaît ?

— Tu n'as aucune idée de ce qui se passe, si ?

Je n'y peux rien, mon visage se chiffonne comme celui d'une enfant, sauf que je n'ai plus de larmes à verser. Ne sortent plus que des sanglots secs, pareils à des haut-le-cœur – je me sens d'ailleurs à deux doigts de vomir.

— Tu as fait une overdose. Et tu as de la chance que ton dealer ne soit pas un parfait connard et qu'il ait eu la présence d'esprit d'appeler une ambulance plutôt que de t'abandonner quelque part.

Je me redresse, tirant sur les menottes.

— Sean...

— Arrête, s'il te plaît. N'aggrave pas ton cas.

La porte s'ouvre et trois personnes entrent. La lumière du plafonnier clignote en s'allumant et m'éblouit une seconde. Quand mes yeux s'y habituent, je vois deux flics en uniforme, ainsi qu'une infirmière, dont le regard inquiet va d'eux à moi.

— Qu'est-ce qui se passe, là ?

— Je n'y crois pas, marmonne Sean, ne s'adressant ni à moi ni à eux, mais pas vraiment à lui-même non plus. Je n'arrive pas à croire que je t'ai fait confiance.

Exactement les mêmes mots que j'étais sur le point de lui lancer.

Les deux autres flics s'approchent et m'entourent. J'ai l'impression de rétrécir dans ma chemise d'hôpital – Alice qui va dégringoler dans le terrier de lapin.

— Sean, que se passe-t-il ?

— Pas un mot, tu m'entends ? Tout ce que tu diras peut être utilisé contre toi. Et le sera.

L'un des deux flics commence à parler, débitant un torrent de paroles auxquelles je ne comprends rien. Seuls quelques mots épars percent le nuage de brume dans ma tête. Vous êtes en état d'arrestation. Possession... vente... implication dans la disparition d'Olivia Shaw.

Ce n'est pas possible.

Je dois encore être en train de rêver. Ou alors, je suis dans le coma et c'est mon cerveau qui travaille, comme dans les films. Mon Dieu, j'ai besoin de mes médocs. Toutes ces pensées se mélangent et, bizarrement, je suis prise d'une irrépressible envie de rire. Je vais me réveiller, pas vrai ? Ils ne peuvent pas être sérieux. C'est de la folie. Implication dans la disparition de...

Sean pose un tas de vêtements pliés au bout du lit.

Il faut que je me réveille.

Sans un mot, sans un coup d'œil en arrière, il se dirige vers la porte, me laissant avec les deux autres flics. Je les dévisage, cherchant une réponse, une réaction quelconque, en vain – on dirait deux statues de marbre. Quand j'essaie de croiser le regard de l'infirmière, elle détourne la tête.

Ils croient tous que je suis une espèce de…

Ils me croient tous coupable.

Ces mots tournent en boucle dans mon crâne alors qu'ils m'escortent dans le couloir puis jusqu'au parking où une voiture attend. Le trajet jusqu'au commissariat ne prend que quelques minutes. D'un geste brusque, l'un des flics remonte la capuche de mon sweat, et je comprends pourquoi quand des flashs crépitent quelques secondes plus tard. Ils me font franchir les portes sous les cris. Moi, je ne vois que le bout de mes bottines : gauche, droite, gauche, droite.

Puis les voix se taisent.

Les ventilateurs soufflent trop fort dans la salle d'interrogatoire ; il fait froid, et une vague odeur de désinfectant flotte dans l'air vicié. Je n'ai pas arrêté de pleurer. Les sillons salés se sont solidifiés sur mon visage, et je les sens chaque fois que je cligne des paupières.

Je suis seule. Je ne sais pas ce que je suis censée faire. Que font-ils, à la télé ? Ils réclament un avocat. Sauf que je n'ai pas les moyens de m'en payer un. Pour l'instant, on ne m'a pas posé la moindre question. Personne ne m'a même adressé la parole.

Enfin, la porte s'ouvre et Sean entre. J'ai du mal à le reconnaître tant l'expression de son visage, et tout en lui, semble changée. Il est accompagné d'une femme en tailleur bleu nuit, aux cheveux noirs et aux rides marquées – elle m'évoque

Jacqueline, mais en plus sévère. Elle se présente, inspectrice une telle. Mais mon regard reste rivé à Sean.

J'ai l'impression d'être retournée dix ans en arrière. Passée d'une prison à une autre, et me retrouvant face à des gens à la mine sentencieuse, qui me posent des questions auxquelles je n'ai pas de réponses.

Sean s'assoit tandis que la femme reste debout. Pendant un moment, il se contente de me regarder, puis fait glisser quelque chose au milieu de la table. L'objet plat et argenté est posé entre nous, telle une accusation muette.

Mon esprit ne comprend toujours pas ce qui se passe quand il prend la parole :

— Est-ce qu'il t'appartient, Lainey ?

Mon ordinateur. Mon ordinateur portable qui a été volé à l'appartement. Il n'y a pas assez d'air dans cette pièce.

— Je n'ai pas à répondre, dis-je.

Au moins, j'ai cette présence d'esprit. Sean lance un regard à la femme, qui hoche la tête et nous laisse seuls.

— Il n'y a plus que nous, Lainey. Si tu veux que je t'aide, tu dois me dire la vérité. Est-ce que c'est ton ordinateur ?

— Je devrais avoir un avocat, dis-je d'une voix trop rauque.

Il plaque la paume sur la table.

— Tu ne manques pas de culot.

— Je connais mes droits.

J'ai l'impression que je vais me remettre à pleurer. Il est le premier à me regarder dans les yeux dans cet endroit. Comment peut-il me faire une chose pareille ? Maintenant ? Après…

Après que j'ai foutu en l'air la seule bonne chose que la vie m'ait jamais offerte. Et que je l'ai déçu tant de fois.

— C'est à toi ou pas ? J'essaie de t'aider, là. Tu le sais. Merde.

— Comment… où est-ce que vous l'avez trouvé ?

— Peu importe où on l'a trouvé. Réponds à ma question, sans quoi je ne pourrai rien pour toi.

Je secoue la tête.

— Je n'ai rien fait !

C'est faux, évidemment. Je ne compte même plus les fois où j'ai fait n'importe quoi – mon éclat pendant la conférence de presse, ma visite à Jacinta… Toutes mes initiatives n'ont réussi qu'à aggraver les choses mais, bon sang, je ne le faisais pas exprès. J'essayais seulement d'aider.

Il inspire et sort une chemise cartonnée qu'il flanque sur la table à côté du portable.

— Tiens. Regarde ce qu'on a trouvé dans ton disque dur.

Il lâche un ricanement étrange, forcé.

— Sauf que tu le sais déjà, pas vrai ?

Je prends la chemise du bout des doigts et l'ouvre.

J'ai la sensation de sombrer. Un seul coup d'œil et je comprends tout.

Le souffle coupé, je contemple les images. De mauvaises impressions papier, mais qui suffisent : des filles, des filles nues. Certaines sont jeunes, d'autres très jeunes.

— Il y a plus d'une centaine de fichiers, dit la voix de Sean, comme venue de très loin. Tous remplis de ces photos.

Il n'a pas besoin d'en dire davantage. Tôt ou tard, mon ordinateur allait refaire surface, puisque celui qui a pénétré chez moi a trouvé précisément ce qu'il y cherchait. Et il m'a tendu le piège parfait. Pour le reste, tout est ma faute. Parce que j'ai agi de manière stupide et irresponsable, parce que j'ai refusé obstinément de faire confiance aux gens qui tentaient de m'aider – comme toujours. Parce que j'ai tout fait dès le début pour avoir l'air coupable.

Je n'ai été qu'une marionnette dans les mains de mon ravisseur. Une fois encore.

— Ce n'est pas à moi, dis-je.

Comme si mes dénégations avaient de l'importance. Que puis-je dire d'autre, de toute façon ? N'est-ce pas toujours ce qu'affirment les coupables ? Et je suis sûre qu'il a déjà entendu des excuses plus créatives.

— Certaines pourraient être des photos d'Olivia, dit-il d'un ton glacial.

Il n'aurait rien pu déclarer de pire. J'ai l'impression que je vais vomir.

— Nous travaillons encore dessus. Donc s'il y a quelque chose que tu voudrais me dire, c'est le moment.

— Ce n'est pas à moi !

Mais ils certifieront le contraire. J'ai déjà lu des trucs sur le sujet – les victimes de maltraitance qui deviennent à leur tour des bourreaux, en un cercle infernal. Et on ne peut pas dire que j'aie agi comme une personne saine d'esprit depuis le début.

— Ton dealer… il a affirmé que tu le lui avais donné en échange d'une dose.

— C'est faux !

Et pour cause – la triste vérité, c'est que je n'avais même plus ça à lui donner ; je lui ai donc offert autre chose. Jamais je n'ai eu autant envie de mourir qu'en cet instant.

— Il a aussi prétendu que tu comptais quitter la ville.

— Je n'ai jamais dit ça. Je…

— C'est ton ordinateur ?

— Oui. Mais ce n'est pas moi qui ai mis ces photos dessus.

Il se masse les tempes, en un geste douloureusement familier.

— Je t'ai soutenue pendant tout ce temps, dit-il d'une voix étonnamment neutre. J'ai toujours été de ton côté. Espèce de conne.

Les mots ne me font même plus mal, et c'est à peine si je tressaille. Tout ce que je veux, c'est lui dire la vérité, du moins ce que j'en sais, ce dont je me souviens.

— Attends. Mon appartement a été cambriolé. Il y a environ deux semaines. On m'a volé mon portable. Entre autres choses, dis-je, butant sur les mots. C'est Sugar. Forcément. Il était au courant, alors que je ne lui en avais pas parlé… Je…

Je bégaie, n'étant plus sûre de rien. Que lui ai-je raconté exactement ? Je ne sais pas. De cette journée ne me restent que des bribes – plus de trous noirs que de souvenirs fiables.

— Et tu n'as pas prévenu la police parce que… ?

— Parce que personne n'aurait rien fait ! dis-je d'une voix tremblante. Dans mon quartier, il y a des cambriolages sans arrêt. Et je ne suis pas assez blanche ou assez riche pour que quiconque s'en soucie.

— Tu aurais dû m'en parler. Pourquoi ne l'as-tu pas fait ?

J'aurais dû… Il y a tant de choses dont j'aurais dû lui parler. Je me rappelle l'avoir appelé, je me rappelle la voix féminine qui a répondu – celle de Valerie, je le sais maintenant. Et comme l'idiote que je suis, j'ai raccroché. Quand je le lui raconte, il semble presque triste.

— Quelqu'un peut confirmer tes dires ? Tu en as parlé à des gens ?

— À Natalia. Mon amie, celle chez qui je me suis installée.

— La strip-teaseuse.

— Barmaid.

— Comme tu veux. J'ai déjà essayé de la contacter, mais apparemment personne ne l'a vue depuis trois jours. Elle n'est pas allée travailler, n'a prévenu personne, et son portable est sur messagerie. Personne ne sait où elle est.

Je ne réussis pas à soutenir son regard.

— Tu n'aurais pas une idée, par hasard ?

J'en ai une, plutôt précise, et une fois encore c'est ma faute. Quelle surprise.

— Je ne peux plus rien faire pour toi, tu le comprends.

Bien sûr – ce que je ne saisis pas, c'est comment il a pu croire au départ qu'il pouvait m'aider.

Pourtant, je ne peux m'empêcher d'essayer de me justifier.

— Tu dois me croire. Quelqu'un m'a volé mon portable et a mis tous ces... ces trucs... dessus.

Je jette un regard dégoûté au dossier, et les images se troublent derrière mes larmes.

— Tu ne penses tout de même pas que...

— Peu importe ce que je pense.

— Mais tu me crois, n'est-ce pas ?

Je l'implore presque.

— Il sera plus difficile de convaincre un juge de te croire.

Je pose le front sur mes mains. Les menottes émettent un faible cliquetis, et je m'aperçois une nouvelle fois qu'il n'y a rien pour cacher mes cicatrices.

— Est-ce que tu me détestes ?

— Non, je ne te déteste pas. Je suis désolé pour toi.

J'en suis réduite au silence.

— Désolé que tu l'aies laissé gagner. Ton ravisseur. Désolé que tu l'aies laissé te transformer en ce que tu es devenue.

Luttant contre le vertige, je me redresse sur ma chaise.

— Je ne l'ai pas laissé gagner. Je ne l'ai pas laissé me transformer en quoi que ce soit ! J'avais dix ans, putain ! Tu n'as pas le droit d'insinuer que...

Les larmes jaillissent et ruissellent sur mes joues. Je ferme les yeux dans une vaine tentative pour les arrêter.

Je l'entends vaguement m'expliquer qu'on va bientôt fixer le prix de ma caution, me trouver un avocat commis d'office et tout ça, mais sa voix se brouille. Malgré mes efforts, je ne parviens plus à me concentrer sur ses propos. Son visage aussi me paraît de plus en plus flou, ses traits perdent leur précision familière, jusqu'au moment où je ne sais même plus qui j'ai en face de moi.

Une distance s'instaure entre la réalité et moi. Je ne perçois plus celle-ci qu'à un niveau superficiel, comme une émission de télé que je ne suivrais que d'un œil. Ma conscience s'efface alors que je rentre en moi-même, mes yeux deviennent vitreux, ma peau se change en une coquille dure et cassante.

Je n'ai plus la force de combattre.

33

L'une des filles des photos m'apparaît la nuit, avec ses grands yeux marron qui lui mangent la figure, ses jambes longues et fines. Elle doit avoir dans les quatorze ans. Elle a des seins menus, aussi peu formés que les miens, et un ventre plat entre des os iliaques saillants. Je veux savoir comment elle a fini sur ce cliché qui a fini sur mon portable, mais je suis incapable de parler. Je n'ai pas de présence physique ; quand je baisse les yeux, je ne vois ni mes mains ni mon corps. Je suis impalpable. Il suffirait d'un souffle d'air pour que je m'évanouisse.

Je veux savoir à qui elle sourit, de l'autre côté de l'objectif. Si le type a été jeté en taule, comme il le mérite.

Plein de gens estiment que je mérite d'y être, moi aussi.

Les autres filles suivent, toutes sortes de filles, une farandole infinie de membres et de carrés de peau. Parfois, elles prennent le visage des disparues que j'ai vues sur tous les avis de recherche des dix dernières années. À d'autres moments, en y regardant de très près, je me reconnais, un grain de beauté ici, une cicatrice là. Et d'autres fois encore, je soupçonne qu'il s'agit peut-être de la peau d'Olivia, mais j'ai trop peur pour vérifier.

Comment pourrais-je la regarder dans les yeux ?

Une partie de moi échafaude des théories. Ils ont peut-être raison. J'ai peut-être fait ce dont ils m'accusent – avant d'oublier, de tout effacer de mon esprit comme j'ai effacé le jour de ma disparition. Ai-je téléchargé toutes ces photos dans un accès de délire nocturne ? Éperdue, je repense à tous les pans de ma mémoire à demi oblitérés pour cause d'abus d'alcool et de drogue, entre autres moyens de tenter d'oublier que j'existe. Et mon ordinateur – l'ai-je pris avec moi en quittant mon appartement ? L'ai-je vraiment donné à Sugar à un moment, sans me le rappeler ?

Est-ce que j'ai fini par péter les plombs ? J'ai toujours su que ça arriverait un jour. Je tends les mains vers toutes ces filles qui flottent autour de moi tels des fantômes, les implorant de me dire la vérité, mais elles non plus n'ont pas de voix. On la leur a volée, je le sais, et elles sont restées pour toujours de l'autre côté de l'objectif.

Un bruit métallique m'arrache à mon sommeil léger, et je me redresse sur le lit étroit. J'ai terriblement mal au dos et je sens à peine le côté de mon visage.

Un flic inconnu et la femme que j'ai vue plus tôt sont là. Elle s'est changée, donc ce doit être le lendemain. Combien de temps a passé ? Combien de temps suis-je demeurée à moitié inconsciente ?

Sean entre à leur suite et, en dépit de tout, mon cœur s'accélère.

La femme dit quelque chose que je ne saisis pas, à croire que j'ai oublié notre langue au cours de la nuit.

— Allez viens, dit Sean.

Il me faut un instant pour comprendre ce qu'il veut. Apparemment, ils vont me laisser sortir.

Tremblante, je me lève et tangue quand il me tend mon blouson soigneusement plié. Je ne sais même plus où je l'ai vu la dernière fois, ni où je l'ai laissé – chez Sugar ? à l'hôtel ? Il est lourd comme la pierre et je manque ployer sous son poids. Sean ne fait rien pour m'aider – il reste là à attendre pendant que je prends appui contre le mur pour garder mon équilibre.

— Que… que… que…

Ma voix se brise et j'abandonne à la troisième tentative.

— Quelqu'un a payé ta caution, dit-il sèchement.

Il doit lire la question dans mon regard puisqu'il ajoute :

— Anonymement.

— Les photos…, réussis-je à balbutier.

Je ne veux savoir qu'une chose : Olivia y figurait-elle ? Et je n'irai nulle part tant que je n'aurai pas la réponse.

— Nous n'avons pas pu établir si l'une d'elles correspond à Olivia. Tu es toujours accusée de détention d'images à caractère pédopornographique. Sans parler des substances prohibées.

Au moment où je me dirige en vacillant vers la porte, sous le regard vigilant de la femme et du flic, il se penche et chuchote à mon oreille :

— Il est quelque part en liberté. Sois prudente.

J'ai à peine le temps d'assimiler ses mots qu'il a déjà disparu. Puis je me retrouve dehors, un peu désorientée, aveuglée par la faible lumière du crépuscule – ou est-ce l'aube ? Impossible à dire avant que le soleil orange ne se déplace d'un côté ou de l'autre. Je devrais me barrer en vitesse avant qu'ils changent d'avis, ou avant que celui ou celle qui a payé mon énorme caution ne décide de la reprendre, mais je m'attarde. J'enfile mon blouson, le similicuir usé se pose sur mes épaules, son odeur et son poids familier m'enveloppent. Je tapote les poches, espérant sans trop y croire y trouver mon paquet de cigarettes – il y est, avec le briquet à côté. Tout au fond, à l'intérieur de la doublure, je sens un autre objet oblong et lourd.

Complètement incrédule, je plonge la main dans la doublure, déchirant la couture. Non, pas ici. Je m'élance et parcours plusieurs centaines de mètres en courant, le vent séchant la sueur dans mes cheveux. Ce n'est qu'une fois à bout de forces que je m'autorise à faire halte et à sortir la main de ma poche.

Je contemple mon couteau, intact. La lame jaillit sans bruit, brillante et aiguisée. J'aperçois dedans le reflet légèrement déformé de mon œil droit cerné de sombre, avant de la rétracter.

Il me l'a rendu, clame une voix à l'arrière de ma tête. Ça doit signifier qu'il me croit, sinon pourquoi l'aurait-il fait ? Je me remémore ses mots non sans frémir : *Sois prudente.*

Mais tout ce qui compte, c'est qu'il sache que je n'ai rien fait.

C'est exactement ce dont j'avais besoin. Maintenant, je peux lâcher prise.

Je n'ai nulle part où aller. Mon appartement ? Hors de question, quand bien même mon propriétaire n'aurait pas déjà mis toutes mes affaires sur le trottoir. Plus d'hôtel. Et je n'ai plus personne qui accepterait de m'héberger. Je me suis aliéné tout le monde. Même la relation que j'ai eue avec Sean, si brève et foireuse qu'elle ait été, j'ai réussi à la foutre en l'air. Je n'ai absolument rien pu faire pour retrouver Olivia. Je peux seulement espérer ne pas avoir aggravé les choses, n'avoir pas indirectement causé l'irréparable. Quant à mon audience au tribunal, son issue ne laisse guère de doute. Quoi que Sean réussisse ou pas à prouver à propos de mon ordinateur, je finirai enfermée dans un espace sans fenêtre.

Il ne me reste plus qu'à continuer à marcher. Je sais à peine où je suis, mais je sais précisément où je vais. Je me dirige vers cet endroit depuis le début de ma vie. Ce qui est surprenant, c'est le temps qu'il m'a fallu pour y parvenir.

Un pont du nom d'Aurora enjambe Lake Union. La haute barrière qui le borde n'a jamais arrêté quiconque – et ne m'arrêtera pas. Il me suffit de passer par-dessus puis de me laisser tomber, et la gravité fera son œuvre.

J'ignore combien de temps je mettrai pour atteindre le pont, et je me fiche de devoir marcher toute la nuit. Il bruine – mais, encore une fois, quand ne pleut-il pas dans cette putain de ville ?

Je frissonne, le menton rentré dans le col de mon blouson.

Mon ravisseur aurait dû me tuer, mais il ne l'a pas fait et je ne saurai jamais pourquoi. Le moment est venu d'achever ce qu'il a commencé. Tandis que j'avance le long de la route déserte, je sors mon téléphone et le rallume. Il me reste une barre de batterie. Je devrais appeler Sean, lui dire à quel point je regrette tout ce gâchis. Il ne décrochera sans doute pas et je ne vois pas pourquoi il le devrait. Et ensuite, quand il apprendra la nouvelle, il culpabilisera.

Mais si je ne suis plus là, ce sera peut-être plus facile pour lui. Il n'aura plus à penser à moi, à s'inquiéter pour moi ou à se tourmenter pour des choses qu'il ne maîtrise pas. Je lui dois bien ça.

Je range mon téléphone et poursuis mon chemin. La pluie traverse mes vêtements qui me collent à la peau, lourds et froids, et aspirent mon énergie vitale. Je traîne mes bottines comme un châtiment ; elles paraissent peser de plus en plus à chaque pas.

La vibration dans ma poche me fait sursauter. Mon cœur reprend vie et se met à cogner frénétiquement contre mes côtes. Je voudrais tellement que ce soit Sean que, en découvrant un numéro inconnu, je suis à deux doigts de laisser choir le portable dans la flaque à mes pieds. La messagerie se déclenche, mais à peine ai-je le temps de pousser un soupir de soulagement que l'appareil sonne de nouveau.

Putain, qu'est-ce qu'ils me veulent ?

Je décroche, prête à dire au correspondant de me lâcher une fois pour toutes, que c'est fini, merci de ne jamais rappeler.

Mais à l'autre bout, j'entends une voix féminine étouffée.

— Lainey ?

— Qui est-ce ?

La voix est familière, mais je n'arrive pas à l'identifier à cause des parasites et du crépitement de la pluie.

— Lainey. Dieu merci, j'ai réussi à vous joindre. C'est moi, Jacqueline.

— Salut, dis-je par automatisme. Vous tombez mal.

— Je sais ce qui s'est passé et je suis contente qu'ils vous aient libérée.

Sans rien dire, je cligne des yeux pour chasser les gouttes.

— Je sais que vous êtes à la rue. Je vais venir vous chercher.

— Ce n'est pas la peine, dis-je prudemment.

Elle ne peut pas ignorer pourquoi j'ai été interpellée. Ni que je suis soupçonnée d'être impliquée dans la disparition de sa fille.

— Bien sûr que si. Nous nous sommes installés dans notre maison de campagne pour échapper à la presse. Je viens vous chercher tout de suite, dites-moi seulement où vous êtes.

Je secoue la tête avant de réaliser qu'elle ne peut pas me voir.

— Non.

— Ne soyez pas ridicule.

La tension dans sa voix m'inquiète – je la perçois malgré le bruit de fond.

— Vous ne voulez pas vraiment de moi là-bas.

Je ne peux me résoudre à lui dire la vérité.

— Si, nous y tenons. Il faut que vous veniez ici le plus vite possible. S'il vous plaît.

Elle soupire.

— C'est à propos d'Olivia.

Je m'arrête si brusquement que je manque trébucher sur l'ourlet mouillé de mon pantalon.

— Qu'y a-t-il ?

— J'ai quelque chose à vous dire.

— Alors, dites-le.

— Je préfère ne pas en discuter au téléphone.

— Avez-vous… avez-vous appelé Sean ? Je veux dire, l'inspecteur Ortiz ?

J'ai du mal à prononcer son nom. Les syllabes se coincent dans ma gorge.

— Nous essayons. Mais au commissariat, on nous a répondu qu'il n'était pas joignable, et il ne décroche pas sur son portable. Je ne sais pas quoi faire.

Elle semble près de fondre en larmes.

— Dites-moi seulement où vous êtes. S'il vous plaît ?

J'écoute sa respiration hachée à travers le bruit de la pluie.

Avant de pouvoir changer d'avis, je lui dis où je suis et je raccroche.

Les feux stop brillent et la voiture se range au bord du trottoir. C'est la BMW blanche de Jacqueline. Je me précipite vers elle et freine brusquement en découvrant la silhouette au volant.

Tom Shaw baisse la vitre.

— Montez. Allez, vite.

— Où est Jacqueline ?

— Elle ne se sentait pas en état de conduire. S'il vous plaît, dépêchez-vous de monter avant d'attraper une pneumonie ou la mort.

Ne serait-ce pas la meilleure issue ? À contrecœur, j'ouvre la portière du côté passager et je m'installe. De l'eau dégouline de mes vêtements sur le siège.

— Bien. Ça n'aurait pas été gentil de refuser, vu que c'est moi qui ai payé votre caution.

Je suis trop stupéfaite pour répondre, pendant qu'il redémarre sous un rideau de pluie.

Leur résidence secondaire se trouve à moins d'une heure de la ville. Les arbres sur les bas-côtés deviennent de plus en plus hauts et l'autoroute est de moins en moins fréquentée. Shaw ne dit pas un mot, et c'est mieux ainsi. Je n'ai aucune idée de ce que je pourrais lui raconter. Je ne saurais même pas par où commencer.

— Jacqueline est persuadée de votre innocence, dit-il en prenant une bretelle de sortie.

La route laisse place à une rue plus étroite, puis une autre. Nous faisons des zigzags. Ici et là, j'aperçois des demeures luxueuses à travers les arbres. À cette époque de l'année, elles sont vides et plongées dans l'obscurité.

Et vous ? suis-je sur le point de lui demander.

— Cette histoire a été très éprouvante pour elle, reprend-il en guise d'explication. Je ne peux pas lui en vouloir de commencer à perdre la tête.

La voilà, ma réponse.

— Vous pensez vraiment que je ferais une chose pareille ?

Il se contente d'un haussement d'épaules agaçant.

La rue, gravillonnée sur sa dernière portion, se termine en cul-de-sac entre les arbres. La maison elle-même, une construction moderne à la façade en verre, se dresse au milieu des conifères. Il n'y a qu'une seule lumière à l'intérieur, brillant comme une étoile triste à travers les branches.

— Je l'ai fait construire pour Olivia, vous savez, dit-il, sa voix se brisant sur le prénom. Juste après l'adoption. J'aurais préféré une maison au bord d'un lac, mais Jackie ne voulait pas. Elle avait trop peur qu'Olivia puisse se noyer.

Il secoue la tête et lâche un rire amer.

— Quelle blague, hein ?

J'en reste sans voix.

— Tout ça était pour elle, pour qu'elle ait toujours le meilleur. Vous savez ce que c'est que d'aimer quelqu'un ? L'aimer vraiment, pas seulement en paroles ?

Nous sortons de la voiture, et il se dirige vers la maison sans vérifier que je lui emboîte le pas. L'averse s'est calmée, et le silence est assourdissant. Je me rends compte que je ne suis jamais allée à la campagne. Je ne me suis jamais retrouvée dans un endroit aussi tranquille. Aucune rumeur de circulation, aucune sirène au loin. C'en est presque inquiétant. Uniquement nos pas et le murmure de la pluie…

— Quand il n'y a pas de nuages, on voit toutes les étoiles, dit-il en déverrouillant la porte d'entrée.

Je le suis à l'intérieur.

— Je regrette que nous n'ayons pas passé plus de temps ici. Olivia détestait y venir. Elle s'y ennuyait. Elle voulait toujours rentrer en ville au bout d'un jour ou deux.

J'essaie de parler, mais il ne m'en laisse pas le temps.

— Les gamins de nos jours, hein ? On leur donne tout, mais ce n'est pas encore assez.

Il allume la lumière, qui remplit l'espace d'un éclat chaleureux. L'endroit est ravissant, avec son grand salon ouvert, l'arche qui s'ouvre sur un long couloir et l'escalier en colimaçon montant au premier étage. Tout est en bois poli et de couleur chaude, comme on pourrait s'y attendre. Ça sent la poussière, et un peu l'humidité – comme dans les maisons inhabitées.

— Jacqueline !

Ma voix résonne d'une manière sinistre.

— Quand elle m'a appelée, elle m'a dit qu'elle devait me parler de quelque chose. Ça concernait Olivia.

Le visage de Tom se décompose. Il se frotte les yeux et se pince l'arête du nez.

— Il n'y a rien à raconter, dit-il. C'est triste, mais il n'y a rien de nouveau. Elle savait que c'était la seule façon de vous convaincre.

Le mauvais pressentiment tapi dans ma poitrine depuis déjà un bon moment ne peut plus être ignoré.

— Elle va bien ?

— Pas vraiment. Voyez-vous, elle a déjà eu des problèmes dans le passé. Son état s'était stabilisé, mais avec la disparition d'Olivia elle a vite replongé. Il a fallu qu'elle recommence à prendre un traitement.

— Un traitement ?

Je repense à la femme élégante et bien coiffée qui m'a tenue dans ses bras comme si j'étais sa propre fille. Tout ça n'a aucun sens.

— Elle est sujette à des crises. Mais je ne voulais pas que ça se sache. Il y a déjà eu tellement de publicité autour de nous récemment et, si la presse venait à apprendre ça, vous imaginez. Des vautours.

Je le regarde sans rien comprendre.

— Ils seraient capables de l'accuser d'avoir enlevé sa propre fille, poursuit-il sans paraître s'adresser à moi. De la traiter de dingue. De l'accuser d'être droguée aux médicaments. J'apprécierais donc que vous gardiez ça pour vous, d'accord ?

Qu'est-ce qu'il croit ? Que je vais vendre cette info aux paparazzis ?

— Je sais que vous êtes devenues proches, toutes les deux.

Je n'appellerais pas ça être proches. Elle est venue me chercher une fois, quand je n'avais personne d'autre à appeler.

— Pas vraiment, dis-je.

— Je suis désolé. Je ne peux qu'imaginer à quel point c'est dur pour vous, sans y ajouter les problèmes de ma femme.

Je me suis remise à trembler. Il pousse un soupir.

— Je parle, je parle, et vous êtes gelée. Je vais aller vous chercher de quoi vous changer.

Il m'entraîne vers la salle de bains alors que je me retiens de claquer des dents. Je remarque qu'ici aussi toutes les photos ont été retirées des murs. Pauvre Jacqueline.

Une fois la porte fermée, je tourne le verrou, me frictionne les cheveux avec une serviette, me déshabille et passe un grand peignoir en éponge, appartenant à Jacqueline. J'essore mes chaussettes et je les pose sur le bord de la baignoire, à côté du tas sale et mouillé formé par mon jean et mon sweat-shirt, puis j'enfile mes bottines humides sur mes pieds nus. Sortant mon téléphone et mon couteau de la poche de mon blouson, je glisse le premier dans une bottine et le second dans l'autre, bien calés contre mes chevilles.

Quand je ressors de la salle de bains, Tom Shaw m'attend avec un verre dans chaque main, rempli à moitié d'un liquide ambré et aromatique.

— Je me suis dit que vous en auriez besoin.

L'odeur seule suffirait à réchauffer mes organes gelés, mais je secoue la tête.

— Non, ça va. Merci.

— Allez ! Nous le méritons tous les deux.

Son sourire est un tantinet trop crispé. Il n'aime pas qu'on lui dise non. Soudain, je me sens hyper consciente de porter le peignoir de sa femme, avec rien d'autre que mes sous-vêtements en dessous.

Il porte le verre à ses lèvres. Je bois une gorgée d'alcool, qui me brûle et me fait toussoter.

— C'est quoi, le problème de Jacqueline ?

Il paraît surpris un instant, puis reprend contenance.

— Je viens de vous le dire. Je vous en prie, soyez discrète…

— Qu'entendez-vous par des crises ? Vous ne m'avez rien dit.

— Désolé, mais ça me gêne d'en discuter avec vous.

— Si elle est malade, je peux en parler avec elle directement. Je ne la dérangerai pas longtemps. Je veux juste m'assurer qu'elle va bien.

— Elle a pris son traitement, et elle dort.

— Vous l'avez bourrée de médocs !

Ce n'est pas une question.

— C'est votre solution à tout. Quand quelqu'un n'agit pas comme vous le voulez, vous lui donnez un cachet.

— Votre opinion ne m'intéresse pas, dit-il froidement.

— Alors, pourquoi m'avez-vous amenée ici ? Ramenez-moi. Ou déposez-moi à l'entrée de l'autoroute.

Il me dévisage pendant un long moment, l'expression insondable. Puis il secoue la tête.

— Très bien, dit-il. Puisque vous insistez. Vous pouvez la voir – elle dort profondément, donc essayez de ne pas la réveiller.

Je le suis dans le couloir, jusqu'à une porte tout au fond.

— Vous savez ce que je regrette ? demande-t-il en l'entrouvrant.

Je ne vois que de l'obscurité par-dessus son épaule.

— Je regrette de vous avoir impliquée là-dedans. J'espérais que vous pourriez m'aider, au moins marginalement, à retrouver ma fille. Tout ce que vous avez réussi à faire, c'est aggraver le problème avec ma femme.

Je ravale les mots cinglants qui me montent aux lèvres.

— Et vous savez ce que je regrette d'autre ? De l'avoir adoptée. C'était stupide d'espérer qu'elle tournerait bien. Franchement, il suffit de regarder sa mère.

— Espèce de…

Je serre les poings. Comme je m'apprête à répliquer, il pousse la porte, qui s'ouvre comme une gueule béante, et fait un pas de côté. Avant que je comprenne ce qui m'arrive, il exerce une pression sur mon dos, assez forte pour me faire perdre l'équilibre. L'obscurité fonce vers moi alors que je bascule dans le vide, avant de retomber sur des marches d'escalier. La douleur irradie dans mon bras, mon épaule et mes côtes, mais mon cri reste bloqué dans ma gorge. Je dégringole pendant ce qui me paraît une éternité ; ma hanche, mon flanc et ma tête heurtent des angles pointus jusqu'à ce que je finisse étalée par terre.

Tout tourne devant mes yeux quand je prends appui sur mes bras pour tenter de me redresser. J'ai mal partout, et le bourdonnement dans mes oreilles s'accentue, noyant tout le reste. Tandis que mes yeux commencent à s'habituer aux ténèbres, je distingue une silhouette, recroquevillée près du mur, semblant terrifiée. J'essaie de crier, mais ma voix refuse de m'obéir. Mes lèvres s'engourdissent, suivies par le reste de mon corps.

Un bruit de tonnerre gronde au-dessus de ma tête, se rapprochant de plus en plus, et je ferme les yeux. Un violent coup de pied me déchire le flanc. Tout l'air est expulsé de mes poumons. Une douleur jaillit dans ma colonne vertébrale pour éclater entre mes oreilles. La bile amère de l'alcool que je viens de boire me remonte dans la gorge, brûlant tout sur son passage, et gicle par ma bouche et mon nez. Tout est en feu ; j'ai des larmes plein les yeux ; je suis secouée de spasmes jusqu'à ce que mon estomac se vide et se contracte. Dès que j'ai fini, un autre coup de pied m'envoie rouler sur le côté. La puanteur du vomi me remplit les narines.

Pendant tout ce cauchemar, j'entends Tom Shaw marmonner :

— Assez joué. Maintenant, tu vas parler. Dis-moi où tu l'as cachée. Où as-tu caché ma fille, espèce de pute ?

C'est alors que je reconnais la voix.

34

Je tente de me redresser sur les mains et les genoux, mais la pièce n'arrête pas de tourner. Chaque respiration est un combat. À travers ma vision floue, je reconnais la silhouette tapie près du mur : Jacqueline. Elle a les bras passés autour des genoux, les yeux sombres et immenses dans son visage blême.

Elle murmure quelque chose, que je ne comprends pas tout de suite.

— Je suis tellement désolée, dit-elle en sanglotant, la main sur la bouche.

Je remarque que son autre poignet est menotté à un radiateur.

— Je suis tellement désolée, Lainey. Il… il m'a menacée avec un revolver.

Mon esprit se fracture. Tous les éclats de ma courte et misérable vie tourbillonnent devant mes yeux puis s'assemblent enfin – pour la première fois.

Une nouvelle vague de vertige me submerge. Mes bras tremblent, mes coudes se dérobent et je m'écroule en avant. Ma pommette heurte le sol et je m'étrangle sur un cri de douleur.

Shaw me saisit l'épaule comme dans un étau et me retourne sur le dos. Quelques bulles de bile éclosent encore à mes lèvres. Je tente de parler, mais ne réussis à émettre qu'un croassement.

— Où est-elle ? crie-t-il en postillonnant. Je sais que vous la cachez quelque part, toutes les deux. Eh bien, l'une de vous va parler !

Malgré la terreur, malgré le flot des souvenirs que j'ai essayé d'occulter pendant dix ans, malgré la conscience que je ne sortirai sans doute pas d'ici vivante, j'éprouve un soulagement infini et enivrant. Olivia n'est pas avec lui. Le monstre ne l'a pas enlevée, il ne sait pas où elle est.

Et il ne le saura pas. Je ferai tout ce qui est en mon pouvoir pour l'empêcher, même si je dois y laisser la vie. C'est la seule chose dont j'aie jamais été sûre à cent pour cent.

Je tourne la tête vers le visage terrifié de Jacqueline.

— Laisse-la tranquille, dit-elle d'une voix cassée. Elle n'a rien à voir avec ça.

— Rien à voir avec ça ? C'est elle qui est à l'origine de tout !

Les traits de Tom Shaw sont déformés par la rage, ses yeux lui sortent des orbites. Il est tellement hors de lui, égaré dans son délire, convaincu de son droit absolu, qu'il ne s'entend pas basculer dans la folie.

Il se penche sur moi, et une partie de mon être se recroqueville de peur. Il m'attrape par les épaules et m'oblige à me lever. Ma tête dodeline, c'est à peine si je sens mon visage ; mes bras et mes jambes commencent à fourmiller.

Il me secoue :

— Réponds-moi, salope !

J'ai envie de lui cracher à la figure, de lui dire d'aller se faire foutre, mais ma bouche refuse de former les mots. Son visage se brouille et se transforme en un masque de cuir. Une terreur primitive s'empare de moi mais, quand je cligne des yeux, je me retrouve face à Tom Shaw.

Il paraît se calmer et un sourire flotte sur ses lèvres.

— Au moins, le tranquillisant que je t'ai donné a l'air d'agir. J'ai eu du mal à le trouver. J'en voulais un qui te garde éveillée et consciente, mais incapable de bouger. Et quand son effet se dissipera, crois-moi, tu seras prête à me parler.

Il me lâche et je m'effondre comme une marionnette dont on aurait coupé les fils. Ma cheville se tord et la douleur irradie dans ma jambe. Un gémissement animal sort de mes lèvres.

Il s'accroupit au-dessus de moi et écarte les pans du peignoir. Je sens un air glacé et humide sur ma peau, qui me donne la chair de poule. Il est à califourchon sur moi, me plaquant au sol de tout son poids, écrasant ma cage thoracique, vidant mes poumons de leur air.

Guidée par un pur instinct, le vieil instinct résilient d'une petite fille terrifiée, je me retire en moi-même, aussi loin que possible dans mon corps frêle, aux confins les plus profonds de mon esprit. Mais je ne crie pas. À la place, je me remplis d'une détermination froide, alors même que je lutte pour prendre une inspiration.

Même quand il m'écrase. Même quand il se penche plus près et que j'entends autant que je sens son souffle sur le côté de mon visage. Il halète contre mon oreille, et des images s'impriment devant mes yeux. Le noir. Le froid. Le sol de la cave, rugueux sous mon corps nu, égratignant ma peau. La morsure de la corde sur mes poignets et mes chevilles.

J'ai beau repousser ces images, elles reviennent en force ; chaque instant de ces mois, ressuscité des profondeurs de ma mémoire. Il m'attrape un sein, presse et tord un téton. Dans ma tête, je hurle.

— Tu sais que tu es encore attirante, murmure-t-il à mon oreille. Un petit peu trop vieille pour moi, mais tu ressembles encore à une enfant. Je pourrais te baiser une dernière fois. Qu'en penses-tu ?

Je crachouille et m'étrangle. Le long de mes flancs, j'essaie de commander mes mains. Très lentement, je referme les doigts millimètre par millimètre. Je les sens à peine, mais je les force. Petit à petit, le bout de mes doigts commence à picoter. Enfin, j'ai les poings serrés et je goûte la douleur de mes ongles qui s'enfoncent dans mes paumes.

Il est en train de défaire son pantalon. J'entends le cliquetis d'une boucle de ceinture, puis le crissement d'une fermeture Éclair, et quand son image disparaît je réalise que j'ai réussi à fermer les paupières.

Je me force à les rouvrir, je me force à le regarder en face. J'ai la langue épaisse, engourdie, et il me faut plusieurs tentatives pour réussir à articuler :

— Vous ne la trouverez pas.

Il s'immobilise et, l'espace d'un instant, il m'apparaît très nettement. Son sourire s'élargit, découvrant ses dents parfaites.

— Oh, si. Que tu me le dises ou non. Je la trouverai, et tu t'en mordras les doigts.

— Vous allez me tuer de toute façon.

J'ai la sensation d'avoir du coton plein la bouche.

— J'aurais dû te tuer à l'époque. Ça m'aurait évité tous ces problèmes.

Mes yeux me brûlent et je n'arrive pas à respirer, mais cette fois ça n'a rien à voir avec le médicament, rien à voir avec son poids qui m'étouffe petit à petit. Je ne me rends pas compte que je parle, avant d'entendre le croassement de ma voix.

— Pourquoi ?

— Pourquoi ? Pourquoi je ne t'ai pas tuée ? Bonne question. Je ne sais pas. Tu étais enceinte de mon enfant.

Il se redresse et essuie la sueur sur son front. Son visage est couvert de marbrures rouges.

C'est alors que se produit le déclic dans mon esprit. La dernière pièce du puzzle qu'est ma vie trouve sa place, composant un ensemble terriblement triste et pathétique, et en même temps tellement simple qu'un gamin de trois ans aurait pu le comprendre. Je n'arrive pas à croire qu'il m'ait fallu dix ans, dix putains d'années pour enfin saisir.

Ma vie n'avait aucune valeur à ses yeux. J'étais moins qu'un animal. Il m'aurait tuée comme on écrase un insecte sous sa semelle, sans y penser et sans remords. Tout ce qui lui importait, c'était cet agglomérat de cellules enfoui dans mon ventre d'enfant, ces cellules qui étaient des parties de lui. Ces cellules qui avaient fait la différence entre ma vie et ma mort. Qui expliquaient qu'il m'ait libérée, au lieu de m'étrangler, de m'étouffer ou de me trancher la gorge.

Ces cellules comptaient pour lui. Aussi m'avait-il laissée partir. Puis il s'était emparé de mon enfant à sa naissance.

Tournant la tête, je distingue la forme de Jacqueline, recroquevillée contre le mur. Et je comprends enfin le reste de l'histoire.

— Ne lui dites rien.

Cette fois, ma voix est sonore et claire.

— Pas un mot. Il ne lui mettra pas la main dessus, il ne pourra pas. OK ?

Je n'ai que le temps d'apercevoir l'effroi sur le visage de Jacqueline, avant qu'il m'assène un coup de poing dans la pommette. Ma tête est projetée de côté ; je ne vois plus que des points noirs explosant sur une toile blanche.

Il se soulève et, libérée de son poids, je peux recommencer à respirer. Mais pas assez longtemps. Quelques secondes plus tard, il me donne un coup de pied dans le flanc, et la douleur m'envahit tout entière. Je me roule en boule par terre, aveugle, sourde, assommée.

Quand je refais surface, j'entends ses pas lourds s'éloigner enfin de moi. J'entrouvre l'œil droit ; le gauche, tuméfié, reste obstinément fermé. Shaw est penché sur Jacqueline, qui se met à hurler. Il lui saisit le bras ; les menottes tintent contre le tuyau du radiateur.

Une toute petite voix me crie de faire quelque chose, mais mes membres ne m'obéissent plus ; mes muscles sont affaiblis, inutiles. Je roule sur moi-même et cherche à atteindre ma bottine. De mes doigts encore engourdis, je réussis laborieusement à défaire les lacets.

Jacqueline hurle toujours. Je perçois l'impact sourd d'un poing contre la chair et je tremble de tous mes membres. *Ne lève pas les yeux. Ne la regarde pas. Ça ne l'aidera pas.*

Enfin, je parviens à attraper mon téléphone dans ma main maladroite. La batterie n'est pas vaillante, mais il y en a encore assez.

Il le faut.

Mon Dieu, faites qu'il y en ait assez.

Jacqueline pousse un braillement qui me perce les tympans. Par réflexe, je lève la tête et mon regard croise le sien. Ses yeux, remplis de larmes et d'épouvante, sont braqués sur moi. Sur le téléphone dans ma paume.

Je n'ai que le temps de secouer la tête tant bien que mal. Ne me regardez pas, je vous en prie, ne montrez rien !

Trop tard. Il fait volte-face et repère aussitôt mon portable. J'appuie sur la touche d'appel d'urgence, mais je n'ai pas le temps de voir si ça marche.

En une seconde, il est sur moi et, d'un coup de pied dans ma main, fait voler l'appareil, qui va s'écraser contre le mur, hors de ma portée.

Son coup de pied suivant m'atteint à la tempe et le monde explose.

Je ne vois plus rien. Je n'entends plus rien que le tintement assourdissant dans mes oreilles. Ma bouche est pleine de sang qui dégouline dans ma gorge et me fait suffoquer. Pendant une seconde, j'ai la certitude qu'il a atteint un organe vital, qu'un éclat de crâne s'est fiché dans mon cerveau, et que je suis en train d'agoniser.

Puis ma joue retombe sur le sol froid. Lentement, je reprends possession de mon corps, haletante, crachant du sang, mais avant même que la douleur se dissipe il me remet sur pied. Je tousse et projette du sang sur son visage. Il crie quelque chose, mais je ne comprends pas vraiment ses mots, salope, connasse, putain, ce genre de choses. Il me secoue.

L'instant d'après, sa voix devient calme. Mortellement calme.

— Tu avais tellement envie de mourir ? Eh bien, ton désir va être exaucé.

Il me projette contre le mur, et une nouvelle douleur explose à l'arrière de ma tête, et dans mon flanc. Une côte cassée ?

À travers un brouillard rouge, je le vois passer la main derrière sa taille et sortir un revolver. Le canon noir est pointé vers moi, droit sur mon visage.

Derrière, Jacqueline s'époumone, et l'espace d'une seconde il hésite. Il tourne la tête, son regard se dirige vers elle…

J'ignore où je trouve l'énergie de bouger. Je lance le pied avec toute la force que je réussis à rassembler et le frappe au tibia.

Le coup de feu retentit à quelques centimètres de mon oreille. Il mugit, vacille, mouline des bras et bascule en arrière. Sa tête heurte le béton avec un craquement répugnant, l'arme lui échappe des mains et se fracasse par terre.

Un tintement aigu résonne dans mon oreille droite, et un liquide coule le long de ma mâchoire.

Désorientée, je me laisse glisser par terre et fourre la main dans mon autre bottine, où je trouve le manche lisse de mon couteau.

Juste au moment où Shaw s'efforce de se remettre debout, je fais sortir la lame et m'avance vers lui. Je suis encore affaiblie par la drogue qu'il m'a fait ingurgiter, mais lui aussi est sonné. Du sang s'écoule d'une entaille sur son front, lui dégoulinant sur la figure et dans les yeux.

Il essaie de me balancer un coup de poing, mais manque sa cible. Ses yeux s'écarquillent quand je me penche au-dessus de lui.

Mon désir ?

— J'ai changé d'avis, connard. Je n'ai pas l'intention de mourir. Je vais vous tuer, puis j'irai danser sur votre tombe.

Et j'enfonce mon couteau au-dessus de sa clavicule, là où sont les veines.

D'abord, je suis terrifiée – ai-je frappé assez fort ? La lame était-elle assez aiguisée ? Et si j'avais foiré, gâché ma seule chance ? Mais quand je tire le couteau, qui ressort avec un bruit de ventouse écœurant, du rouge apparaît, plein de rouge, qui sort en petits jaillissements comme une fontaine. Il a aussi du sang au coin de la bouche, qui se transforme en mousse rouge. Ses mains raclent le sol inutilement jusqu'à ce qu'il réussisse à presser sa paume contre la blessure, mais elle ne suffit pas à endiguer le flot.

Jacqueline hurle toujours.

Je me relève et cherche des yeux mon téléphone jusqu'à ce que je l'aperçoive, ou du moins ce qu'il en reste. Inutilisable. Il faut que je sorte d'ici. Il faut que je remonte pour appeler de l'aide.

Il s'agite, essaie de ramper pour m'attraper la cheville de sa main libre. Mais même dans mon état, je parviens à l'esquiver. Un escalier raide mène au rez-de-chaussée. Je commence à monter, mais dois m'arrêter au bout de deux marches. Je me mets à quatre pattes, tel un animal ou un enfant, pour continuer l'ascension. Vers le rectangle noir de la porte.

Les cris de Jacqueline m'emplissent la tête.

Je voudrais lui dire que je vais l'aider, que je ne la laisserai pas là en bas, mais je n'en ai pas l'énergie. L'intérieur de ma joue enfle rapidement. Je passe la langue là où il m'a cassé les dents. Mon nez aussi est peut-être fracturé, parce que j'ai du mal à respirer et que je ne sens plus que le sang.

Une courte distance me sépare encore de la porte. J'y suis presque.

La détonation retentit à l'instant même où une force invisible me projette vers l'avant. Mon visage heurte l'escalier, et tout devient rouge. Que…

Je ne vois plus que d'un œil. J'ai l'impression d'avoir la pommette ouverte en deux. Une nouvelle douleur s'insinue dans mon omoplate. Telle une piqûre d'abeille.

La piqûre se répand. Se transforme en brûlure. Une substance chaude et poisseuse coule dans mon dos. Oh, merde.

Elle dégouline le long de ma jambe. Baissant les yeux, je vois des gouttes noires briller sur les marches, presque indétectables sur la peinture sombre. Je tente de lever la main pour palper mon dos, mais elle ne bouge pas. Mon bras pend le long de mon côté, un morceau de viande flasque. Et l'engourdissement me gagne.

Parvenant à tourner la tête, je vois Shaw ramper dans une mare de sang. Son revolver lui glisse des mains et tombe. Il tente de le récupérer, mais n'y parvient pas. Sa main devient molle, puis se contracte et s'immobilise.

Je me retourne vers la porte. Elle n'est plus qu'à deux marches, mais je comprends que je n'y arriverai jamais. Mes yeux me brûlent à cause des larmes que je ne parviens pas à verser.

Jacqueline crie toujours, mais ce n'est plus cette lamentation inhumaine, ce sont des mots. Un mot. Mon nom, qu'elle répète encore et encore comme un disque rayé.

Je voudrais lui dire que je vais bien. Je voudrais lui dire qu'il est mort, que tout est fini. Mais quand j'ouvre la bouche, seul un son rauque en sort. Je fais donc la seule chose encore en mon pouvoir. Je continue de me traîner, centimètre par centimètre.

Une marche. Deux marches. Je prends appui par terre avec mon bon bras et me hisse tant bien que mal, la mâchoire ouverte en un gémissement de souffrance silencieux.

Enfin, j'atteins la porte, je réussis à me mettre à genoux et tâtonne le long de la surface de bois rugueuse jusqu'à trouver la poignée. Je la tourne, et le battant s'ouvre dans un murmure de gonds bien huilés.

La lumière du couloir suffit à m'aveugler et je m'effondre sur la moquette, le contact le plus doux, le plus confortable du monde. Je n'ai qu'une envie : rester là, me rouler en boule et me reposer. Voire fermer les yeux. Mais je ne peux pas, pas encore, j'ai d'autres choses à faire avant. Je dois trouver le téléphone. Où est le téléphone ?

Je progresse comme je peux, ignorant la douleur qui irradie dans mon bras à chaque mouvement. La porte. La porte d'entrée.

Des larmes coulent de mon bon œil et sur mon visage, se mêlant au sang.

La porte d'entrée.

Par la fenêtre, des lumières clignotent. Bleu et rouge. Bleu et rouge. Je sais ce que ça signifie, mais je ne m'en souviens pas. Ma tête m'élance.

La porte d'entrée. Elle n'est pas fermée à clé. Il pensait que personne ne viendrait nous déranger. Je l'ouvre et bascule sous le porche.

Il pleut ; un épais mur d'eau qui murmure contre ma peau, nettoyant le sang, les larmes et la crasse.

Ainsi écroulée sur le seuil de la maison de mon ravisseur, du père de mon enfant, je me mets à rire. Je ne m'en tirerai pas. J'ai passé les dix dernières années à chercher la mort et, juste au moment où j'ai arrêté de la chercher, c'est la mort qui m'a trouvée.

Mais au moins *elle* s'en sortira. C'est une petite fille et elle a un nom, Olivia. Pourquoi n'ai-je jamais songé à elle de cette façon ? Olivia s'en sortira. Olivia est cachée quelque part en sécurité, et tout ira bien pour elle.

J'entends à peine le bruit de pas à travers la pluie. Des pas qui courent dans l'allée de gravier sans chercher à éviter les flaques. Une ombre tombe sur moi, masquant les lumières bleues et rouges.

L'ombre a un visage. Un visage que je connais bien. J'ai pensé à lui au cours de tant de nuits solitaires, des nuits de douleur et de désespoir, où il apparaissait comme la seule lueur apte à me guider au bout du tunnel.

Il est peut-être là pour m'emmener au paradis ou en enfer – où que soit ma place.

Il prononce mon prénom. Ses mains écartent mes cheveux de mon visage, le sang, la pluie, et il ne cesse de répéter :

— Laine, Laine, Laine. Reste avec moi. Je t'en prie. Laine. S'il te plaît, ne t'en va pas.

Je m'en fiche de m'en aller ou pas. J'ai trois choses à lui dire d'abord. Je ne peux pas mourir avant de les avoir dites.

La première : Je t'aime. Tu es un salaud manipulateur, mais je t'aime quand même. C'est plus fort que moi.

La deuxième : Je m'appelle Ella. Ella Santos. J'ai beau ne pas aimer mon nom, je refuse de mourir sous un autre.

Et la troisième chose, c'est que je suis désolée.

Mais je n'ai pas le temps de dire tout ça. L'obscurité descend sur moi, elle m'enveloppe dans un cocon de béatitude et m'avale.

Je ne suis plus.

35

Je me réveille.

Ni au paradis ni en enfer. Je ne suis toujours pas sûre de croire à ces trucs-là. Il y a du paradis et de l'enfer en abondance sur cette terre – je suis bien placée pour le savoir puisque j'ai connu les deux.

Et ça n'y ressemble pas. C'est un hôpital. Où je suis depuis de nombreuses semaines.

Celui-là n'est pourtant pas comme les autres hôpitaux que j'ai fréquentés. Ici, j'ai ma chambre particulière, pourvue d'une grande fenêtre sans barreaux, mais avec vue sur un jardin que j'ai découvert quand j'ai été suffisamment rétablie pour sortir du lit. Un petit jardin avec du lilas et une fontaine au milieu. Les lilas sont en fleur. Quand je demande à l'infirmière d'ouvrir la fenêtre, leur arôme flotte dans la pièce et suffit presque à masquer l'odeur de médicament et de désinfectant.

Presque. Ça reste un hôpital. Si discret, chic et cher qu'il soit.

Outre les séances quotidiennes de physiothérapie censées permettre à mon bras gauche de retrouver un fonctionnement normal, je suis une thérapie contre l'addiction. Sans blague, c'est comme ça qu'on appelle une cure de désintoxication ici.

Quand j'ai été en mesure de comprendre, on m'a expliqué dans quel état j'étais en arrivant ici. En plus de mes blessures, j'étais sérieusement déshydratée, et mes organes vitaux étaient à deux doigts de lâcher à cause de toutes les drogues. Ce n'était pas la faute de Tom Shaw : je m'étais infligé ça toute seule. Je mentirais en disant que ça ne m'a pas donné à réfléchir.

Je n'ai pas été loin de penser que j'étais peut-être vraiment amochée. Mais pas à cause de ce que Tom Shaw m'avait fait, récemment ou il y avait treize ans – à cause de ce que je m'étais fait subir à moi-même ces dernières années. Je pensais que trouver mon ravisseur me sauverait, mais je me trompais. La seule personne qui pourrait me réparer, c'est moi-même.

Je n'ai pas vu Sean. Pas depuis cette nuit-là, depuis le sang, la pluie et les lumières bleues et rouges. Il ne m'a pas rendu visite. Exactement comme il y a dix ans. Je ne peux pas lui en vouloir.

Jacqueline, en revanche, vient me voir tous les jours. Elle m'a adoptée officieusement, je crois. Elle m'apporte des bonbons interdits par l'hôpital, mes réglisses préférées et des sodas, ainsi que des romans sentimentaux que je fais semblant de lire par politesse. C'est Jacqueline qui paie pour tout, l'élégante clinique privée, les thérapeutes addictologues qui me traitent comme de la porcelaine.

Sean avait fait craquer Sugar : celui-ci avait admis que ce n'était pas moi qui lui avais donné l'ordinateur, mais un homme – un homme dont la description correspondait à celle de Tom Shaw. Sans perdre une minute, il avait envoyé des flics chez les Shaw puis, constatant qu'ils étaient partis, il avait foncé vers leur maison de campagne.

Pendant tout ce temps, Olivia avait été en sécurité, cachée chez la mère de Jacqueline. C'était Jacinta qui l'avait aidée à s'enfuir. Avant la naissance d'Olivia, alors que Jacinta avait dix ans, Tom Shaw l'avait violée elle aussi. Quand Jacqueline avait avoué à sa sœur qu'elle le soupçonnait d'abuser d'Olivia, Jacinta avait flanché et vidé son sac. Elles avaient mis au point leur plan.

Jacqueline n'avait pas osé accuser publiquement Tom. Elle avait peur de ce qu'il pourrait leur faire, à sa sœur, sa fille et elle. Jamais elle n'aurait imaginé que ça tournerait ainsi, m'avait-elle dit en pleurant.

Je me demanderai toujours ce que savait précisément ma mère, si elle avait eu des soupçons ou si elle avait reconnu Tom Shaw. Ça restera un mystère. Je ne saurai jamais non plus pourquoi elle a appuyé sur la détente – regrettait-elle sincèrement ce qu'elle avait fait, ou avait-elle seulement peur des conséquences ?

J'essaie de me persuader que c'est la première solution. Je dois apprendre à y croire.

Environ une semaine après mon transfert ici pour ma cure de désintox – pardon, ma thérapie contre l'addiction – Jacqueline a amené Olivia. L'idée ne m'enthousiasmait pas, mais ça s'est bien passé. À l'instant où elle est entrée, avec cette expression perdue et un peu perplexe, j'ai su que ça se passerait bien.

Jacqueline ne lui a pas encore dit qui j'étais exactement, ne lui a pas expliqué toute cette sordide histoire – ça fait beaucoup pour une petite fille, qui a déjà subi pas mal d'épreuves. Mais sa mère ne pourra pas la protéger pour toujours. Trop d'informations ont déjà fuité dans la presse, à tel point que Jacqueline envisage de déménager dans un endroit plus tranquille pendant quelques années. Jusqu'à ce qu'Olivia soit en âge de comprendre.

En observant son regard gris pâle si sérieux, j'ai su qu'elle n'aurait pas la vie facile. Son père était un monstre, sa mère biologique la victime de ce monstre. Il lui avait déjà fait des choses qu'aucun enfant ne devrait subir. En dépit de toutes les écoles privées, toutes les nounous et tous les jouets, de tout ce que l'argent peut acheter, son enfance n'avait pas été ce qu'elle aurait dû être.

Le sachant, je l'ai fixée dans les yeux et j'ai, enfin, cessé de la détester – après toutes ces années. Je sais que c'est égoïste, dégueulasse de ma part, mais qu'y faire ? Je ne suis qu'une personne normale et, comme tout le monde, j'ai des défauts. Quand bien même elle n'aurait servi qu'à cela, ma « thérapie contre l'addiction » a fini par faire entrer cette idée dans mon esprit borné. Mais ce jour-là, pour la première fois, je n'ai pas regretté de l'avoir mise au monde. Même pas un tout petit peu.

Olivia m'a considérée en silence, les lèvres serrées, commençant sûrement déjà à démêler certaines choses dans sa tête. Elle n'est pas idiote, là-dessus, ses profs avaient raison. Elle a ignoré Jacqueline quand celle-ci lui a demandé de s'approcher et de dire bonjour. Elle est restée à une distance prudente et m'a scrutée de ses yeux méfiants.

Je n'ai pas su quoi lui dire jusqu'à la toute fin de la rencontre, au moment où elle allait repartir. Je me suis alors levée pour franchir l'espace entre nous.

La fillette sera grande, ça se voit déjà. Je n'ai eu qu'à me pencher très légèrement pour la regarder en face, et elle n'a pas reculé.

Enfin, j'ai trouvé les mots.

— Ne laisse personne te dire que tu es amochée, ai-je déclaré. Jamais. Rien à foutre de ce que les autres pensent. Tu rayonnes, tu comprends ? Tu rayonnes.

Je peux seulement espérer que ça l'aidera à traverser tout ce qui l'attend.

Je sors le 1er juillet. Jacqueline doit passer me chercher à midi. En attendant, je range mes maigres possessions dans un sac de toile portant le logo de l'hôpital, que l'on m'a donné à la réception. Techniquement, c'est tout ce que j'ai à mon nom. C'est ce qu'on appelle repartir de zéro.

Ces dernières semaines, j'ai pris l'habitude de me lever tôt. Au début, les infirmières me réveillaient, mais maintenant je le fais de moi-même. Je passe les longues heures de la matinée dans le jardin, à déambuler sur les étroits sentiers qui serpentent entre les bosquets de lilas. Assise sur un banc face à la fontaine, les jambes repliées sous moi, je regarde l'eau jaillir dans le soleil.

Cet endroit va presque me manquer.

Absorbée par le son hypnotique de l'eau, je n'entends pas tout de suite les pas sur le gravier derrière moi. Puis, songeant qu'il doit s'agir d'une infirmière, je ne me retourne pas. Le bruit s'arrête à quelques pas derrière moi, mais la personne ne dit rien.

Peut-être suis-je mue par la curiosité, ou s'agit-il de vieux instincts, mais je regarde par-dessus mon épaule et repose les pieds au sol, prête à bondir, au cas où.

Mon cœur s'emballe, et une boule se forme dans ma gorge. Sean se tient derrière le banc, à quelques centimètres. Les mains dans les poches, il plisse les yeux face au soleil. Il porte un vieux jean et un tee-shirt, et non pas sa tenue de travail.

— Qu'est-ce… qu'est-ce que tu fais là ? dis-je en bégayant un peu. Jacqueline…

— Elle viendra à l'heure dite. Je voulais seulement te voir avant.

Il lève les sourcils en une question muette. Je finis par comprendre et désigne le banc d'un signe de tête, l'invitant à s'asseoir – bien que, au fond de moi, je ne sois pas sûre que ce soit une bonne idée. Une telle proximité… On ne peut pas proposer à une ancienne droguée de s'asseoir à côté d'une dose et s'attendre à ce qu'elle ne soit pas tentée.

Il en est peut-être conscient puisqu'il reste à quelque distance de moi.

Je sens mon visage s'empourprer et murmure :

— Je suis désolée. Je devais t'appeler. Ça faisait partie de mon… de mon programme. Je suis censée m'excuser auprès de tous ceux que j'ai blessés.

En réponse, il lâche un petit rire triste.

— Toi ? Tu n'as blessé personne. Ce sont les autres qui t'ont blessée.

— Exactement. Et ici, on m'a fait comprendre que c'était une excuse, la raison pour laquelle j'étais odieuse avec tout le monde sans éprouver le moindre remords.

— Je n'ai pas été irréprochable non plus, fait-il remarquer.

— Tu m'as sauvée. Deux fois.

— Tu t'es sauvée toi-même. Moi, j'étais seulement... là. J'aurais dû piger plus tôt. J'aurais dû t'appeler. Te mettre en garde. Ça aurait pu ne pas se passer comme ça.

— Et on ne l'aurait peut-être jamais attrapé.

Alors que plusieurs mois ont passé, j'ai encore du mal à en parler. Chaque mot fait écho à la douleur dans ma tête, dans mon dos, dans mon bras. Dans chaque côte que Shaw a fêlée.

Il soupire.

— Je ne sais pas comment te remercier. Tu n'imagines pas.

— Alors, ne le fais pas.

Je pense à la mine sérieuse d'Olivia. Aux larmes dans les yeux de Jacqueline quand je lui ai parlé.

— Ne me remercie pas. Je ne veux pas de reconnaissance. Ni pour ça ni pour quoi que ce soit d'autre.

— Tu vas pouvoir retrouver ta vie à présent.

— Tu parles d'une vie. Je dois littéralement repartir de zéro.

— Beaucoup de gens tueraient pour avoir la possibilité de repartir de zéro.

Je me lève du banc. Baissant les yeux vers mes mains, je me rends compte que je ne porte pas de manches longues ni de bracelets. Je n'en ai pas mis depuis des semaines. Et jusqu'à cet instant, j'avais pratiquement oublié mes cicatrices.

Elles sont toujours là, bien sûr, des bourrelets roses de deux centimètres de large entourant mes poignets. Un souvenir indélébile de Tom Shaw, auquel s'ajoutent une cicatrice en forme d'étoile sur mon omoplate gauche, une dent cassée, des côtes qui me font mal quand il pleut, c'est-à-dire quasiment tout le temps...

Je vais m'arrêter là. À quoi bon ? Tout le monde a des stigmates. Même s'ils ne sont pas visibles.

Quand je relève la tête, je le surprends à observer mes poignets lui aussi. Gêné, il baisse le menton.

— Tu vas reprendre le nom d'Ella Santos ?

Je hausse les épaules.

— Je ne sais pas. Pour être honnête, je me suis habituée à Laine.

Le silence se prolonge. Je l'écoute respirer, comme si ça pouvait m'aider à savoir ce qu'il pense, ce qu'il ressent.

— Est-ce que.... Est-ce que ça va ? finit-il par demander. Est-ce que tu as besoin d'aide ? Tu vas sortir. Tu as un endroit où loger ?

— Oui. Jacqueline a tout organisé pour moi. Pour aussi longtemps que j'en aurai besoin. Jusqu'à ce que je retombe sur mes pieds.

Pendant un moment, il reste silencieux.

— Bien, dit-il enfin. Bien.

— Tu n'as plus besoin de t'inquiéter pour moi.

C'est mon tour d'être généreuse. Mon tour de le libérer. Il n'a plus à me sauver. À partir de maintenant, je me sauverai moi-même.

— Je m'inquiéterai toujours pour toi.

— Vraiment ? dis-je, d'une voix soudain enrouée. Tu aurais pu venir me rendre visite.

— Je l'ai fait. Pendant la première semaine et demie, quand tu étais inconsciente, je suis venu tous les jours et je suis resté des heures à ton chevet.

Mon cœur se serre. C'est si douloureux que j'ai du mal à tenir debout. J'ai envie de me plier en deux et de pleurer. C'est pire qu'une blessure par balle.

— Personne ne me l'a dit.

— As-tu posé la question ?

Non. J'avais seulement déduit une réponse de tout ce qui s'était passé entre nous. Parce que je pense toujours le pire des gens.

— Ensuite, j'ai parlé à Jacqueline tous les jours. Elle m'en veut toujours, mais elle s'est montrée compréhensive. Elle m'a tenu au courant de tes progrès. Tu recommençais à marcher, tu retrouvais l'usage de ton bras. Tu sortais seule dans le jardin. On t'a transférée dans l'autre aile. Tout.

— Tu aurais pu venir.

— Je ne pensais pas… je ne pensais pas que ce serait bien pour toi. Je voulais te laisser tranquille.

— Alors, qu'est-ce que tu fais là aujourd'hui ?

Son sourire est immensément triste.

— Je voulais te demander de me pardonner.

— Toi ? Tu n'as rien fait de mal.

— Si, et tu le sais. Tu as toutes les raisons de me détester.

Un soupir s'échappe entre mes dents serrées, et je crains de me mettre à pleurer.

— Je ne te déteste pas. Je ne pourrai jamais...

— J'ai foutu ta vie en l'air.

— Tu m'as sauvé la vie. Et je ne parle pas des Shaw, ni de ce qui s'est passé il y a dix ans.

— Ça signifie que tu me pardonnes ?

— Bien sûr que je te pardonne.

Les mots affleurent à mes lèvres comme du sang sur une coupure, et je ne peux les arrêter.

— Tu as été la seule lumière dans ma vie. Pendant des années.

— Et tu en auras d'autres. Plein d'autres.

— J'espère.

— Ce sera le cas. Je te le promets.

Cette fois, je sais que ce ne sont pas des mots de réconfort creux. Il est sincère.

Il commence à s'éloigner et je le regarde partir, étonnamment calme. Juste avant de prendre un virage et de disparaître, il tourne la tête et m'adresse un petit signe de la main. Je fais de même. Le soleil m'aveugle, et je ne distingue plus clairement son visage, mais je sais qu'il sourit.

Merci de faire partie de ma vie. Je peux avancer désormais. Je suis libre.

Rien ne sera facile, mais ce qui vaut la peine ne l'est jamais. Je suis dans une situation inconnue, je vais recommencer ma vie de bien des façons. J'ai une famille à présent, des gens pour qui je compte, et c'est plus que je n'ai jamais pu espérer. Il y a des choses contre lesquelles je devrai encore me battre longtemps, peut-être jusqu'à la fin de mon existence. Certaines cicatrices ne s'effacent pas.

Mais en cet instant, à cet endroit, tout de suite, je rayonne.

Remerciements

En premier lieu, je tiens à remercier Rachel Ekstrom, mon merveilleux agent, qui a accompagné ce livre de l'état de manuscrit jusqu'à la librairie, et qui n'a jamais cessé de croire en moi. Merci aussi à Brita Lundberg et à toute l'équipe de l'agence littéraire Irene Goodman.

Merci à tout le monde chez Grand Central et en particulier à Alex Logan, mon éditeur, pour m'avoir donné ma chance.

Les livres n'apparaissent pas comme par magie, je tiens donc à remercier tous ceux qui ont été présents durant le long processus d'écriture, de correction et de relecture : Margarita Montimore pour m'avoir écoutée râler, Maude Michaud et tout le groupe de Ladies pour leurs encouragements et leur camaraderie (et pour le vin), ainsi qu'Alana James, Nisha Sharma, Marie-Pierre et Jessica – mon équipe de choc. Merci à Kim Graff et Lauren Spieller pour les conseils éditoriaux au cours des premières étapes. Merci à Patrick, mon amoureux, pour m'avoir supportée en toutes circonstances. Merci à mes professeurs d'écriture créative de Concordia : Trevor, Sina, Tess et Mikhail, et à mes autres profs qui ne m'ont pas sanctionnée quand j'ai négligé mes cours au profit de ce roman. Merci à tous les participants des ateliers d'écriture. Enfin, merci à mes parents et à ma famille élargie – même si vous ne lisez pas un mot de ce que j'ai écrit, je ne vous en voudrai pas. Non, sincèrement.

Composition et mise en page
Nord Compo à Villeneuve-d'Ascq

Cet ouvrage a été imprimé par
CPI Bussière à Saint-Amand-Montrond
pour le compte de France Loisirs
en février 2018

Numéro d'éditeur : 91058
Numéro d'imprimeur : 2034397
Dépôt légal : février 2018

Imprimé en France